KB116334

바람삭

재연 스님 산문집

문학동네

제2부
성지 순례 — 인도 기행

제1부 방랑시작

방랑시작

한 어린 사미가 큰스님을 친견하였다. 큰스님의 법문은 항상 아름다웠다. 큰스님의 입가에 피어나는 향기로운 꽃 위에 늘 예쁜 나비들이 춤추고 있었다. 사미가 가장 좋아한 것은 큰스님의 하얗게 센 긴 눈썹과 볼에 점점이 박힌 검버섯이었다. 사미는 큰스님의 향내 나는 법문이 그 검버섯과 삽살개 눈썹에서 나오는 것이라고 믿었다.

하루는 구름같이 많은 신도들이 모여들었다. 한 달에 한 번씩 있는 큰스님의 법회 날이었다. 큰스님께서는 사미가 붙들고 있는 작은 거울에 당신의 얼굴을 비춰보시며 뽀얀 분가루를 찍어바르셨다. 사미가 물었다.

"큰스님! 왜 그 분가루는 바르세요?"

큰스님께서 담담히 말씀하셨다.

"못난 중생들이란 그저 상을 취하는 법이어서……"

사미는 평소 큰스님께서 즐겨 읊으시던 게송을 속으로 외었다.

　　무릇 겉으로 드러난 것들

　　모두 다 허망터라

　　보이지 않는 것으로 보는 자

　　여래를 보리니!

그리고 큰스님께 물었다.

"못난 중생들 속에는 분가루로 검버섯을 감추시는 큰스님도 들어가는 것입니까?"

쭈뻣 치켜드신 큰스님의 흰 눈썹에서 사미는 늙은 고양이의 빛바랜 송곳니를 보았다. 사미는 들고 있던 거울을 노인에게 돌려주고, 버석거리는 대숲을 돌아 묵묵히 산문을 나섰다.

거지 노래

봄베이에서 뿌나로 오는 기차 속이었다. 차창 밖 황량한 벌판에 퍼지는 저녁노을을 바라보고 있었다. 쥐어짜놓은 듯 꾀죄죄한 거지 부부가 특유의 쇳소리를 앞세우고 찻간에 들어섰다. 북과 손풍금 반주를 곁들여 노래하는 거지들이었다. 이 나라 어디서나 흔히 보는 일이다. 동행한 인도 친구가 동시통역사가 되어 비감 어린 거지 노래를 내 귀에 가만가만 읊어댔다.

참 묘한 일이야
우리 행복했던 날
기쁨 함께하자는
친구들 많더니

이리 서러울 땐
덜어 갖자는 사람
왜 아무도 없지?

참 묘한 일이야
넉넉할 땐
생각지도 못했는데
이젠 나누고 싶어도
바다 같은 마음뿐
이 설움 나눌 이
아무도 없어

　친구에게 그런 노래가 있느냐고 물었더니 자작곡일 거라는 대답이었다. 누가 만들었든 멋진 노래라는 생각이 들었다. 거지에게 주는 돈이 아니라 노래를 들은 값으로 2루피 짜리 동전 하나를 손풍금 앞에 달린 양재기에 담아주었다. 남루한 행색으로 보아 그런 가사를 만들어낼 수 있을 것 같지 않았지만 그거야 알 수 없는 일이다. 이 너른 땅, 헤아릴 수 없이 많은 거지들에게 그들의 애환과 한을 담은 노래도 많이 있을 것이다.
　그런데 흥미로운 일은 산스크리트 기록으로 남은 거지 노래가 많이 있다는 것이다. 산스크리트가 일반 대중의 구어로 쓰인 것도 아니고 종교 전적(典籍)이나 의식(儀式)에 쓰인 특수층의 언어였던 것을 생각하면 유식한 거지들이 더러 있었나보다. 물론 거지 노래를 꼭 거지가 지었다고는 할 수 없는 일이지만 그렇다고 배부르고 편안한 양반이 심심풀이로 그 구구절절 한이 서린 거지 노래를 썼다고 생각하기도 어렵다. 내가 좋아하는 거지 노래 중에 하나는 이렇다.

오, 가난이시여
엎드려 절하옵나니
당신 크신 은혜로
내 신통력을 얻었나이다
나는 세상을 다 보건만
누구 하나 내 모습을 보지 못하더이다

길가에 앉아 있어도 못 본 척 지나치고, 옆에 다가가 손을 벌려도 모른 척하는 사람들 앞에 거지는 마치 은신술을 통달한 투명인간과도 같다. 사람들 눈에 아예 보이지 않는 것이다. 이렇게 당하는 무시가 모두 다 돈 없는 덕이니 가난님에게 큰절을 올린다는 것이다. 대단한 거지 시인이시다. 무시당하는 것은 서럽지만 또 쳐다봐주어도 탈이다. 어쩌다 마주친 눈길이 제법 부드러워 혹시나 하고 다가가면 비키라고 호령이다. 아니면 공연한 빈말이다. 어디 사느냐, 몇 살이냐, 처자식은 있느냐? 그래서 조랑조랑 이야기하면 금세 정색을 하며 입 닥치고 조용히 하란다. 거지는 또 노래한다.

　　오너라, 가거라
　　누워, 일어나
　　일러라
　　입 다물어
　　돈 있는 양반들
　　'행여나'에 홀린 거지
　　갖고 노시나

　여기 '행여나'라고 옮긴 산스크리트 단어는 아샤(āśā)인데 본
뜻은 '희망'이지만, 으레 '헛된 기대'의 뜻으로 쓰인다. 그렇게
헛된 기대라는 것을 반쯤 알면서도 달겨들 수밖에 없는 것이 거지
다. 더구나 아직 이력이 붙지 않은 신참내기 거지로서는 누구에게
손을 벌리고, 누구를 무시(!)할 것인지 분별하기가 쉽지 않다. 소
득 없이 허둥대는 꼴이 안타까워 고참 거지가 점잖게 훈수한다.

　　하늘에 뜬 구름
　　모두 다 같은 게 아니란다
　　비 뿌려 땅을 적시는 것도 있고
　　헛되이 천둥만 울리는 놈도 있지
　　오, 가엾은 짜따까!

14

구름 지날 때마다
처량한 목소리 높이지 마라

아직 땅에 떨어지지 않은 빗물만을 마신다는 전설 속의 새, 짜
따까(cātaka)야 그럴 수 있을지 몰라도 희망이라는 도깨비에 홀
린 거지가 금세 고행자가 될 수는 없다. 그것도 사지 육신이 멀쩡
해가지고 이 눈치 저 눈치 살펴야 하는 거지는 더욱 괴롭다.

아, 다리 없는 자네 훌륭하이
남의 집에 구걸하러 갈 일 없으니
앞 못 보는 자네는 복도 많네
돈독에 취한 얼굴 보지 않아도 되니
말 못 하는 그대는 얼마나 좋은가
한푼 얻겠다고
자린고비 치켜세울 일 없으니
아하, 귀먹은 자네 좋겠네
모진 소리 듣지 않아도 되니

그렇다고 멀쩡한 육신 다 접고 쪼그려 앉아 장님, 벙어리, 귀머
거리 흉내를 내고 있을 수도 없다.
스스로 성자라고 호언하던 한 사내가 추종자들에게 자신의 신
통력을 보여주기로 했다. 그는 저만큼에 떠억 버티고 서 있는 높

은 산을 향해 호령했다. "냉큼 기어와 내 앞에 엎드리렷다!" 그러
나 산은 들은 척도 않고 뻣뻣이 서 있을 뿐이었다. 사내의 다음 행
동은 실로 성자다운 것이었다. "그럼 내가 가지." 그는 산보다 더
뻣뻣이 고개를 쳐들고 성큼성큼 산을 향해 걸어갔다.

거지 역시 일부러 찾아와 베풀고 갈 사람이 없는데야 제 발로
다가가는 도리밖에 없다. 그래서 나오는 노래는 자조의 도가 훨
씬 높아진다. 목줄때기를 사납게 훑고 넘어가는 법성포 토종 배
갈처럼.

풀잎보다 가벼운 게 솜털
솜털보다 가벼운 건 거지
그런데도 바람에 날리지 않는 것은
'적선합쇼!' 소리 두려워
바람조차 다가오지 않기 때문

희극과 비극은 서로의 꼬리를 물고 있는 두 마리의 뱀과 같다.
큰 기쁨이 눈물을 몰고 오듯, 너무 슬퍼지면 웃음이 나오는 것이
다. 거지 노래 속의 이런 익살은 주체할 수 없는 설움의 역설이다.
거기다 아무리 바람마저 비껴가는 거지라고 체면이나 배알도 없
는 것은 아니다. 서럽다는 것은 정신이 말짱하다는 것이다. 또, 말
짱한 정신으로도 어쩔 수 없다는 데서 서러움은 더 깊어진다.

16

고개 푹 숙이고
적선합쇼, 한푼 줍쇼!

퍼렇게 날 세운 칼로
세 치 혀 베어낼거나

저 치켜세운 눈썹
거들먹거리는 얼굴
장님이라면 모를까
아하, 서럽다
눈뜨고 하는 구걸

아무것도 없는 판에
헛된 희망 끝내 떠나지 않아
한 가지 기대 버리고 나면
소갈머리 없는 가슴엔 또다른 희망
구걸에 체면이 말이 아니지만 자살도 죄라니
아, 목숨아 제발 덕덕 네 발로 나가다오

　예나 지금이나 이런 사람들은 늘 있게 마련이다. 또 어디 인도
뿐이랴. 서울이 그렇고, 평양이 그럴 터이다. 어떤 사람이 말했다.
물 펑펑 쓰고 함부로 버리는 사람은 다음 생에 인도에 태어난다

고. 나는 그 공식에 다른 단어들을 대입해본다. 돈 아까운 줄 모르고 펑펑 쓰면서 베풀 줄 모르는 사람은 다음 생에 거지 된다고. 보지도 듣지도 못한 사람들 쫓아가 베풀지는 못하더라도 내 이웃, 내 친구 가운데 "목숨아 제발 네 발로 나가다오!" 비는 사람이 있다는 것을 잊어서는 사람이 아니다.

덤

벌써 십 년이 넘은 일이다. 87년 여름 인도에 오기 전에 이 년 반 동안 방콕에 있는 왓 벤짜에서 살았다. 외국인들이 보통 로열 마블 템플이라고 부르는 곳인데, 태국 왕실에서 창건한 대리석 사원이라는 뜻이다. 약 이백 명가량의 승려가 상주하는 곳으로 사원 규모는 그리 크지 않지만 태국 불교 근대화의 산실이자 수많은 학자 스님들이 머무는 승려 교육의 중심지이다.

아침 다섯시 반이면 바리때를 들고 탁발을 나가곤 했다. 불을 지펴 스스로 먹거리를 장만하거나 미리 여러 날 치를 쌓아두고 곶감 빼먹듯 야금야금 빼먹고 살지 않는 것이 출가승의 생활 원칙인 만큼 당장 필요한 음식과 일용품은 그날 그날의 탁발에 의존하는 것이다. 딱히 출발 시간이 정해져 있는 것은 아니라노 성해진 코스를 비슷한 시간에 돌다보면 기다리는 신도와 아침마다 찾아오는 스님 사이에 말없는 약속이 생기게 된다. 말하자면 서로 시간대가 맞아떨어지는 단골 신도 집과 단골 스님이 만들어지는 것이다.

매일 문간을 서성이며 나를 기다리던 할머니가 보이지 않는 날이면 무슨 나쁜 일이라도 생긴 게 아닐까 은근히 걱정이 되기도 하고, 어쩌다 멀리 출타를 한다거나 사정이 생겨 여러 날 만에 탁발을 가게 되면 "어디 앓기라도 하셨수? 이렇게 다시 오시니 마음이 놓이는구려. 요담 어디 갈 일이 생기걸랑 미리 알려주면 좋으련만……" 할머니 얼굴에는 그렇게 염려, 안도, 원망이 한덩어리가 되어 씌어 있다. 수행자에게 이러쿵저러쿵 말을 거는 법이 아니라는 것을 잘 아는 사람들이어서 입을 다물고는 있지만 말없이 전하고 들리는 것이 정이고, 사랑이고, 자비다.

바리때에 공양거리를 담아주는 신도가 노인이 아니고 꼬마들이거나 젊은 처자일 때는 훨씬 조심스러워진다. 수십 년 동안 그 일을 해온 노인들과는 달리 아직 손에 익지 않아 가끔 국 담은 비닐봉지가 터지거나 바리때 뚜껑에 얹어주는 하얀 연꽃이나 자주색 난초꽃을 땅에 떨어뜨리는 일도 벌어지기 때문이다. 언제 생각해도 머리를 말끔히 빗고 교복을 챙겨 입은 열 살 안팎의 소년 소녀들의 짐짓 근엄하면서도 약간 어색한 손놀림과 표정은 늘 아름다운 그림이다.

어떤 날은 조그맣고 귀엽게 만든 종이봉투가 바리때에 들어오는 일이 있는데, 절에 돌아와서 펴 보면 1바트짜리 동전이 일곱 개 혹은 여덟 개 들어 있다. 생일날이라고 제 나이 수만큼의 동전을 넣어 스님들에게 보시한 것이다. 그날을 위해 열심히 채워온 돼지 저금통을 열었는지도 모른다. 그네들은 어릴 때부터 그렇게 남과 나누며 사는 법을 배운다. 서너 살밖에 안 된 어린아이들은 제 엄마나 아빠의 품에 안겨 그 성스러운 일을 치른다. 키가 작은 꼬마가 문간에 제 발로 오똑 서 있을 때는 바리때 속이 보이도록 내 허리를 잔뜩 구부려야 되지만 그러고 나면 가슴은 더욱 훈훈하다. 남에게 무언가를 주고자 하는 그 고사리 손이 여기저기 자라고 있는 한, 끝 모를 탐욕과 미움, 감각적 욕망, 천박한 소비문화로 찌든 이 세상이 이대로 주저앉지는 않을 것이다. 바리때를 내려놓고 덥석 안아 등허리를 툭툭 두드려주고 싶은 생각이 굴뚝같아도 그래서는 안 된다. 앙증맞게 오른쪽 무릎을 땅바닥에 대고 합장한 채 쪼그려 앉은 꼬마를 축복할 뿐이다. 나지막이, 그러나 확신에 찬 목소리로.

　　강물 흘러 흘러 바다를 채우듯
　　고해에 넘쳐나는 청정한 보시 공덕
　　축복하노니
　　가득 차 둥근 보름달처럼
　　그대 구하고 바라는 것 쉬이 이루리라
　　온갖 고뇌와 장애 그리고 병마 모두 이기라

청정한 계 갖추어 덕스러운 수행자 늘 공경하는 그대 축복하
노니, 아유, 완노, 수캄, 발람!

끝 구절 "아유, 완노, 수캄, 발람"은 장수하고, 아름답고, 기쁘
고, 건강하라는 말이다. 돌아서서 옆 골목에 들어서면 환해진 아
침 하늘에 앵무새가 날아오른다. 사실은 앵무새가 아니라 앵무새
목소리다. 문간에 달아맨 새장 안에서 앵무새가 소리치는 것이다.
"뿌라 말레! 뿌라 말레!"
제대로 발음하자면 "프라 마 레우"인데 프라는 '스님', 마는
'오다', 레우는 '이미 또는 벌써'라는 뜻이다. 앵무새가 "스님 오
셨는데, 스님 오셨다니까!" 하고 주인을 불러내는 것이다. 내 쪽
에서 보면 자동으로 울리는 초인종이고, 집주인 쪽에서 보면 조기
경보기다. 목에 가래가 잔뜩 낀 듯한 소리로 외쳐대는 앵무새의
목소리는 잠깐이나마 별로 우습고 즐거울 거리라고는 없는 일상
을 깨고, 축 처진 가슴에 약간의 헛바람을 불어넣기도 한다. 앵무
새도 그렇게 보시를 하는 셈이다. 많고 많은 말 가운데 유독 그 말
을 가르친 주인도 참 별난 사람이다.
이렇게 여남은 집 문간을 거치면 밥, 국, 반찬, 과일, 연유, 과자
따위를 담아 고무줄로 묶은 주먹 크기만한 비닐봉지로 바리때가
넘쳐난다. 제일 흔한 반찬으로는 양배추에 닭고기나 돼지고기를
넣어 볶은 것이다. 과일이야 바나나와 정성스럽게 깎아서 자른 파

22

인애플이 주종이지만 때로는 두리안 한 조각이 들어오기도 한다. 이 두리안이라는 과일은 어지간한 호박통만한 몸집에 거칠고 뾰쪽뾰쪽한 가시가 덮여 있어 마치 만화책에 나오는 도깨비 망방이처럼 괴상하게 생긴 놈이다. 그 거친 갑옷 속에 보통 고구마 크기의 아주 달고 부드러운 과육이 예닐곱 개 들어 있다. 아이스크림처럼 연하고 부드러운 속살을 지키기 위해 그토록 험상궂은 껍질이 필요한가보다. 그러나 난감한 것은 생긴 모양이나 냄새가 영락없이 화장실의 그것을 닮아서 처음 보는 사람은 코를 싸쥐고 돌아앉기 마련인데, 맛을 들이면 오늘도 바리때에 그게 들어오지 않나 하고 은근히 기다리게 되는 것이다. 하지만 가난한 사람들은 언감생심, 감히 만지지도 못할 귀하고 비싼 과일이다. 딱히 값이 아니더라도 나 그거 엄청 좋아한다거나, 돼지고기 싫으니 그건 빼고 배추만 볶아 달라거나 할 수 없는 것이 탁발이다. 싫으면 말없이 받아두고 먹지 않으면 그만이다.

바리때에 얹힌 싱싱한 자주색 난초꽃 무더기를 바라보며 절로 돌아오는 길이었다. 이제 막 오십 줄에 들어섰을까 하는 사내가 다리 옆 길가의 맨땅에 무릎을 꿇고 두 손에 노란 가사를 받쳐들고 있었다. 매일 아침 지나치는 그 다리 밑에 사는 거지였다. 라오스나 캄보디아 국경 쪽의 메마른 지역에 한발이 오래 계속되어 모내기가 늦어지면 방콕 시내에는 이런 이주민들이 늘어난다. 고향 쪽에 비가 내린다는 소문이 들리면 대부분은 방콕 역 광장에 다시 모여든다. 사내가 마치 죄를 짓는다는 듯한 표정으로 내 눈을 빤히 바라보며 말했다.

"타안, 리몬 캅!"

공양거리를 마련한 신도가 스님을 초청하는 말로 "스님, 부디!" 쯤 되는 말이다. 나는 난초꽃을 집어 바리때 밑에 받쳐들고 사내 앞으로 다가섰다. 사내가 노란 가사 한 벌을 내 바리때 위에 올리고 다시 무릎을 꿇고 앉았다. 나는 숨을 깊이 들이마시고 축복 게송을 힘주어 또박또박 외었다.

출가 수행자라는 뜻으로 쓰이는 비구(比丘)라는 단어는 당초 산스크리트 빅슈(bhikṣu), 빨리(Pāli)어(초기 불교 경전어) 빅쿠(bhikkhu)의 음역으로 거지라는 말이다. 내 눈앞에 무릎을 꿇고 앉은 거지와 내가 다른 점은 거지는 거지로되 나는 서발 장대 휘둘러도 거치적거릴 것 없는 홀몸에 깨달음을 구하는 거지이며, 사람들이 축복을 내릴 힘이 있다고 믿어 마지않는 거지라는 점이다. 그러나 남들이 어찌 믿던, 스스로 '청정한 계 갖추어 덕스러운 수행자'도 아니고, 내 축복이 아무런 영험도 없는 말치레라는 것을 누구보다도 잘 아는 나로서는 여간 당혹스러운 게 아니었다. 특히 고향 떠나온 이주민 거지에게 축복을 줘야 되는 이런 상황에서는 더욱 그렇다. 그러니 겨우 내가 할 수 있는 일이라고는 으레 하는 식대로 한 번만 외고 그치는 것이 아니라 세 번을 거푸 외는 것이 고작이었다. 정말 죄를 짓는 심정으로. 얻어먹는 게 참으로 무섭구나. 그래서 덤으로 반야심경을 외었다.

토미, 아일러뷰!

토미는 캐나다에서 온 히피다. 방콕 시내의 외국어 학원에서 영어를 가르쳤다. 그러는 사이 한 태국 아가씨와 그렇고 그런 사이가 되었단다. 인형 공장에서 일하는 봉제공이라고 했다. 관광 비자로 들어와서 눌러앉은 외국인들에게 제일 성가시고 어려운 일이 몇 달 만에 한 번씩 비자를 연장하는 일이었다. 여름 한철 사원에 들어가 승려가 되면 쉽게 비자를 연장할 수 있다는 것을 알아낸 그 히피는 내가 살고 있던 사원에서 머리를 깎고 비구계를 받았다.

바로 내 옆방에 살게 된 그와 금세 친한 사이가 되었다. 아마 내 핏속에도 히피가 들어 있기 때문일 수도 있다.

어느 날 그에게서 따뜻한 가슴을 느끼게 한 계기가 있었으니 바

25

로 '골통 사건'이었다. 어떤 잡지에 있는 미국의 월남 난민들 이
야기를 함께 읽었는데, 기사 내용은 흑인 선주들에게 고용되었던
월남인 어부들이 아주 짧은 기간 안에 배들을 인수하고 흑인들이
고용인으로 바뀐다는 것이었다. 나는 별 생각 없이 "니그로들은
골통이 빈 걸까?" 말해놓고 아차 싶었다. 아니나 다를까 그 히피
친구의 얼굴이 상기되는 기색이 역력했다. 별 한심한 몽고족 다
보겠다는 표정이었다. 나이야 나하고 동갑내기였지만 나보다 훨
씬 더 잘 닦은 수행자의 어투로 그가 말했다.

"반떼, 그런 건 골 빈 백인들이나 하는 소리지요."

'반떼'란 대충 어르신이란 뜻이지만 제자들이 부처님을 호칭하
던 말로 나중에는 선배 승려에 대한 존칭으로 쓰이게 된 것이다.
이 골통 사건은 골이 비지 않은 백인 청년과 설익은 조선 승려를
더욱 가깝게 만들어주었다.

토미는 학교에서 연극을 했다고 했다. 리차드 바크의 글이 그렇
게 좋다는 그가 90분짜리 테이프에 『갈매기 조나단』전부를 녹음
해서 내게 주기도 했다. 두어 번 듣고 말았지만 끝없는 하늘, 거칠
게 일렁이다가 고요히 잠든 대양, 거기 대자유를 찾아 떠도는 수
행자를 연상케 하는 그의 낭송은 참으로 듣기 좋았다.

우리가 살던 사원의 정문 앞에는 아침마다 방콕 시내에서 가장
멋진 승용차들로 장사진을 이룬다. 유독 그 절에만 있는 일인데,
기라성 같은 큰스님들이 많이 머무는 절이기도 하지만 왕궁과 관
공서로 빙 둘러싸여 탁발 길이 멀기 때문에 스님들이 주택가로 가

기 전에 신도들이 아예 절 문 앞으로 공양거리를 가져오는 것이다. 하루는 토미가 두런거렸다. 거기 가서 줄에 끼어 서 있으면 마치 부둣가에 버려진 멸치 쪼가리를 주워먹는 갈매기가 된 듯한 기분이 든다고. 나를 따라갔으면 좋겠다고.

다음날 아침부터 다섯시 반이면 바리때를 든 키다리 토미가 어김없이 내 방문 앞에 서 있었다. 내 탁발 길은 왕궁 담을 돌아 30분쯤 걸어야 되는 곳으로 오래된 태국 특유의 목조 건물들이 늘어선 주택가였다. 야자나무처럼 키가 큰 그가 서너 발짝 뒤에서 내 머리꼭지를 내려다볼 일을 생각하면 허리를 바짝 세우고, 눈길은 살짝 아래로 내리깔고, 걸음은 조금 더 느리고 근엄하게…… 없는 폼을 잡으려니 발걸음이 전처럼 편치 않았다. 그래도 밤비에 젖은 풀을 밟으며 걷는 이른 아침 탁발 길은 조나단이 나는 머언 바다만큼이나 아름다웠다. 우리 둘 중에 누가 조나단이고 누가 창인지는 정하지 않았지만.

어느 일요일 오후, 아가씨가 토미를 찾아왔다. 태국 사원에서 흔히 보는 일로 이미 결혼을 했거나 약혼중이면서도 여름 한철 살다 가는 단기 승려가 많기 때문이다. 그러나 찾아오는 사람이나 손님을 맞는 사람이나 여간 불편하고 껄끄러운 게 아니다. 엄마 손을 잡고 따라온 어린 딸아이도 스님 아빠의 무릎에 올라앉지 못한다. 딸도 여자니까! 대개는 문턱을 사이에 두고 멀찌감치 앉아서 이야기하다가 돌아가는 것인데, 피치 못할 일로 방에 들어올 일이 있으면 문을 활짝 열어두어 이상한 혐의를 받지 않도록 조심

해야 된다.

　잠깐 동안의 면회를 마치고 아가씨가 돌아간 뒤 토미가 내 방으로 왔다. 그가 조금 쑥스러워하며 내민 손바닥에 전자 손목시계 하나가 놓여 있었다. 길거리 좌판에 놓고 파는 싸구려 시계임에 틀림없었다. 그러나 그가 보여주고자 하는 것이 시계가 아니라 다른 물건이라는 것을 알아챈 나는 시계 옆에 꼬깃꼬깃 접혀 있는 종이쪽지를 집어들었다. 손바닥 절반 크기나 될까 말까 한 공책 쪼가리였다. 거기 씌어 있었다.

　Tommy, I love you!

　순간 싸구려 전자시계는 어느 별보다도 찬란한 빛을 발하기 시작했다. 얼마 되지 않는 월급의 거의 다를 멀리 캄보디아 국경 근방에 사는 가난한 부모님들에게 보내고 눈꼽만큼 남은 돈으로 어렵게 생활을 꾸려나가야 한다. 아무리 싸구려라 해도 당장 이번 달 식단이 달라질 것이다. 그러나 밥상이 대수랴! 사랑하는 사람에게 무언가를 준다는 것은…… 실은 나도 몰라.

　이제 겨우 알파벳을 배우는 유치원 아이가 썼을 것 같은 조악한 그 철자들의 배열은 어느 명필의 서예 작품보다, 어떤 꽃보다 아름답게 살아 피어올랐다. 나로서야 사랑이라고는 그저 한 시절 철부지 빠끔사리밖에는 짐작도 하지 못할 푼수지만 그 흔해빠진 단어가 내뿜는 맑고 상큼한 빛에 눈앞이 갑자기 부예졌다.

28

하안거(夏安居) 석 달이 거의 다 갈 때쯤 토미가 말했다. 연말에 토론토에 다녀올 생각이라고. 아가씨를 보면 부모님들이 기뻐할 거라고. 그런데 큰 걱정거리 하나는 "날씨가 너무 추워서 아가씨를 털외투로 둘둘 감아야 될 텐데……"였다. 나는 믿는다. 토미의 따스한 가슴이 고래 가죽보다, 밍크 가죽보다 더 포근히 그녀를 감싸줄 것이라고.

그 전자시계가 오래오래, 언제까지고 토미의 손목에 남아 있게 하소서. 내 몇 가지 안 되는 소원 가운데 하나다.

옛날에 옛날에

조그만 산골 마을에 한 아이가 있었대. 할머니랑 단둘이 살았는데, 이름이 문수였다나. 탁발 오신 노스님이 지어주신 이름이래.

하루는 동무들이랑 함께 머루 따러 산에 갔대. 등성이 세 개 넘고, 내 둘 건너고, 또 산자락 돌고 돌아 아주아주 깊은 골까지 갔었대. 모두들 주머니가 불룩해가지고 신이 나서 돌아오는데, 병풍바위 밑 아늑한 양지 끝에 맷방석만한 율무밭이 있더라지 뭐야. 어어, 이상하다, 그지? 이 깊은 골짜기, 떡갈나무 아래 어떻게 율무가 자랐을까? 모두들 고개를 갸우뚱거렸지. 문수는 다래랑 어름이랑 넣은 주머니에 율무도 한 움큼 따 담아왔대.

가져온 율무에 구멍을 뚫어 백팔 염주 두 개를 만들었지. 하나는 할머니 드리고, 하나는 문수 제 목에도 걸었대. 할머니는 짬만

나면 율무 염주를 세시며 "나무 아미타불, 나무 아미타불 ……" 외시는데, 문수는 그냥 "간셈보살, 간셈보살!" 그렇게 불렀다지 뭐야. 어쩌다 한 번씩 동네에 들르시는 노스님이 그걸 보시고 간셈보살이 아니라 관세음보살이라고 고쳐주시며, "네 이름이 문수보살의 문수니 그냥 '나무 문수사리보살!' 그렇게 외거라." 그러셨대.

어느 날, 할머니께서 손에 율무 염주를 꼬옥 쥐시고 감은 눈을 뜨지 않으시더래. 아침 해가 환히 떠오르는데도. 문수는 꼬박 사흘을 걸어 노스님 계신 암자로 가서 물었지. 우리 할머니 가신 곳이 어디냐고. 노스님께서 뭐라셨는지 알아?
"네 이름이 지혜보살, 문수인데 그걸 나에게 묻느냐?"

동무들은 다시 돌아오지 않는 문수가 많이많이 보고 싶었대. 순이랑 희야랑 철이랑은 가끔 "왜 자꾸 송홧가루가 눈에 들어간다냐?" 그러면서 눈을 비비지 않았겠어. 어느 골짜기 원추리꽃 빛깔이 고운지, 나리꽃은 어디 가야 많은지, 어떻게 생긴 찔레 고동이 단지, 어느 바위 부엉이 눈이 가장 큰지…… 문수가 제일 잘 알았거든.

문수 스님은 쬐그만 바랑 하나 지고 바람같이 구름같이 떠돌았대. 오늘은 이 골짜기, 내일은 저 강. 가진 거라고는 입고 있는 홑

것 한 벌에 바랑 속의 가사 한 영, 바리때 하나, 목에 건 율무 염주
가 모두였지. 글쎄, 스님이 속옷도 안 입었다나. 오십 년 뒤에 늘
어난 재산 하나가 겨우 꼬부라진 명아주 지팡이였다지 뭐야.

마지막으로 함박눈 사부작사부작 내리는 고갯길 오르시는 문수
노스님을 보았다는 사람이 있었는데, "노스님, 이 눈길에 어딜 가
시나요?" 물었더니, "고향에 간다오." 그러시더래. 노스님 말씀하
신 고향이 그 작은 산골 마을이었을까? 아마 아니었을 거야. 그
눈길에 꼬부랑 명아주 지팡이 짚고 걸어가시기에는 너무너무 먼
곳이었거든. 그냥 하늘 더 넓게 보이는 산에 오르셨겠지. 그러고
는, 거기 가사랑 바리때가 든 바랑을 모로 베고 누워 지그시 눈을
감으셨겠지. 눈감으면 뭐든지 다 보이잖아.

여러 해 지나, 꼬맹이들이 진달래 꺾으러 산에 갔다가 철쭉꽃
흐드러지게 피어 있는 고갯마루에 맷방석만한 율무밭을 보았대.
뻐쭈거니 늘어선 율무 줄기, 마른 잎들이 봄바람에 버석버석 갈
리고 있더래. 마침 고개를 넘던 한 젊은 스님이 율무밭 쪽에 세
번 큰절을 올리고, 한 움큼 율무를 따서 바랑에 담는데, 한 아이
가 물었지.

"스님! 왜 율무밭에 절을 하세요?"

스님이 이야기하기를 "이 외딴 길섶에 난 율무는 필시 도 잘 닦
으신 어느 노스님 목에 걸렸던 염주가 싹이 튼 걸 거야. 깊은 산
양지쪽에 이런 율무밭이 더러 있단다. 요다음 다래 따러 갔다가

이런 율무밭 또 보거든 너희들도 큰절 세 번 올리는 거다 웅!" 그러셨대.

오덜 말고 가덜 말어!

　전라도 시골 마을에 한 소년이 살았대. 유복자에 외동아들이었
다지 아마. 어느 날 문득 산사로 갔으면 하는 생각이 들더래. 출가
하기로 맘먹은 거지. 효자는 아니래도 홀어머니께서 상심하실 일
을 미리 헤아려 말도 못 하고 끙끙 앓았다지 뭐야. 그렇게 한동안
뭉그적거리다가 어렵게, 아주 어렵게 속을 털어놓았는데, 글쎄,
어머니가 말씀하시기를,

　"하이고, 지랄허덩게비. 너 같은 놈이 스님? 아아나! 오덜 말고
가덜 말어!" 그러셨대, 세상에.

　아는 사람은 알겠지만 "네 푼수로 보아 얼마 견디지 못하고 돌

아올 것이 불 보듯 훤하니, 그럴 양이면 아예 처음부터 가지 말라"는 순 조선말이지.

오덜 말고 가덜 말어!

들리는 말로는 이제 팔십이 넘은 노모께서는 삼십 년도 넘게 오덜 않는 아드님이 생각날 때마다 "보고자프먼 걍 구름이나 보지라오!" 하시며 지그시 눈을 감으신다나. 구름이 너무 고와서 맨눈으론 못 보신대.

쉬이딸

쉬이딸은 흔한 인도 여자 이름이다. 산스크리트에서 쉬이딸은 '서늘한' 혹은 '쌀쌀한' '얌전한'이라는 뜻이니까 우리 동네 이름으로 치면 아마 청자나 정순이쯤 될 것이다. 그러나 내게 쉬이딸은 늘 이 황량한 데칸 고원의 바싹 마른 땅을 가르고 뾰족이 솟아나는 한 줄기 수선화거나, 가는 이슬방울에 젖어 파르스름하게 빛나는 아침나절의 재스민 꽃이다. 깡마르고 제 또래들 가운데서 몸집이 작은 편인 이 쉬이딸은 내가 몇 년 동안 기거하던 집의 막내딸이다. 그 집에 들어가던 해 우리로 하면 초등학교 3학년이었지만 이제 제법 숙녀티가 완연한 대학생인데도 내 가슴에 있는 쉬이딸은 늘 큼지막한 눈에 속눈썹이 유난히 긴 열 살 안팎의 소녀다.

그렇다고 쉬이딸이 수줍은 눈을 아래로 내리까는 새침데기는

쉬이딸

아니었다. 제 말대로 이름과는 달리 따스하고 정이 많은데다, 별나게 총명하고 예쁘게 말하는 재주가 있어 거슬리지 않게 제가 원하는 쪽으로 화제를 이끌어가거나 결론을 유도해내는 것이다. 거기다 당돌하게도 이제 독립 운동가 혹은 정치 지도자의 수준을 넘어 종교적인 우상이 되어버린 듯한 마하트마 간디를 신랄하게 비판하는 맹랑한 꼬마이기도 했다.

쉬이딸은 학교에서 돌아오면 책가방을 벗어놓기 바쁘게 이층의 내 방으로 달려와 그날 학교에서 벌어진 일, 제 짝과 다툰 일이나 선생님한테 매를 맞은 제 동무들 이야기를 재잘대곤 했다. 온 시선을 제게 모을 양으로 내가 읽고 있던 책을 한쪽으로 밀쳐놓고 책상 위에 오똑 올라앉기 일쑤였고, 내가 보던 칼릴 지브란 전집을 빼앗아 쪼랑쪼랑 낭송하면서도 제 몫으로 사다준 『갈매기 조나단』이나 『어린 왕자』는 끝내 읽지 않은 게으름뱅이였다.

한번은 쉬이딸이 내 노트에 쓰인 한자들을 가리키며 그것이 무슨 표시(sign)냐고 물어왔다. 나는 간단한 한자들을 그려 보여주며 옛 중국인들이 자연 속의 사물들을 어떻게 문자화했는지, 그리고 어떻게 추상적인 개념들을 표현했는지를 설명해주었다. 즉 땅과 그 위로 솟아난 줄기, 땅 아래로 뻗은 뿌리를 그려 木, '나무'를 가리키며, 나무 두 그루가 林, '숲'이 되고, 셋을 모으면 森, '울창한'이라는 형용사가 된다거나, 해와 달을 함께 놓으면 明, '밝음' 혹은 '밝은'이 된다는 식이었다.

꼬투리를 주면 어떤 식으로든 그럴듯한 이야기로 꾸며대는 영악한 소녀 쉬이딸의 기발한 상상력과 재치를 익히 알고 있었지만 내 이야기를 제대로 이해했는지, 만약 그렇지 못하다면 어떻게 둘러넘기는지 시험해볼 셈으로 心(마음 심) 자를 써 보여주며 물었다.

"心, 여기 이렇게 구부러진 건 달이고 점 세 개는 별이야. 초승달같이 생겼잖아. 어때, 비슷하지? 이렇게 달과 별 셋을 모은 것이 마음을 뜻하는 글자가 되는데, 넌 이걸 어떻게 설명하겠니? 달과 별을 함께 그려놓고 마음이라고 하는 게 이상하지 않니?"

잠시 그 초롱한 눈을 깜박거리던 쉬이딸이 말했다.

"아니, 전혀 이상하지 않은걸. 해는 있잖아, 너무 샘이 많고 오만해서 제 앞에서 다른 것들이 예쁘게 빛나는 것을 용납하지 않는 거야. 하지만 달은 그렇지 않아. 그러니까 별들이랑 함께 지낼 수 있지. 안 그래? 우리 마음도 그래야 된다는 뜻일 거야."

존재와 당위의 문제를 혼동하고 있다는, 즉 '마음이 무엇인가?'라는 문제와 '어떤 것이 바람직한 마음가짐인가?' 하는 문제를 명확히 구분하지 못하고 있다는 것이 분명함에도 불구하고 열 살짜리 계집아이의 입에서 나온 이 기상천외의 대답이 나를 멍하게 만들어놓고 말았다. 나는 그 무렵 마침 '아름다움'에 관해 생각하고 있던 터라 이 아이가 어쩌나 볼 심산으로 다른 질문을 던져보았다.

"아름다움이란 게 뭘까?"

이 밑도 끝도 없이 막연한 질문에 쉬이딸은 마치 진즉부터 준비해두고 누군가 물어오기를 기다린 철학자처럼 서슴지 않고 대답했다.

"무언가 있을 자리에 있을 때 아름다운 거야."

나는 한동안 말을 잃고 어린아이의 눈을 빤히 들여다보았다. 사실 엉뚱한 대답을 기대하면서 던진 질문이기는 했지만 그리 쉽사리 그토록 엄청난 대답이 나오리라고는 예상치 못했던 것이다. 문득 아름다움이라는 우리말의 어원을 '자기다움'이라고 설명한 한 시인이 생각났다. 어떤 것이 자기다울 때, 즉 돼지가 돼지다울 때, 사내가 사내다울 때 아름답다는 말인데 쉬이딸의 대답 또한 그에 못지않은 것이었다. 그러나 나는 애써 그 예상치 못한 답변에 동조하는 기색을 감추고 쉬이딸의 말꼬리를 물고늘어졌다.

"그럼 네 손톱에 남아 있는 그 매니큐어 자국은 아름다운 게 아니겠네? 그건 엄마나 언니 손톱에 있어야 되는 거잖아. 그렇지 않아도 예쁜 손톱에 왜 그걸 바르니? 하얀 재스민 꽃이 입술 연지를 바르는 걸 상상해보았어? 얼마나 흉할까?"

조금 샐쭉해진 쉬이딸이 대꾸했었다.

"You, boys can never understand that!"

그때 쉬이딸의 표정이나 제스처로 보아 "머슴애 꼭지들은 몰라!" 하는 투였다. 아하, 나는 졸지에 더욱 예뻐 보이려는 숙녀의 속마음을 헤아리지 못하는 바보 소년이 되어버린 것이다.

이제 쉬이딸은 더이상 내 책상 위에 오똑 올라앉는 일도 없고 제 동무 이야기도 하지 않는다. 이제 제 숙제를 핑계 삼아 내 독서를 방해하거나 인수분해나 피타고라스 정리 따위로 나를 난처하게 만들 필요도 없을 것이다. 더구나 계단을 내려가는 내 등에 팔짝 뛰어오르는 일은 더욱 없다. 내가 더이상 '보이'가 아니듯이 쉬이딸 또한 어린아이가 아닌, 이제 미장원에 가서 머리를 지지고(?) 와서도 전혀 쑥스러워하지 않는 대학생이니까.

어제는 책상 모서리가 아닌 의자에 제법 의젓이 다리를 꼬고 앉아 BBC식 영어로 경제학을 이야기하는 쉬이딸을 바라보며 생각했다. 수없이 많은 다른 별들과 어우러져 함께 빛나는 달 같은 마음, 그리고 있어야 될 자리에 있는 것이 아름답다던 십여 년 전의 제 이야기를 지금도 기억하고 있을까?

베토벤의 수모

무슨 일로 여럿이 모일 때면 막판에 이르러 누군가가 들고나
선다.

"돌아가면서 노래나 한 자리씩 부르지!"

가만히 보면 제일 먼저 그런 제안을 하는 사람은 으레 노래 솜
씨가 별로 없는 사람이다. 거시기라도 몇 바퀴 돌아가고 알딸딸해
져서 한 곡조 뽑는 거라면 혹시 몰라도 멀쩡한 정신에 무슨 초친
맛으로 노래는 또 노래? 아닌게 아니라 어디 널찍한 들판이나 산
꼭대기에 올라서면 생각하고 자실 것도 없이 거기에 맞는 노래가
나올 수도 있다. 하지만 꽉 막힌 방 안, 형광등 아래서는 좀 곤란
하다.

"에이, 참말로! 가사 다 외우는 노래가 하나도 없당게에. 싹 잊

어버렸어."

빼고 빼다가 "마아지막 석야앙 빛을, 그 담에 뭐지? 어물어물, 떠나가아는 저 배는 어디이로 가아느냐……" 그렇게 가사를 더듬거리며 노랜지 시존지 한 수 읊어놓고 주저앉는다. 그렇다고 내가 형편없는 음치인 것은 아니다. 소싯적에는 노래를 썩 잘한 편이다. 심사하시는 선생님이 "거시기 학생은 가곡을 마치 유행가 부르듯이 째를 낸다"고 지적하시기는 했지만 학교 대표로 나가 무대에 서본 적도 있는 사람이다. 또 제대로 따라서 부르지는 못해도 송창식이나 정태춘 노래가 좋아서 CD도 여러 장 가지고 있는 판이다. 곡조도 곡조지만 억지로 째를 내려는 것 같지 않으면서도 자못 의미심장한 가사들이 썩 맘에 들기 때문이다.

'째'라는 말이 나와서 이야긴데, 나는 사실 그것이 어떻게 해서 생긴 말인지, 어떻게 써야 제대로 된 철자인지 모르면서도 자주 쓰고 있다. 아마 '어쩌고 어쩌는 체하다'에서 '체'의 변말이 아닐까 짐작할 뿐이다. 쓰임새로 보아서 그렇다는 소리다. 말하자면 멋을 부려보려고 한 것이 어딘지 어색하고 어울리지 않는 것을 '째'라고 하면 딱 맞다. 그러니까 유명 상표가 붙은 옷에 요란한 신발, 거기다 등에는 쇠불알만한 가방을 달랑달랑 달고도 이쁘기는 새로 영 밉살스러워 보이는 아가씨가 째쟁이라면, 별로 차린 게 없는데도 색깔이나 모양새가 잘 어우러져 한 번 더 바라보게 하는 사람을 멋쟁이라고 할 수 있다는 말이다.

사람들은 멋쟁이가 되어보려다가 째쟁이가 된다. 남 이야기 할 것 없이 내가 그런 꼴이 되었다. 그냥 정태춘, 송창식 노래나 조용히 틀어놓고 따라서 흥얼거리면 좋았을 것을, 어느 날은 객쩍게 클래식 음악을 들어보면 어떨까 하는 생각이 일었다. 얼른 생각난 이름이 베토벤이어서 심포니 몇 번 어쩌고 써 있는 테이프를 하나 사들고 왔다. 그런데, 관세음보살! 이건 뭐 도대체 내 주파수와는 영 겹치고 엉기는 구석이 없었다. 누구에겐가 실토를 했더니 그냥 아무 생각 없이 들으라는 훈수였다. 딴은 그럴 듯도 해서 충실히 그 훈수에 따르려고 애를 썼지만 통 달라지는 게 없었다. 송충이는 솔잎을 먹으랬다고, 나는 다시 옛 곡조로 돌아섰다.

그런데 참으로 변덕스럽게 요변을 부리며 천변만화하는 것이 중생심이어서 또 솔깃이 베토벤이 생각나는 것이었다. 책장 한쪽에 빼두었던 테이프를 찾았다. 얼마 전까지도 분명히 그 자리에 있던 테이프가 온데간데없이 사라졌다. 곰곰 생각해보니 집히는 데가 있었다. 며칠 전에 목수를 부른 일이 있었다. 천장에 난 구멍으로 박쥐가 들랑거려 성화를 부리다가 결국 목수를 불러댄 것이다. 함부로 남을 의심하는 것은 죄로 갈 짓이지만 책장에 함께 있던 볼펜 나부랭이도 함께 없어진 것을 보면 목수가 데려온 열대엿살쯤 된 조수의 소행이라는 심증이 갔다. 별 대수로운 일도 아니고 그렇거니 하고 넘어갔다.

하루는 목수를 소개했던 친구가 내 방에 왔다. 이런저런 잡담 끝에 베토벤 테이프 이야기가 불거졌다. 그걸 찾고 싶어서거나 소년을 나무라려는 것이 아니었는데도 정색을 하고 달려나간 친구가 불과 반 시간도 지나지 않아 테이프를 찾아 들고 왔다. 속이 편치 않았다. 입이 방정이지! 견물생심이라고, 아예 처음부터 눈에 띄지 않게 해두거나, 손을 댈 수 없도록 단도리를 해둘 것을. 그 하찮은 테이프 하나로 마음에 아픈 상처를 남기거나 어렵게 생긴 조수 자리에서 쫓겨나기라도 하면 어쩌지?

그날 밤 사위가 조용해진 뒤 녹음기에 그 테이프를 집어넣고 스위치를 눌렀다. 정말 아무 생각 없이 앉아만 있어야지 단단히 각오하고. 그런데 빠가락 빠가락 잡음과 함께 터져나온 것은 베토벤의 심포니가 아니라 인도 땅 여기저기에 널린 힌디 영화 노래였다. 쫓아가 스위치를 눌러 꺼버렸다.

인도에 온 외국인들에게 가장 싫어하는 것을 몇 가지 대라면 하나같이 버스나 길거리 여기저기서 울려대는 영화 노래를 꼽는다. 고개를 절레절레 흔들며 귀를 틀어막게 하는 가장 큰 이유는 목구멍을 최소한으로 좁혀 억지로 쥐어짜는 가짜 소프라노 소리와 전자오르간의 높은 피치, 쇠막대기로 깨진 양재기를 두드리는 듯 턱없이 시끄럽게 울려대는 북소리다.

텔레비전이나 라디오는 말할 것도 없고 종교 축제에도, 결혼식 행진에도, 선거 유세에도 이런 영화 노래가 판을 친다. 슬럼가의 골목길에서 딱지치기를 하는 꼬맹이들도, 고무줄 놀이를 하는 계집아이도 이 영화 노래에 맞추어 허리와 엉덩이를 비틀고 흔들어댄다. 영화마다 노래가 다르듯 그 노래에 맞는 춤이 있고, 그런 춤은 다시 그 영화와 같은 이름으로 퍼져 이 빈민가의 꼬마들까지 흉내를 내게 되는 것이다. 학교에 가도 음악 시간이 있는 것도 아니고, 텔레비전이나 라디오에서 애들이 부를 만한 노래를 만들어 들려주지도 않는다. 달리 듣고 배울 노래도 없는 터에 지천에 떠다니는 영화 노래나 따라 부를 수밖에. 거기다 좀 재밌어?

아무리 틀에 박힌 그렇고 그런 영화라고 하더라도 수억 인구가 그토록 열광하는 데는 다 그럴만한 까닭이 있기 때문이다. 관객들의 취향을 귀신같이 파악하고 거기에 딱 들어맞는 영화를 만든 것이다. 아직까지 부당한 압박과 멸시의 바탕을 흔들어 깨겠다고 분연히 일어나 싸운다는 영화는 단 한 번도 본 적이 없고 아마 앞으로도 만들어지지 않을 것이다. 그저 허파에 바람이 약간 든 촌뜨기가 고리짝 하나 들고 봄베이로 가서 깡패가 되거나, 어찌어찌하다가 부잣집 딸을 만나 잘 먹고 잘 살았다네 하는 것이 거의 다다. 그만큼이 이네들의 꿈이다. 주인공은 대부분 시골의 무지렁이, 고아, 빈민가의 건달 출신인데 알고 보니 뼈대 있는 가문의 귀한 자식이고 결국 헤어졌던 부모를 찾게 된다.

더이상의 복잡한 구성이나 째를 낼 필요도 없다. 비참한 현실의 생생한 묘사나 이성적인 갈등의 극복보다는 암묵, 회피, 환상 속에 묻혀버리는 것이 쉽고 편안할 수도 있다. 어차피 되지 않을 것, 세 시간 동안 꿈이나 꾸라니까! 이 꿈속으로 끌고 들어가는 묘약이 바로 남녀 주인공들이 벌이는 노래와 선정적인 춤판이다.

베토벤의 심포니를 지우고 거기에 베껴둔 것은 그 소년이 이미 보았거나 보고 싶은 영화에 나오는 노래들일 것이다. 제 딴에는 멋진 노래라고 생각했을 것임에 분명하다. 그것을 견디기 힘든 소음이라고 생각하는 나와 그런 영화 노래로 베토벤을 덮어버린 소년의 귀는 어느 구석이 어떻게 다른 것인가? 정말로, 아무 생각 없이 나도 한번 감상하리라고 맘을 굳게 먹고 녹음기의 스위치를 다시 눌렀다. 그 속에 오묘한 이치가 숨어 있을지도 몰라. 눈을 감고 어금니를 지그시 물었다.

소년이 사용한 녹음기가 고물인지 아니면 테이프가 날림이었던지 소리가 그야말로 형편 무인지경이다. 거기다 노래와 노래 사이에 지워지지 않고 남아 있는 베토벤 교향곡이 남루하고 초라하기 그지없다. 아무리 제 맘에 들지 않는다고 악성(樂聖) 베토벤 선생님을 그렇게 뭉개놓을 건 또 뭐야? 볼리우드(봄베이-힐리우드) 영화 노래한테 그토록 무참히 밟히다니, 베토벤 체면이 영 말씀이 아니시군. 그애도 그렇지. 빈 테이프를 하나 달랬으면 아무리 인색한 재연 스님이기로서니 그걸 거절했을까, 원 세상에!

테이프 한쪽 면의 반이나 돌아갔을까? 다짐 아니라 그보다 더한 결심을 했어도 도저히 그냥 앉아 있을 도리가 없었다. 공연히 베토벤 볼리우드 불협 교향곡으로 내 인내심을 시험할 필요도 없는 일이고 해서 나는 침상을 박차고 일어나 벽에 꽂힌 전기 코드를 홱 뽑아버렸다. 베토벤은 무슨 베토벤? 정태춘, 송창식 노래나 듣고 말 일이지, 괜히 째는 낼려고.

무용지물

    세상 구경을 나온 백조 한 마리가 남쪽 나라 자그만 연못에 내려앉았지. 한쪽 다리를 들고 얕은 물 속을 들여다보고 있던 황새가 백조에게 물었대.

    "넌 참 이상하게 생겼구나. 어쩌면 눈, 부리, 발목이 온통 부겐빌레아 꽃처럼 빨갛지? 이름이 뭐니?"

    "백조."

    "어디서 왔는데?"

    "으음, 히말라야의 까일라스 산 꼭대기에 있는 마나사 호수에서."

    "거긴 어때? 뭐가 있는데?"

    "물은 다디단 감로수요, 호수에 핀 연꽃들은 모두 황금빛이야.

물 속에는 산호, 진주, 묘안석이 지천으로 깔렸지."

"조개랑 우렁이도 있니?"

"아니."

황새가 이 말을 듣고 "히히히!" 웃었대.

기적

"사내가 돼갖고 허리가 퉁투웅해야지, 그리 졸라매다가 허리 잘라지겄다."

가늘디가는 허리를 바싹 졸라매는 내게 할머니께서 으레 그러셨다. 아닌게 아니라 삐쩍 마른 사람보다는 듬직한 허리에 도톰한 볼, 손등이 볼록하게 솟아오른 사람이 너그럽고 후덕해 보이는 것이 사실이다. 인도 사람들도 같은 생각을 하는가보다. 어디에 가도 거의 비슷하지만 특히 이곳 마하라쉬트라 주의 골목골목, 집집마다 모시고 있는 코끼리 머리의 가네샤(Ganeśa) 신을 보면 그렇다. 힌두 교도들이 지혜와 부의 신으로 섬기는 신이다. 불룩한 배와 코끼리 머리, 거기다 손에 받쳐들고 있는 과자 접시를 보면 지혜와는 좀 거리가 있을 것 같은데도 지혜의 신으로 섬기는 까닭은

49

아마도 대서사시 『마하바라타』*의 저자 뱌사(Vyāsa)의 속기사 역을 맡았기 때문일 거라고 짐작된다. 전설에 의하면 뱌사가 구술한 『마하바라타』를 받아적은 것이 가네샤라는 것이다. 가나빠티라고도 불리는데, 가네샤나 가나빠티 모두 무리의 지도자, 지배자, 주인, 두목이라는 뜻이다. 일반적으로 가네샤가 히말라야의 딸인 빠르와티(Parvati)와 파괴의 신 시바(Śiva) 사이에 난 아들이라고 알려져 있지만 가네샤의 기원은 전적에 따라 다르고, 때로는 각각의 주장이 서로 엇갈려 줄거리를 잡기가 쉽지 않은데, 이러한 것을 그저 인도가 보여주는 다양성의 한 예라고 생각하면 속이 편하다. 많은 가네샤의 출생 기원 가운데서 가장 많이 알려진 이야기는 이렇다.

시바의 짝인 빠르와티가 목욕을 마치고 몸에서 나온 때와 기름을 섞어 사람 모양을 만들었다. 이렇게 때와 기름으로 만든 인형에 갠지스 물을 부어 생명을 불어넣었다. 건장한 미청년이었다. 어머니 빠르와티가 욕실로 들어가면서 청년을 문지기로 세워두었다. 마침 시바가 문간에 들어섰다. 누군지 모르고 앞을 가로막는 청년과 시바 사이에 실랑이가 벌어졌다. 화가 치민 시바가 청년의 목을 날려버렸다. 달려나온 빠르와티가 울며 대들었다. 아들을 다시 살려내라고. 앞뒤 사정을 알게 된 시바가 제

---

* 현재의 델리 지방 꾸루크세뜨라 평원의 왕국을 두고 사촌 간인 빤다와 형제와 까우라와 형제 사이에 벌이는 고대 인도 전쟁 영웅담.

시바와 빠르와티(카주라호 시바 신전 부조)

일 먼저 눈에 띈 생물의 목을 떼어다 청년의 몸에 붙였는데 공
교롭게도 그게 바로 코끼리 머리였다.

또다른 이야기 하나.

시바가 빠르와티에게 말했다.
"이 말세가 가까워진 세상에 여자, 이방인, 수드라 그리고 온
갖 험한 죄를 지은 자들도 단 한 번 소마나타(Somanatha) 신전
에 가는 공덕으로 하늘에 나게 하리라."
그 뒤로 신들에게 바치는 희생 제사나 고행, 시주 등이 사라
진 것은 말할 것도 없고 세상은 무법천지가 되어버렸다. 붐비는

무희(카주라호 시바 신전 부조)

곳은 오직 시바 신전이었다. 남녀노소, 『베다』를 알거나 말거나, 빈부귀천 구별 없이 모두 올라간 하늘나라가 미어터지게 되었다. 까딱하면 사람들한테 밀려 떨어질 위험에 처한 인드라와 다른 신들이 시바를 찾아가 빌었다.

"오, 샹카라! 당신 덕에 우리 하늘이 난장판이 되어버렸습니다. 머지않아 우리가 설 자리도 없어질 지경입니다. 인간들이 '내가 최고다, 내가 제일이다' 외치며 하늘나라 구석구석 맘대로 들쑤시고 다니니 인간의 '선악 장부'를 든 염라대왕도 넋을 잃고 어쩔 줄을 모르는 판입니다. 지옥으로 가야 될 것들이 모두 하늘로 오고, 거기다 제일 좋은 내생까지 차지하니 이 일을 어쩌면 좋겠습니까?"

시바가 대답했다.

"한번 뱉은 약속이니 나도 어쩔 수 없소. 빠르와티에게 가서 빌어보시구려. 무슨 수가 나리다."

신들은 다시 빠르와티에게 몰려가 빌었다.

"여신 가운데 으뜸이시며 온 우주를 만드시고 또 부수시는 빠르와티시여! 굽어살피소서, 우리를 이 궁지에서 벗어나게 하소서!"

사정을 듣고 신들을 가엾이 여긴 빠르와티가 손으로 자기 몸을 살살 문지르자 네 개의 팔과 코끼리 머리를 한 가네샤가 생겨났다. 빠르와티가 말했다.

"그대들을 위해 내 이 아들을 만들었소. 이 아이가 사람들로 하여금 시바 신전에 갈 마음을 내지 못하도록 막고, 그들이 지옥에 떨어지게 할 것이오."

신들은 기쁨에 넘쳐 제각기 집으로 돌아갔다. 코끼리 머리가 빠르와티에게 물었다.

"명하소서! 내 무얼 어찌하리까?"

빠르와티가 말했다.

"인간들을 마누라와 자식, 재산으로 꼬드겨 소마나타 신전에 갈 생각이 일지 않도록 하라. 그러나 이 주문을 외워 그대를 흡족하게 하는 자들에게는 모든 장애를 거두고 소마나타 신전을 찾아 시바의 은혜를 입도록 하라.

옴(Aum), 찬양하나이다 장애의 신!
누구도 대적할 수 없으며
숭배자에게 승리를 안겨주시는
성취와 지혜의 배우자, 오, 가나빠티!
당신을 섬기지 않는 자들의 길을 가로막는 가네샤
당신을 찬양하나이다.
빠르와티의 아들,
무시무시하고 굳세면서도 달래기 쉬운 가네샤!
오, 위나야까! 당신을 찬양하나이다.
신들을 보호하시며 그들의 원을 성취케 하신
오, 코끼리 머리! 당신을 찬양하나이다.

널 그리 찬탄하고 섬기는 인간들이 있으리라. 누구든지 그리
찬양하고 빌면 장애를 거두고 소원을 이루게 하리라."

여신의 때를 뭉쳐 만든 인형, 홧김에 문지기 청년의 목을 날려
버리는 신, 인구 밀도가 높아져 하늘나라에서 떨어질 위험에 처한
신, 처자식과 소유물에 묶어 시바 신전에 가지 못하도록 한다는
발상들은 모두 옛 인도인들이 인간의 안목으로 신을 창조하고 해
석했다는 것을 보여준다. 신화 속에 나오는 힘센 신은 사실상 위
엄과 권위, 능력을 갖춘 훌륭한 아버지와 어머니 상의 확대판일
수도 있다. 중생들은 그렇게 누군가의 이마에서 탄생한 신을 경배

나무에 새긴 여신상

하며 이 세상과 내생의 안락을 빈다. 또 하늘나라로 갈 수 없도록 방해하는 것이 처자식과 재물이라는 이런 식의 신화를 읽고 듣고 보면서도 거기에 집착하고 매달려 싸우는 것이 중생이다. 알 수 없는 미래의 하늘나라보다 확실한 이승의 처자식과 재물이 중요한 것이다.

그렇게 굴러가던 히말라야 아래 동네, 인도가 발칵 뒤집혔다. 1995년 9월 21일. 이 개명 천지에 코끼리 머리, 가네샤가 기적을 보였단다. 가네샤 신상들이 우유를 마셨다는 것이다. 어디 인도뿐이랴. 이 기이한 사건은 현대 문명의 꽃들인 전화, 팩스, 텔렉스, 심지어는 이메일에 실려 온 세계로 퍼져나갔다. 유럽, 아메리카, 홍콩, 싱가포르, 아라비아, 아프리카…… 인도 사람, 특히 힌두

교도들이 사는 곳이면 어디라도 비슷한 난리가 터진 모양이다. 귀가 뚫린 사람이라면 남녀노소 가릴 것 없이 모두 우유통을 들고 가네샤 신전으로 달려간 것이다. 내가 바치는 우유도 마셔달라고.

무보수 정보원 쉬이딸 덕에 이런 식의 소문에는 내 귀도 제법 빠른 편이다. 대체 무슨 소리냐고 꼬치꼬치 캐물었더니 우유 담은 수저를 코끝에 대면 가네샤가 우유를 빨아 마신다는 설명이었다. 처음 들었을 때, 가네샤가 우유통에 팔을 뻗어 통째로 꿀꺽꿀꺽 마셨나보다고 생각했던 내가 바보였다. 그러나 구멍이 숭숭 난 물렁돌이나 석고로 만든 코끼리 상이 우유를 빨아들이는 것이 뭐 그리 대단한 기적이냐고 할 수도 없는 것이 쉬이딸의 풀죽은 얼굴 때문이었다. 제가 들이민 우유는 마시지 않았다는 것이다. 어디에 있는, 무엇으로 만든 신상이냐고 물었더니 집에서 불과 사오 분 거리의 대리석 신상이라고 했다. 나도 익히 아는 곳이다. "그럼 그 단단한 대리석 코끼리가 어떻게 우유를 마시느냐?"는 내 다음 질문을 미리 막기라도 하려는 듯 "다른 사람들이 준 우유는 마셨다는데……" 하며 말꼬리를 흐리는 데는 어이가 없었다.

거창한 물리학을 들먹일 필요도 없이 초등학교 자연 시간에 배운 '사이폰의 원리'로 설명될 수 있는 일이다. 그런 걸 가지고 신의 존재를 증명하는 기적이니, 신의 메시지니 떠드는 데는 입이 절로 벌어질 뿐이다. 신상들이 우유를 마셨다는 것은 우유가 수저에서 사라졌다는 이야기였다. 믿고 싶은 사람에게는 더이상 우유가 어디로, 어떻게 사라졌는가는 알고 싶은 일이 아니다. 가네샤

신상이 팔을 뻗어 우유통을 들어다 마신 것도 아니고, 수저에 담아 코끝에 들이민 우유가 사라진 것이야 등잔의 심지가 기름을 빨아올리는 것과 마찬가지다.

수저에 우유가 가득 차거나 차지 않았거나 결과는 마찬가지다. 수저에 우유를 가득 채운 경우에는 가운데가 볼록 솟아올라 가장자리보다 높게 된다. 반쯤만 부은 경우에는 수저의 가운데 부분은 오목 들어가고 가장자리 쪽으로 밀려나게 된다. 어느 경우나 마찬가지로 표면 장력에 의해 생긴 간단한 물리 현상이다. 이렇게 솟아오른 액체의 표면에 무언가 다른 물체가 닿게 되면 표면 장력이 파괴되면서 사이폰의 원리가 작용하기 시작한다. 마찬가지로 이미 젖어 있는 가네샤의 코끝에 수저를 댈 때 볼록하게 솟아오른 우유의 피막이 파열되면서 우유는 위로 빨려들어가거나 흘러내리게 된다. 일단 시작된 사이폰 작용은 수저가 빌 때까지 지속된다.

우유 이외의 다른 것은 마시지 않는가? 가네샤는, 아니 어떤 신상이라도, 액체라면 어느 것이나 흡수할 수 있다. 그러나 누구도 감히 사람들이 보는 앞에서 엉뚱한 실험을 하려 들지 않을 것이다. 액체에 따라 표면장력이 다르고 흡수되는 속도가 다를 뿐이다. 다만 우유에 설탕이나 소금 따위를 섞으면 쉽게 흡수할 수 없게 된다. 가네샤가 쉬이딸의 우유를 거절한 것은 신에게 더 맛있는 우유를 바치려고 사프란(saffron)을 넣었기 때문이다. 또 신상의 재료에 따라 흡수는 달라지게 마련이다. 기공이 많고 무른 돌로 만든 신상은 표면을 매끄럽게 마름질한 화강암 신상보다 훨씬 쉽게 우유를 받아들일 것이다.

 이 기적의 시작에 대해서는 설이 분분하다. 자기가 처음으로 그걸 알아냈다고 주장하는 사람도 여럿이었다. 어떤 사람은 꿈을 꾸었다고도 하고, 한밤중에 신전의 종이 울리며 시바와 빠르와티가 목이 마르다고 말하는 소리를 들었다는 사람도 있다. 사실상 그것은 소문의 기적이라고 해야 된다. 그 기적의 진원은 끝내 밝혀지지 않았다. 어쨌든 가네샤의 우유 마시는 기적은 들불처럼 번져나갔다. 수저에서 우유가 줄어들기 시작하는 바로 그 순간 마음은 제대로 작동되는 것을 중단한다. 믿으려고 작정한 사람들에게는 이러한 현상이 신이 존재한다는 증거라고 하면 그만일 뿐 거기에 어떤 다른 의미도, 설명도 필요가 없게 된다.

 그런데 참으로 희한한 것은 자신이 믿는 신이 어떤 식으로든 존재하며, 보이지 않는 손으로 자신을 보살피고 있다는 것을 확인하려든다는 것이다. 이것은 곧 마음 한구석에 늘 불신이 함께 자리하고 있다는 반증이다. 겉으로는 믿는 척하면서 속으로는 회의론자인 셈이다. 믿지 말자니 불안하고, 그래서 믿었으면 좋겠는데 막상 곧이곧대로 믿자니 황당한 것이다. 이것이 바로 기적을 갈망하는 대중이 간단한 상식으로 설명될 수 있는 자연현상을 신의 메시지로 둔갑시키는 이유다.

 이 세상에는 실제로 인간의 상식이나 과학으로 설명되지 않는 기이한 일들이 많이 벌어진다. 그러나 이러한 현상은 우리가 설명할 수 없는 것일 뿐, 일어날 수 없는 일이 일어난 것은 아니다. 일어날 수 없는 일은 결코 일어날 수 없다. 일어난 일에는 반드시 그럴 이유와 조건이 있었기 때문이고, 다시 일어나지 않는 것은 조건이 달라졌기 때문이다.

　이런 일에 혹해서 우왕좌왕하는 것이 중생심이다. 또 기적을 갈망하는 중생심의 바탕은 이기심이다. 나 자신까지를 포함한 이 세상의 모든 악을 한꺼번에 쓸어버리고 정토로 만들어달라고 비는 중생은 없다. 다 뭉개져도 나는 남아야 되는 것이다. 빈다고 그런 일이 벌어질 리도 없지만 진심으로 그렇게 비는 중생이 있다면 그 중생은 이미 중생이 아니다. 중생들의 바람이란 그저 나와 관련된 누구, 나와 관련된 무엇이다. 나는 그것이 애당초 크게 잘못되어 벌받을 일이라고는 생각지 않는다. 중생이란 그런 것이니까.

　그러나 꼭 그런 것만은 아니다. 내 부모, 내 자식이 아닌 남들을 위해 자신을 희생하는 중생이 있고, 뼈 빠지게 일해서 만든 재물을 보지도 듣지도 않은 사람에게 베푸는 중생들이 있다. 기적이라면 이것이 기적이다. 남이야 어찌 되건 온갖 수단 방법을 가리지 않고 그러모아 움켜쥐는 이 험한 세상에, 탐욕과 어리석음으로 가득 찬 사바 세계에 이보다 더한 기적이 어디 있겠는가? 이런 기적이 여기저기서 늘 일어나면 그도 좋은 일이겠지만 기적이 별로 보이지 않는 세상이라고 한탄할 일도 없다. 그저 잠자리에 드러누워 단 삼십 초라도 하루 종일 저지른 바보 같은 짓거리를 부끄러워하는 사람이 하나라도 늘어나면 그만이다. 그것이 어느 날 일어날 기적의 씨가 될 것이다.

온전한 송사리 맛을 위하여

마침 할 일도 별로 없는 일요일이어서 오토바이로 한 시간 거리인 벌판에 나갔다. 제대로 자란 야자나 맹고 나무 한 그루 없는 황량한 들판에 비가 오는 철에만 흐르는 '여름강'이 있다. 우기가 지난 지 얼마 되지 않은 시월인데도 강은 이미 바닥을 드러내고 여기저기 움푹움푹 팬 곳에 조금씩 고여 있는 물이 고작이었다.

앉아 있던 자리에서 별로 떨어지지 않은 곳에서 두 여인이 허리를 굽히고 물을 품고 있었다. 뭘 그리 고부라지게 하고 있나 궁금증이 들어 나는 카메라를 엉덩이 뒤에 감추고 슬금슬금 다가갔다.

여자들은 한 평 남짓한 강 복판의 웅덩이를 풀포기와 돌멩이, 모래 따위로 대충 막고 귀 떨어진 냄비로 물을 퍼내고 있었다. 어릴 적에 우리도 흔히 했던 것처럼 들판의 수로를 막고 품는 고기

고기잡이(막고 품기)

잡이였다. 눈에 보이는 거라고는 겨우 여남은 마리나 될까 말까 한 눈금자리나 송사리가 전부였다. 그것도 그냥 물을 퍼내는 게 아니고 바로 옆에 펴놓은 홑이불 같은 헝겊에 붓는 것이었다. 잘 려나간 눈금자리 꼬리 하나라도 놓치지 않겠다는 용의주도함이었 다. 그러나 그 홑이불 위에 살아 꼼지락거리는 몇 개의 생명은 사 실 물고기라고 할 수도 없는 것들이었다. 다 합해서 뭉쳐봐야 마 른 멸치 서너 마리나 될까 말까 한 것이었다. 두 여인이 힘을 모아 그렇게 한나절을 허둥댄다고 했자 집에 가져갈 것이라고는 냄비 바닥에도 깔리지 못할 것이다.

기가 막히고, 한숨이 절로 나왔다. 뒤로 몇 발짝 물러서서 햇볕 에 타 숯처럼 검은 여인들의 얼굴을 살펴보았다. 둘 모두 궁색스

럽기 한이 없는 몰골에 병색마저 완연했다. 그 중에 이십대 후반
으로 보이는 여자는 아랫배가 제법 불러올라 있었다. 오십대 중반
쯤으로 보이는 여자는 시어머니거나 어머니일 것이다. 그 뭉쳐서
눈에 넣어도 아프지 않을, 한 움큼도 되지 못할 물고기로 무얼 어
떻게 할 수 있을지 도무지 감이 잡히지 않았다. 애 가진 며느리,
아니면 따님 보신을 시키려나? 아니면 고기가 먹고 싶다고 투정
하는 늙은 아버지나 남편, 혹은 꼬맹이들을 달래려나?

　강 언덕, 비비틀려 자라난 우둠바라 나무 밑에 앉아서 이 생각
저 생각 따라가는 속이 영 편치 않았다. 시장에 가서 양고기 두어
근 사다 줄까? 차라리 자기들이 알아서 먹고 싶은 걸 사도록 돈으
로 주고 가는 게 낫겠지? 아니면 슬그머니 강바닥 어디 눈에 뜨일
만한 곳에 떨어뜨리고 갈까?

　생각만 무성했지 결국 아무 짓도 한 것 없이 돌아오고 말았다.
그 성실하고 순박한 사람들의 가슴에 혹시 공연한 기대를 심어두
는 것이 아닐까 하는 염려 때문이었다. 요다음에라도 나 같은 사
람이 지나칠 때 지난번처럼 그런 요행이 또 생기지 않을까 하고
눈치를 살핀다면 그 알량한 동정심이 멀쩡한 사람들을 거지로 만
든 꼴이 되는 것이다. 거기다 평지풍파라고 허공에서 떨어진 지폐
몇 장이 평화로운 오두막에 싸움을 불러올 수도 있다. 그러나 그
보다 더 중요한 것은 뜬금없이 공짜로 생긴 양고기나 닭 한 마리
가 그렇게 애써 잡은 송사리 맛을 영영 잡치게 해서는 안 된다는
생각이었다.

옹기전에 간 바보

바보가 옴배기 하나 사러 옹기전에 갔대.

마땅히 살 만한 그릇이 없더래.

모두 맘에 들지 않는 거야.

제대로 된 그릇이 하나도 없더라나.

엎어놓은 항아리를 보고 바보가 뭐랬는지 알아?

"어어, 이 항아리는 아구리가 막혔잖아?"

항아리를 들쳐보고는 또 뭐랬는지 알아?

"어어, 밑살까지 폭 빠졌네!"

고무신

　남인도 카르나타카 주에 있는 힌두 고적지 함피라는 곳에서 뿌나로 돌아오는 길이었다. 밤낮으로 꼬박 하루를 달려야 되는 버스는 끼니때가 되면 국도 변의 식당 앞에 서게 된다. 우루루 내린 승객들은 우선 오랫동안 참았던 볼일을 보고 간단하게 끼니를 때운다. 식사를 마치고 소다수를 마시다가 식당 마룻바닥을 닦고 있는 노인의 발에 내 눈길이 멎었다. 평생을 거의 맨발로 살아온 시골 사람들의 발가락은 마치 갈퀴살처럼 쫙 벌어져 있다. 그런데 내 눈길을 끈 것은 벌어진 발가락이나 거친 발등이 아니라 양쪽 엄지 발가락 위에 하나씩 덤으로 얹혀진 가느다란 발가락이었다. 육손이는 더러 보았지만 육발이(?)는 처음이고, 그것도 양쪽 발 모두 우수리 발가락을 달고 있는 것도 이상한 일이다.

나는 탁자 아래 있는 내 발을 내려다보았다. 내 오른발의 가운 덴발가락은 양쪽 발가락에 밀려 약간 위로 솟아올라 있다. 중학교 때부터 신기 시작한 너무 꼭 끼는 운동화 덕이다. 지금이야 그렇게 꼭 끼는 운동화를 신을 일도 없고, 헐렁한 샌들이나 슬리퍼를 신고 사는데도 한번 굽어 올라앉은 발가락은 끝내 펴지지 않는다.

내가 아는 우리 할아버지는 자랑스러운 자립의 영웅이시다. 물려받은 거라고는 아무것도 없었단다. 모두 당신 손으로 만들어 두 동생과 아들들을 분가시키고도 상당한 전답에 철 따라 솜 넣은 명주옷과 깔끔하게 다림질한 모시옷을 바꾸어 입을 수 있었다. 그러나 우리 할아버지는 엄청난 구두쇠였다. 내가 신은 고무신이 헤질 대로 헤져도 모르쇠였다. 그렇다고 어리광 반 투정 반으로 새 신을 사달라고 조를 주변머리도 없는 나였다. 때가 되면 사주시겠지. 어련히 알아서 하시려고.

지금 생각하면 내가 곰살궂게 어리광을 부렸더라면 할아버지께서 꽤나 귀여워하셨을 것 같다. 한 동네에 그것도 서너 집 건너에 제 부모와 형제들이 있는데도 갓 두 돌 지난 어린애를 데려가신 것은 당신 곁에 두고 예뻐하시려는 것이지 구박하려는 것이 아님은 자명한 일이기 때문이다. 그러나 그저 아랫입술을 쭉 내밀고 퉁퉁 불어만 있었지 재롱이라고는 모르는 손자를 둥개둥개 어르실 만큼 부드럽고 싹싹한 할아버지도 아니었다. 내가 무뚝뚝한 것은 아마 할아버지를 그대로 닮은 것이었는지도 모른다. 그런데 참으로 억울한 것은 어머니는 어머니대로 걸핏하면 "저녀러 자식이 걍 조동으로 자라서…… 할머니 할아버지가 오냐 오냐 헝게 버르 장머리 없이 까불고……" 그러시는 것이었다. 그때만 해도 요새처럼 시부모 앞에서 히죽거리며 제 새끼 어르고 까불거나 역성을 드는 것은 천하에 고얀 짓으로 알던 시절이어서 떨어진 고무신 집 어던지고 얼른 새 신발 하나 사주지도 못했을 어머니 심정도 이해가 된다.

그전까지는 기억에 없지만 초등학교 4, 5학년 되면서부터는 떨어진 검정 고무신을 내 손으로 꿰맸다. 꿩알이나 종달새 집을 찾아 들로 산으로 쏘다니다 돌부리, 나무 등걸에 걸려 신발이 찢어지는 경우에는 말할 필요도 없는 일이다. 저절로 닳아서 떨어져야지 멀쩡한 신발을 찢어먹고 새 신 사달라고 조를 염치가 없는 것이다. 조르기는커녕 감쪽같이 신발을 기워놓아야 했다. 반짇고리에서 바늘을 찾아 들고 살그머니 광으로 간다. 비료 포대에서 튼튼한 실을 빼내기 위해서다. 그렇게 찾아낸 실에 양초를 먹인다. 그래야 보푸라기를 잠재우고 실이 물에 젖어도 쉽게 끊어지지 않는다.

아무리 숨어서 감쪽같이 해치운다 해도 끝내 할아버지 눈에 띄지 않고 넘어갈 리가 없을 텐데도 할아버지는 영영 모르쇠다. 아마 당신 나름의 시한이 있었을 것이다. 그렇게 날이 가고 달이 가다가 드디어 때가 온다. 할아버지께서 씨익 묘한 미소를 보이시며 마당 저쪽 끝에 있는 짚눌을 가리키신다. 나는 하늘을 나는 기분으로 달려가 통통한 지푸라기 하나를 뽑아 검부저기를 떨어내고 할아버지께 바친다. 할아버지는 고무신 코빼기 쪽으로 지푸라기를 밀어넣고 뒤꿈치가 닿는 자리를 접어 손톱으로 잘라낸다. 이렇게 고무신 치수를 재어 장바구니에 담아가실 요량이시다.

그런데 늘 이 지푸라기 잣대에 문제가 있다. 신발 바닥을 재면 쉽고 좋으련만, 할아버지는 신발 안쪽의 발부리 밑바닥에서 뒤꿈치 위 끝까지 재시는 것이다. 피타고라스 정리를 생각할 것도 없이 직각삼각형의 빗변이 밑변보다 길다는 것은 누구나 다 아는 사실이다.

나는 "할아버지이, 그렇게 재시면 어떻게 해요. 지금 그 신도 제 발에 큰데, 밑바닥을 재셔야지." 딱부러지게 말도 못 하고 입술만 빼물 뿐이었다. 눈치를 아시는 할아버지께서 말씀하신다.

"아, 낙낙히야 혀. 쑥쑥 크는디 시방 딱 맞는 걸 사면 되야?"

그래서 나는 늘 내 발보다 한 치수 더 큰 신발을 신어야 했다. 헐렁헐렁한 고무신을 신고 운동장에서 공이라도 찰 때면 맘먹고 찬 공보다 신발이 더 멀리 나가는 일이 허다했다. 필요는 발명의 어머니라고, 그래서 생각해낸 것이 새끼 도막을 주워다가 질끈 동여매고 길길이 운동장을 내달리는 것이었다. 헐떡거려도 새 신은 새 신인디! 얼매나 좋아, 걍, 펄펄 나르지.

그렇게 새 신을 신은 지 얼마 되지 않은 때였다. 엄청나게 쏟아붓는 비로 온 들판이 허연 바다가 되어버렸다. 통학차 올 때가 되어 우산을 들고 들 건너 기차역으로 형님 마중을 나가게 되었다. 비가 개어 있었어도 언제 다시 시작될지 모르고, 동네에 하나뿐인 멋쟁이 대학생 옷을 젖게 해서는 안 되니까. 어쨌든 아예 신발을 집에 벗어두고 왔으면 좋았을 것을 한 시도 새 신발을 벗기 싫었던지 그대로 집을 나선 것이 잘못이었다. 질컥거리는 고샅길을 걸을 때 신발에 진흙이 덕지덕지 늘어붙는데도 물이 새어들어오지 않는 것이 여간 기분 좋은 게 아니었다. 그때야 그런 말을 알지도 못했지만 분명히 행복하기 그지없었던 것 같다. 발등에 물이 넘쳐 들어오지 않는 한 계속 신고 갈 작정이었다.

해거름 판에는 겨우 벼 끝이 물 밖으로 드러나기는 했지만 들길은 아직도 물에 잠겨 있었다. 신발을 벗지 않고 갈 수 있는 길은 동네 어귀에 있는 술년보 다리가 끝이었다. 경술년 흉년에 만든 물길이라는 뜻인 술년보는 동네 앞 너른 들판에 물을 대는 용수로이자 배수로였다. 통나무 교각에 다시 통나무를 얹고 흙을 덮어 겨우 소달구지가 지나갈 정도인 술년보 다리 아래로 흙탕물이 제법 세차게 흘러가고 있었다. 나는 다리 난간에 서서 신발에 늘어붙은 진흙을 털었다. 그런데, 어메! 털어내려던 흙과 함께 신발까지 풍덩 떨어져내린 것이다. 어둑어둑 해질녘 하늘이 노래지면서 눈물이 찔끔찔끔 나왔다.

그렁그렁 눈물을 달고 다리 아래 흙탕물을 내려다보고 있는데 통학차가 기적을 울리며 역 쪽으로 다가오고 있었다. 그쳤던 비가 다시 뿌리기 시작했다. 나는 남은 신발 한 짝을 벗어 길 아래 모포기에 끼워두고 첨벙첨벙 물에 잠긴 들길을 내달렸다. 차에서 내린 형님에게 베 우산을 건네주고 뒤따라오는데 마음은 오직 물에 빠진 신발에만 있었다. 내 몫인 종이 우산을 펼 경황도 없었다. 모포기에 끼워두었던 신발 한 짝을 우산 속에 숨겨들고 집에 들어왔다. 집에 돌아와서 제일 먼저 한 일은 마루 밑에 기어들어가 불과 얼마 전에 집어던진 넝마 고무신을 다시 찾아내는 것이었다. 그 여름이 다 갈 때까지 나는 진흙이 찌걱찌걱 스며들어오는 신발을 새 신 한 짝에 맞추어 신고 다녔다.

그 길고 긴 여름이 가고 들판이 누렇게 물들기 시작했다. 벼가 익을 무렵이면 그토록 소중히 논에 담아두었던 물을 빼내게 된다. 한여름 들판에 갇혔던 물은 배수로를 타고 황해 바다로 흘러들어간다. 지금이야 씨가 말라버렸지만 모 포기 사이를 오가던 참게며 메기, 가물치들이 배수로로 내려간다. 배수로 물이 줄어들게 되면 물 따라 아래로 흘러간 물고기도 많겠지만, 수로 여기저기에 팬 깊은 웅덩이나 다른 곳보다 조금 더 깊은 다리 밑으로 고기들이 몰리게 된다. 파래진 하늘 아래 황금 이삭이 넘실넘실 파도 칠 때쯤이면 적당한 날을 잡아 동네 울력이 벌어진다. 술년보 다리 밑을 막고 품는 것이다. 해마다 열리는 이 축제에 동네에 있는 함지박은 모두 다 동원되고 때로는 양수기까지 대놓고 물을 품어낸다.

물이 줄어들어 낮은 쪽의 뻘흙이 드러나면 동네 꼬마들은 말조개며 우렁을 주워담느라고 야단법석이 일어난다. 재수가 좋은 아이는 뻘 속에 죽은 듯이 숨어 있는 제 허벅지만한 가물치나 팔뚝

만한 뱀장어를 잡기도 한다. 동무들이 모두 이리 뛰고 저리 뛰며 난리를 치는데도 내 관심은 전혀 다른 곳에 있었다. 나는 다리 난간에 턱을 괴고 앉아 줄어드는 물을 초조하게 내려다보았다. 왜 그리 더딘지? 줄어들기는 새로 오히려 불어나는 것 같기도 했다. 그러던 어느 순간 나는 보았다. 찰랑거리는 물결 밖으로 언뜻 코빼기를 보이고 사라진 고무신! 나는 다리 밑 진흙 속으로 몸을 날렸다. 거기 줄 포기 사이에 개흙을 뒤집어쓴 고무신 한 짝이, 내 고무신이 박혀 있었다. 왈칵 눈물이 쏟아졌다. 한쪽에서 누군가가 소리쳤다.

"먹 가마치 잡았네!"

흥분해서 이리저리 뻘 속을 내달리는 동네 사람들을 다 뒤로 하고 나는 배수로 위쪽으로 가서 맑은 물로 신발을 닦았다. 두 달 가까이 물 속에 잠겨 있던 검정 고무신은 활처럼 휘어 그물 눈 모양의 무늬로 금이 가고 삭아 있었다. 다행히 이미 새 신을 신고 있기는 했지만 나는 물에 삭은 그 고무신을 버리지 못하고 소중한 보물이라도 되는 양 들고 와 마루 밑에 넣어두었다.

중학교 시험을 치러 갔다. 할아버지께서 나를 신발 가게로 데리고 가셨다. 할아버지가 "낙낙히야 혀!" 하시는데도 나는 발에 꼭 끼는 운동화를 골라 끈까지 꽉 졸라매고 "낙낙혀요" 하고 시침을 뗐다. 생전 처음으로 신은 운동화였다. 잘 맞는 신발을 신으니까 필기시험도 잘 치렀다. 물론 틀린 게 더러 있었지만 지금도 아깝게 생각되는 것은 그 산수 문제다. 너무 좋아서 까불다가 틀렸던 게 분명하다. 문제는 가로, 세로, 높이가 암만인 상자에 직경과 높이가 암만인 연탄을 몇 개 넣을 수 있는가였다. 깡총거리며 시험장에서 나온 나를 붙들고 눈밭에 서서 문제지를 점검하시던 담임 선생님이 그러셨다.

"얌마, 너는 연탄을 뽀개서 가루로 집어넣냐? 또, 열아홉 개나 있는 빈 구멍은 어떻게 헐래? 너 같이 계산헐라면 그건 빼얄 것 아녀. 그려 안 그려?"

체육 실기시험이 있는 날, 할아버지는 하얀 명주 두루마기에 갓을 쓰시고, 운동장 저만큼에 서 계셨다. 달리기는 말할 것도 없고, 꼭 맞는 신발은 턱걸이를 하는 데도 좋았다. 열, 열다섯, 열여섯 계속 해댔더니 점수를 매기던 선생님이 "야! 아, 고만 혀어! 고만 허랑게." 그러셨다. 넓이뛰기도 이 미터 삼십인가를 훌쩍 뛰었더니 선생님이 또 그러셨다.

"하따, 쪼깐 놈이 펄펄 널르네!"

내 손으로 고르고 값을 치르게 된 후로 나는 늘 꼭 끼는 신발을 샀다. 혹시 누구에게 신발을 사줄 일이 있을 때도 나는 코뻬기를 꾹꾹 눌러보며 "이거 너무 크잖어, 헐떡헐떡허면 못써!" 그러면서 한 치수 작은놈을 다시 신어보라고 우긴다.

참, 우리 할아버지도 대단하시지. 양쪽 발가락에 밀려 솟아오른 가운뎃발가락을 바라보면 비식이 웃음이 나온다.

인도 시간

실로 오랜만에 계단 입구에 있는 우편물함을 열었다. 어디서 어떻게 알아낸 건지 정확한 주소에 내 이름 앞으로 보낸 쓰잘데기없는 광고물들과 지난달 중순까지 내라는 전화요금 고지서, 퍼거슨 컬리지에서 보낸 통지서 한 장이 있었다. 뿌나 대학에 속한 퍼거슨 컬리지는 별로 규모가 크지 않은 학부 과정의 단과대학이지만 인도 전역에 제법 이름이 알려진 명문이기도 하다.

수신인은 그 학교 출신으로 이 집에서 나랑 함께 살다가 지금은 스리랑카로 간 환성 스님이다. 혹시 중요한 일일 수도 있다는 생각이 들어 찢어버리지 않고 방으로 가지고 들어왔다. 이미 그 학교를 마친 지 이 년이나 지난 일이지만 사무착오로 시험을 빼먹은 것으로 되어 있다거나 납부금 처리가 잘못되는 따위의 귀찮은 일이 남아 있을 수도 있기 때문이다. 그러나 내용을 읽고 걱정할 일이 아니어서 안심이 되기는 했지만 비실비실 나오는 웃음을 참을 수가 없었다.

발신 : Fergusson College, Pune 4
수신 : 환성 스님

97년 12월 10일 11시 30분에서 1시 30분 사이에 대학 사무실의 미세스 아비양까르를 만날 것. 아래 언급한 장학금에 관한 일임. 이 편지와 학생수첩을 지참할 것.

본인에게 배정된 소정의 장학금을 수령함. 학장님의 결정에 만족하며, 차후 이 결정이 변경될 때는 같은 액수의 장학금을 반환하겠음.

장학금 세부 사항

가네샤 와나 파딱 장학금	50루피
고(故) N. V. 데오다르 장학금	270루피
합계	320루피

대단한 것이 한두 가지가 아니다. 졸업한 지 이 년이 넘는 외국

인 학생에게 장학금을 지급하겠다는 그네들의 위대한 결정, 그 집행 방식, 또 그 엄청난 액수는 어떻고…… 우리 돈으로 치면 약 일만원쯤 될까? 하기는 공사장에서 일하는 막일꾼의 보름 치 일당이니 실은 엄청난 돈이기도 하지.

  며칠 뒤 스님들이 모인 자리에서 이 이야기를 꺼냈더니, 한 스님이 말하기를 그건 별것도 아니라는 것이었다. 이야긴즉슨 얼마 전에 한 전기공을 불러 잘못된 배선을 고쳤는데, 일을 하다 말고 "빤짜 미니트!" 하고 나간 사람이 영영 꿩 구워 먹은 소식이더란다. 까마득히 잊고 지냈는데 어느 날 한 사내가 나타나 횡설수설하기에 곰곰 생각해보니 여섯 달 전, 그 일하다 말고 사라진 작자더라나. 세상에, 관세음보살!
  빤짜 미니트란 힌디어 '빤짜'와 영어 '미니트'를 섞은 말로 '오분'이라는 뜻이지만 인도 어디서나 통용되는 "잠깐만!"이라는 소리다. 어떤 사람의 여섯 달이 누구에겐가는 오 분이 되기도 하는 것이다.

선생님 할머니

꿈꾸는 자 들어오지 말라!

우리네 절집에 붙여진 현판에 그런 것이 있다. 물론 여기서 꿈
이란 어쩌다 잠자리에서 보는 활동사진 같은 꿈이라기보다는 "망
상을 피우지 말라"는 경구일 것이다. 다른 말로 "무릇 있는 바 사
실을 있는 그대로 보라"는 것이다. 있는 바 그대로란 또 무엇인
가? 모든 것이 조건에 의해 일어나고 스러지는 것, 즉 인연 소생
이요, 무상한 것이어서 영원 불변하는 실체란 없다는 것이다. 이
것을 절집 말로 연기법(緣機法), 고(苦), 무상(無常), 공(空)이라
고 부른다.

열심히 정진하는 수행자에게는 꿈이 없다고도 한다. 여기서도

꿈이란 헛된 기대와 희망의 다른 말이겠지만 잠자리에서 허깨비를 보는 것도 물론 해당되는 것이리라. 그런데, 요즘 심심찮게 꿈을 꾸어대는 것은 내 사는 것이 스님답지 않다는 경고장인지도 모른다.

어젯밤 꿈속에서는 삼십 년이 다 된 옛적에 돌아가신 할머니를 보았다. 생생했다가도 금세 가물가물해지는 것이 대부분의 꿈이지만 간밤에 본 할머니 모습은 지금까지도 여간 또렷한 게 아니다.

하얗게 센 낭자 머리와 얼굴 모습은 예전 그대로였는데 무릎 위까지 올라간 빨간 치마에 샛노란 스카프, 연두색 스타킹, 코빼기 신을 신고 있었다. 괴이하고 요란한 차림새도 차림새지만 더욱 아찔한 것은 골목길에서 팔방 놀이를 하는 계집아이처럼 깨금발로 깡총깡총 뛰는 것이었다.

뭐하고 계시냐고 물었더니 사람들을 기다린단다. 서울인가 전주 어딘가에서 벌어지는 교원노조 시위에 참가해야 된다면서. 삼십 년 전에 돌아가신 우리 할머니가 전라도 어딘가에 다시 태어나 선생님이 되어 있을까?

폭주족 재연 스님

흔해빠진 당나귀나 물소에게도 이름이 있는데 내가 수년을 타고 다닌 오토바이에 이름이 없어서는 안 될 것 같아 멋진 이름을 붙여주기로 했다. 한참 궁리한 끝에 'Black Joy'라고 정했다. 검정색 야마하에 그닥 미운 이름은 아닌 성싶었다. 지금까지 달린 거리도 상당하지만 봄베이는 말할 것도 없고 네팔의 룸비니, 포카라, 인도 땅의 보드가야, 쿠시나가르, 바라나시, 쉬라와스티, 라자그라하, 산치, 아잔타, 엘로라 등 이름을 대면 다 알 만한 불교 성지는 안 가본 데가 거의 없고, 일찍이 카주라호, 뱅갈로우, 마이소르, 함피, 고아 등지까지 다녀온 판이다. 오륙 년 타고 다녀서 여기저기 덜렁거리는 데가 있긴 하지만 가끔 배터리 물이나 엔진 오일을 채워주는 정도로 아직까지 잘 달리고 있다.

한번은 이곳 뿌나 대학에 볼일이 있어 왔던 한 비구니 스님을
뒤에 태우고 학교에 갔다. 중간에 잠깐 볼일이 있어 내렸는데 다
시 한참을 달리다가 뒤를 돌아보니 그 비구니 스님이 간 데가 없
다. 어디 중간에 떨어뜨리고 온 걸까? 겁이 덜컥 났다. 서둘러 왔
던 길을 되짚어 달려갔다. 멍한 얼굴의 비구니 스님이 아까 잠깐
섰던 자리에서 손을 흔들고 있었다. 시골길에서 버스를 세울 때
그러듯이. 애초 키도 자그맣지만 깡말라 겨우 비둘기 한 마리가
내려앉은 것 같다는 것을 다시 달리면서야 알았다. 나중에 그 스
님에게 말해주었다.
"스님, 끼니 잘 챙겨 드시요잉!"

인도 여행에 나선 한 아가씨가 뿌나에 왔다가 내 방에 들렀다.
가겠다는 곳이 겨우 오 분 거리밖에 되지 않았지만 길눈이 그닥
밝지 않은 것 같아 태워다주기로 했다. 이번 손님은 제법 토실토
실 살집이 있는 아가씨였다. 겁이 엄청 많다는 것을 알아채고 장
난기가 발동한 내가 말했다.
"꼭 붙잡아요!"
뒤에서 허리라도 살짝 껴안아주면 고맙겠다 싶어서였는데, 이
아가씨가 붙잡은 것은 내 가냘픈 허리가 아니라 허리끈이었다. 고
의춤과 허리띠를 싸잡아 얼마나 세게 훑어 당겼는지 한참 뒤까지
도 뱃가죽이 뻐근할 정도였다.

아끼고 아낀 신라면을 끓여 막 국수 가닥을 집어드는데 전화가 요란하게 울렸다. 내버려둘까 하다가 젓가락을 손에 쥔 채 수화기를 들었다. 몇 달 동안 찾아가지 않은 지도교수의 우람한 목소리가 윙윙 울린다. 사연인즉 서울에서 온 한 레이디가 한국 스님을 만나고 싶어하는데 지금 곧 자기 집으로 오라는 것이었다. 슬그머니 부아가 난 내가 말했다. 나를 찾는 것도 아니고, 그저 한국 스님이라면 만나지 않겠다고. 귀찮은 일이 생기기 십상이라고. 그냥 내버려두라고. 교수님 왈 도시 말이 통하지 않으니 자기도 어쩔 수가 없단다. 젠장, 알았다고, 바로 가겠다고 말하긴 했지만 약으로나 먹는 라면을 불어터지게 놓아둘 수는 없는 일이었다. 야금야금 아끼면서, 그 매큼하니 시원한 국물 맛을 상미하며 마지막 한 방울까지 모두 들이마시고 지도교수 집으로 갔다.

서울의 한 대학에서 그림 공부를 한다는 여학생이었다. 얼굴이야 그저 너부데데허니 이쁜 데라고는 찾아볼 수 없었지만 내가 좋아하는 전라도 남쪽 바닷가의 그 멋대가리 없이 뻣뻣한 말투여서 와주기를 잘했다는 생각이 들었다. 고향이 장흥이라고 했다. 교수님께 고맙다는 말을 남기고 근처의 식당으로 갔다. 점심때가 한참 지난 이 시간에 먼 동네에서 만난 남도 아가씨의 배를 곯리면 되나 싶어서였다. 이야기를 들어보니 무진 거사가 쓴 인도 여행 가이드북에 뿌나 대학에 한국 스님이 있다고 했더란다.

"부탁드릴 일이나 꼭 해야 될 일은 없고요, 그냥 오랜만에 한국

도공

사람 좀 만나볼라고 그랬어요."

　말은 그러면서도 끝내 시답잖은 부탁을 했다.

　"이거 별 소용도 없이 무겁기만 혀요. 짐 쪼께 덜어주실래요?"

　아가씨는 어릴 때 형수씨 서랍에서 살짝살짝 찍어 발라본 것과 똑같은 큼직한 콜드크림 통, 이상 소설집 한 권, 그리고 신다가 만 양말 한 켤레를 식당 탁자 위에 올려놓았다.

　"그게 무거워? 그러고 저건 또 머여? 꼬랑내 안 나? 까짓것 그냥 버려어. 누가 주워가겠지이."

　"이거 한 번밖에 안 신었다닝까요. 하이, 참, 이 멀쩡헌 거럴 어떻게 버린다요." 그럼시롱.

　내가 물었다.

　"인자 어디로 갈 판인디?"

"라자스탄 사막, 고아 바닷가랑, 그러고……"

"하이고, 이 장흥 물감자야, 라자스탄은 여그서 북쪽이고 고아는 남쪽 아녀? 아, 일정표를 짜지는 못혀도 최소한 대충 어떻게 댕길 건지 그림은 그려야 될 거 아녀? 그러고, 시방 여가 어딘디 그렇게 겁도 없이 혼자 빨빨거리고 댕겨, 댕기기를. 저그 거시기, 거그 있잖여, 라즈니쉬 아쉬람, 이야기 들어봤지? 거그 가면 한국 사람들 많이 있당게, 아무나 만나서 더 자세히 물어보고, 맘 맞는 애 있으면 패 지어서 함께 댕겨. 어쩌, 그럴 침?"

내 턱없는 간섭에 주눅이 든 물감자가 고개를 주억거렸다. 식당에서 나와서도 아가씨는 꼭 다문 입을 열지 못한다. 아마 전혀 생각지 않은 곳에서 잔소리 심한 제 삼촌이나 큰오빠를 만난 듯한 모양이다. 어떻게 생각하던 내가 알 바 아니고, 저를 어디서 또 만나 덕 볼 것도 아닌데 내버려두지 뭐. 내가 시방 한가한 여행자와 이러니 저러니 노닥거릴 기분도 아니고, 나도 엄청 바쁘다닝까.

나는 한낮이어서 차들이 좀 뜸해진 시바지 나가르 널따란 길을 마구 달렸다. 속도계가 망가져서 얼마나 되는지는 모르지만 눈에서 눈물이 나오는 걸로 보아 제법 빠른 것 같았다. 허이, 참! 근데 말야, 느닷없이 신바람이 난 그 물감자가 말야, 뭐라고 소리쳤는지 알어?

"야아아! 재연 스님 폭주족이다아!"

열심히 산다는 것은 바삐 움직인다는 것이다. 바삐 눈알을 두리
번거리고, 집게손가락은 쉬지 않고 책장을 넘겨야 하고, 논문을
쓴답시고 똥폼도 좀 잡아야 된다. 하루에도 몇 번씩 "젠장 박사는
무슨 얼어죽은 박사! 어디 박사학위 가진 도인 있대? 다 쓰잘데기
없는 짓이여" 했다가 "그럼 책장 덮으면 도인 된대?" 그렇게 왔다
리 갔다리 하면서. 어쨌든 우리 동네에 가고 싶다. 빨리 보고 싶은
사람들을 만나야 되고, 선운사 동백꽃 속에도, 강진 그 뻘밭에도
가야 된다. 그래서 바삐 살려고 산 오토바이가 나를 폭주족으로
만들었다.

연못이 된 책

옛적 어느 영특한 소년이 못 위에서 헤엄치는 오리들을 보고 말했단다.

"물 위에 을(乙) 자가 동동 떠가는구나!"

사람들이 아무리 천재 소년이니 똑똑하다느니 칭찬해도 나는 그게 별로 대단한 주변머리라고 생각지 않는다. 오히려 섬뜩한 무언가가 이마를 스치고 지나는 걸 느낀다. 공부에 볶이고 시달리다 혼이 빠진 요샛날의 꼬맹이를 오백 년 전의 소년에게서 보는 듯하기 때문이다.

초등학교 삼학년짜리 꼬마가 하나 있다. 반에서 그저 중간이나 따라가는 아이다. 가끔 옆자리 동무와 자리 싸움도 하고, 숙제를 하지 않았다고 벌을 서기 일쑤다. 쉬는 시간이면 깔깔거리며 책상 사이로 달음질치다가 창틀에 올라서서 뛰어내리기도 하고, 어떤 때는 마룻바닥에 코방아를 찧고 징징 울기도 한다.

집에 와서도 짓궂기 짝이 없다. 엄마가 볼기를 철썩 갈겨도 그때뿐이다. 도회지의 제 또래 아이들이 거의 다 가는 무슨 무슨 레슨이나 과외 수업 같은 것은 말도 들어본 적이 없다. 그 흔한 게임 기계 하나 없다. 논두렁 밭두렁이 놀이터고, 흙 풀 나무 벌레들이 노리개다.

어느 날 그 꼬마가 할머니를 따라 암자에 왔다. 꼬마가 경상 위에 펼쳐져 있는 불경 책을 들여다보았다. 뭐가 뭔지 알 수 없는 말들이겠지. 소년의 시선이 문득 한 곳에 멈춘다. 제 눈에 가장 쉬워 보이는 글자였을 것이다. 소년이 묻는다.

"스님, 이게 무슨 자래요?"

"으음, 그거 을(乙) 잔데, 오리처럼 생겼지?"

건성으로 다른 글자 하나를 짚으며 다시 묻는다.

"이건?"

"어디, 그건 연꽃인데."

잠시 눈을 깜박거리던 소년이 말한다.

"야, 그럼 스님 책이 오리가 노는 연 방죽이네!"

사람들은 이 꼬마를 엉뚱한 놈이라고 한다. 나는 이런 엉뚱한 놈들이 많으면 많을수록 멋진 세상이 아닐까 하는 엉뚱한 생각을 해본다.

바보 동네

　점심에 먹을 빵을 사러 가게에 갔다. 가는 길에 빈 소다수 병과 펩시 병도 함께 가져갔다. 여기에서 이들 음료수 병은 폐품이 아니라 현금 4루피와 맞바꾸는 귀중품이다. 빈 병 두 개면 하루 종일 먹을 식빵 한 봉지를 사고도 1루피가 남는 것이다.

　그런데 빈 병을 가져가면 계산이 복잡하다. 특히 숫자와 계산에 어두운 점원을 만나면 더욱 그렇다. 거기다 가져간 빈 병 숫자만큼 그대로 가져오지 않을 때면 계산은 약간 더 더뎌진다. 오늘은 소다수 다섯 병과 펩시 다섯 병, 그리고 7루피 짜리 식빵을 한 봉지 샀다. 빈 병을 가져갈 경우 펩시는 7루피 75페사, 소다는 5루피 50페사다. 빈 병은 열한 개였다.

　오늘 우리의 계산은 소다(5.5 곱하기 5) 더하기 펩시(7.75 곱하

기 5) 더하기 식빵(7) 빼기 하나 남은 빈 병(4)이 된다. 열 일곱여
덟 살 된 점원이 계산기를 수없이 껐다 켰다 하는 꼴에 열이 올랐
다. "야이, 쪼다야 이리 줘!" 계산기를 빼앗아 막상 내가 두드리려
니 웬걸, 더듬거리기는 나도 마찬가지였다. 점원에게 계산기를 돌
려주었다. 남 말할 것 없이 숫자에 어둡기로는 재연 스님도 호가
난 사람이다. 숫자 하면 그저 젬병인 것이 내가 외우고 있는 전화
번호는 온 우주를 다 털어, 가만있자, 성북동 동명 스님, 김제 어
머니, 상계동 하린이네, 전주 민석이네, 뿌나 쉬이딸네 그리고 내
방까지 포함해서 여섯이 전부다. 계산기 대신 신문지 쪼가리에 곱
셈, 덧셈, 뺄셈 끄적거려 돈을 치르고 돌아서면서 뒤꼭지가 근질
거리는 것을 느꼈다.

　쪼다, 쪼다 그러지 마. 피장파장 찡구짱구 아냐?

　실제로 이 동네에는 쪼다들이 무척 많다. 대학교의 교수들로부
터 대학 사무실 직원, 강의실에 앉아 있는 학생, 관공서의 관리들,
경찰…… 어디 가나 덜떨어진 치들을 만나게 된다. 그런데 이상
하게도 가장 흔한 현대판 바보 이야기의 주인공은 하나같이 시크
교도들이다. 그들의 선명하고 준수한 용모, 단정하게 둘러맨 터번
과 수염, 말쑥한 차림새를 보거나 군대나 관료 사회에서 그들이
차지하고 있는 고위직을 보더라도 인도의 수없이 많은 종족들 가
운데 가장 뛰어난 종족의 하나일 거라고 짐작할 수 있는데도 말이

다. 훤칠한 허우대와 흰 피부의 아리안 족에 대한 드라비다 족의 열등감과 질시의 표출일 수도 있다. 그런 이야기 속에서 시크 교도는 '사르다르지'라고 불린다. 사르다르지는 애초 장군이라는 뜻인데, 용맹스러운 아리안 무사족의 후예들이 언제부턴가 똥장 군님이 되어버린 것이다.

각료회의를 열 때마다 네루 수상의 얼굴이 땡감 씹은 얼굴이 된다. 어디선가 솔솔 풍겨나와 방 안을 가득 채우는 발 고랑내 때문이다. 처음 있는 일도 아니고 그 고약한 냄새의 원천이 어딘지 이미 다 알려진 일이기도 했다. 장관들 모두 머리가 지끈거린다고 그렇게 성화를 해도 사르다르지 재무장관은 양말 갈아 신는 일에 도시 신경을 쓰지 않는다. 참다 못한 네루가 문제의 장관을 불러 노란 딱지를 보이고, 마지막 경고를 했다.

"장관, 내일도 그 모양이면 해임이오. 우리의 맑은 공기 마실 권리를 더이상 포기할 수 없소."

그러나 다음날도 회의실은 도마뱀 썩는 냄새로 진동했다. 네루가 주먹으로 탁자를 쾅 치며 소리쳤다.

"헤이, 사르다르지 나가!"

장관이 터번 위로 머리를 긁적거리며 대꾸했다.

"갈아 신었는데."

"그럼 도대체 이 냄새는 뭐요?"

장관은 바지 주머니에서 부시럭부시럭 고린내 나는 양말을 꺼

내어 털털 털어 보이며 말했다.

"갈아 신었다고 해도 안 믿을 것 같아서 보여주려고 가져왔다니깐."

또다른 사르다르지가 컴퓨터를 사러 갔다. 만나는 사람들마다 도스가 어떻고, 사팔육, 펜티엄, 인터넷이 어떻다는 등 떠들어대는데 자기도 하나 있어야 되겠다고 생각한 것이다.

첫번째 가게 주인이 사르다르지에게는 컴퓨터를 팔지 않는다고 했다. 너 아니면 어디 컴퓨터 못 사랴 싶어 다른 가게에 갔지만 더 지독한 대접을 받았다. 세상에, 값을 두 배로 쳐주어도 사르다르지에게는 팔지 않겠다는 것이었다. 속이 상할 대로 상한 사내는 이 세상에 태어난 이래 가위라고는 단 한 번도 대본 적이 없는 머리를 짧게 깎아버리고, 아끼고 아끼는 수염도 말끔히 밀어버렸다. 시크 교도들은 나면서부터 기른 머리를 정수리에 틀어 묶는다. 그러나 귀신같이 정체를 알아본 가게 주인의 대답은 다른 곳에서 들었던 것과 똑같은 것이었다. 목소리를 낮추어 주인에게 물었다.

"아니, 어떻게 내가 시크인 걸 아슈?"

그 가게 주인이 더 낮은 소리로 가라사대,

"으, 이거 컴퓨터가 아니라 세탁기야!"

누군가 빵 봉지와 음료수 뭉치를 들고 히죽히죽 웃으며 걸어오는 나를 보았더라면 이 동네에 바보 하나 또 늘었다고 수군거렸을 것이다.

부엌을 서성거리며 구워먹을까, 쪄먹을까 궁리를 하다 "에라, 새 빵인데 그냥 먹지 뭐" 하며 버터를 바르고 있는데 밖에서 문을 두드리는 소리가 들렸다. 나가보았더니 아파트 문지기 영감이 쪽지 하나를 삐죽 들이밀었다. 이렇게 씌어 있었다.

"오늘 시외에 감. 갔다 와서 만납시다. 깔얀뿌르."

깔얀뿌르라면 맞은편 건물 이층에 사는 사람으로 내가 세 들어 있는 이 아파트의 주인이다. 말이 통하지 않는 문지기 영감에게 손짓 발짓 섞어 그 집에 가져다주라고 해두고 문을 닫았다. 수취 인이 미심쩍거나 주소가 휘갈겨 쓴 영어일 때면 내 방으로 들고 오기 일쑤이기 때문이다. 그런데, 식탁에 되돌아와 푸석푸석한 빵을 씹으면서야 내 입에서, 이런 재변이 있나, "아하!" 바보 도(道) 터지는 소리가 튀쳐나왔다. 그 쪽지는 집주인이 나에게 보낸 방세 고지서였던 것이다. 2월 말로 일 년 치 방세가 끝났으니 며칠 안 으로 돈을 받으러 오겠다는 애두른 통첩인 셈이다. 세상에, 쪽지 말미에 쓰인 이름이 보낸 사람인지 받을 사람인지도 구분하지 못 하다니. 하기는 통째로 내 잘못이라고 할 수만은 없는 일이었다. 쪽지 서두에 내 이름만 적어두었어도 그런 일은 없었을 텐데. 그 제사 문지기 영감의 어리둥절해하던 모습을 이해할 수 있었다. 계 단을 내려가면서 중얼거렸을 것이다.

"저런 얼간이가 어떻게 이런 집을 혼자 차지하고 살지?"

멀건 대낮에 두 번씩이나 바보짓을 해대다니. 어젯밤엔 무척 오
랜만에 하늘을 나는 꿈을 꾸었는데, 이런 일이 있으려고 그랬을
까? 아니면 이 바보들이 우글거리는 동네에서 너무 오래 살아서
나도 바보가 된 걸까?
 저, 저, 저, 또 바보 같은 소리 하고 있네.

거기서 거기

하루는 한 가짜 수행자가 탁발을 갔단다. 작은 숲을 지나 오두막이 있었지. 가끔 찾아가는 집이었는데, 그 집 할머니가 이 가짜 수행자를 속으로 미워했대. 남 사정 생각 않고 저 필요한 것을 이것저것 요구하기 때문이래. 문간에 가짜 수행자가 들어서는 것을 보고 할머니가 꾀를 냈지.

"하이고, 어서 오시오. 사두님! 쌀이 떨어졌는데 어쩌나? 잠깐 기다리구려. 옆집에 가서 한 주먹 꾸어오리다."

그러고는 종종걸음으로 나갔는데, 이 사두가 얼른 부엌에 들어가 살펴보았지. 거기 뭐가 있었게? 부엌문 뒤에 사탕수숫대가 세워져 있고, 사발에는 설탕, 소금 절여 말린 굴비 두름, 뒤주 속에는 쌀, 조그만 단지 속에는 버터 기름이 가득 들어 있었지. 부엌에

떠돌이 수행자 사두(Sadhu)

서 나온 사두는 시침을 뚝 떼고 점잖게 툇마루에 앉아 있었어. 노
파가 한 손을 허리에 얹고 뒤뚱거리며 문간에 들어서면서 "옆집
에도 쌀이 떨어졌다는데, 어쩌면 좋아요. 세상에, 이렇게 오랜만
에 오셨는데" 하고 너스레를 떠는데, 사두가 걸쭉한 목소리로 이
러더래.

　"시주님, 상심하지 마시오. 내 이리 될 줄 알았다오. 이미 그럴
징조를 다 보았지."

　"아니, 무슨 조짐인데 그러우, 사두님?"

　가짜 수행자가 허리를 터억 세우며 눈을 지그시 내려감고 한다
는 소리가

　"내 숲길을 돌아서는데 저 부엌문 뒤에 있는 사탕수수처럼 생

92

긴 코브라가 길을 막아서지 않았겠오. 집어던질 걸 찾다보니 거기 꼭 설탕 덩어리 같은 돌멩이가 있습디다그려. 돌멩이를 던졌더니 아 글쎄, 이놈이 목을 부풀려서 추켜세우는데 꼭 마른 조기 같더 란 말씀이야. 허연 쌀처럼 생긴 이빨로 돌멩이를 물었는데 주둥이 에서 나온 침이 독물하고 섞여 가지고는 그게 영락없이 그 버터 기름 아니겠소?"

노파가 얼굴이 벌게가지고 그러더래.

"아이고, 저놈에 도깨비!"

줄서기

내가 사는 이 동네 이름은 '에란다와네'다. 아주까리 숲이라는 뜻이다. 가끔 내가 두런거린다. "참, 동네 이름도 멋대가리 없게 '아주까리 숲'이 뭐야. 아주까리도 없던데. 옛적에는 정말 아주까리 숲이었을까?"

아주까리?

논산 훈련소, 수용연대 막사 주변에 아주까리가 엄청 많이 심어져 있었다. '노는 땅 없애기' 어쩌고 하는 운동이 한창이던 70년대 초반이다. 며칠 전까지 팔팔하던 장정들이 맥이 풀려 침상에 나뒹구는 막사 쪽에 대고 조교가 소리친다.

"신장 백칠십오 이상 선착순 오십 명 집하압!"

또 뭐야? 시큰둥하니 돌아눕던 빡빡머리들이 "헌병대 차출!"이

라는 조교의 다음 고함에 후다닥 일어나 선착순 줄서기에 끼어든
다. 헌병대에 가면 군대 생활이 좀 편안하다는 가당찮은 정보 때
문이다. 사실인지 아닌지 알 수 없는 일이지만 어쨌든 사람들 대
부분이 그렇게 믿던 시절이 있었다. 우루루 몰려든 청년들을 죽
훑어보는 조교의 한쪽 입 끝이 찍 째지며 위로 올라간다. 너 같은
놈들만 있으면 평생 훈련소 조교 해먹겠다는 표정으로.

　"야, 넌마, 너! 짜식, 돌아보기는. 빠져 새꺄! 칠십도 안 되는 게
어디서."

　조교의 선발 기준에 훨씬 밑도는데도 헌병대라는 말에 혹해 달
려온 치들을 대충 빼내고 다시 호령이다.

　"오열 종대, 키순으로 헤쳐 모여!"

　우왕좌왕 밀고 당기고, 또 한 번 난장판이 벌어진다.

　"어허, 동작 보소. 고무신 문수가 보여, 이거. 이래 갖고 어디 헌
병대 가겠어? 대한민국 육군 헌병대가 어디 충청도 머슴 부댄 줄
아나. 그리고 얀마, 너 쌔끼, 안 빠져? 계속 꼽사리 낄 거야?"

　성큼 물러서지도 못하고 행여나 그 잘난 헌병대에 뽑혀 가는 수
가 없을까 얼쩡대던 땅딸이는 끝내 대열에서 밀려나고 만다.

　"앉아 번호!"

　"하나, 둘…… 여얼!"

　기세 등등한 조교님은 그렇게 열번째 뒤의 꼬리를 가차없이 잘
라내고 소위 정선된 오십 명의 주민등록증과 도장을 걷어 주머니
에 쑤셔넣는다.

이런 때는 키가 커야 되는데. 대열 옆에 기가 죽어 엉거주춤 서 있는 축들을 약이라도 올리듯이 선발된 친구들은 "하나 둘 셋 넷, 하나 둘 셋 넷!" 보무도 당당하게 앞으로 나가신다. 그러나 껑다리 헌병대 후보들이 뒤로 돌아, 줄줄이 좌향 앞으로, 우향 앞으로, 다시 좌향 앞으로 해서 쳐들어간 곳은 취사장 뒤에 있는 아주까리 밭이었다. 줄기를 꺾지 않고도 꼭대기에 열린 아주까리를 따기 위해서 키 큰 대한의 남아들이 필요했던 것이다. 군대 말로 사역인데, 다시 수용연대 식으로 풀어쓰면 '사기에 의한 인력 동원'이다. 조교의 주머니에 들어간 주민등록증과 도장은 중간에 슬그머니 달아날 수도 있는 약삭빠른 친구들을 옭아 묶기 위한 장치였다.

그때 아주까리를 따면서 "씨양! 재수 없이." 어쩌고 하며 구시렁거리던 친구들은 지금 어디서 무슨 줄서기를 하고 있을까? 또 그날 줄에서 잘려나간 그 친구들은 정리해고에 조퇴니 명퇴니 황퇴니 난감한 요즘 누군가에 의해 다시 숨어 밀려나고, 폭싹 곯은 홍어 속 같은 가슴으로 쐬주병을 불고 있지는 않은지.
어이, 친구! 내 오늘밤 그 자리에 끼지는 못해도 목로에 잔 하나 덤으로 두고 찰랑찰랑 채워두소. 요새 내 속도 속이 아니네.

왕눌부

한 나그네가 고개를 넘고 있었어. 온갖 나무와 넝쿨이 빽빽이 늘어져 엉킨 캄캄한 숲을 지나게 되었지. 그런데 그 무시무시하게 생긴 숲속에 어떤 사람이 혼자 서 있는 거야. 나그네가 다가가서 물었단다.

"어이, 여보게! 자네 뉘신가?"

"나? 왕눌부."

"이름도 참! 왕눌부? 그런데 웬일로 이 무서운 숲속에 서 계신가?"

"호랑이한테 잡아먹히려고."

"아니, 왜 그리 끔찍한 일을?"

"날 잡아먹은 호랑이가 사람 고기 맛을 들여 인간들을 모조리 먹어치우라고."

　고개 넘어 큰 동네에는 돈 장수가 있었대. 봄에 수수 한 말 주고
가을에 쌀 한 말을 받았다나. 미처 갚지 못하면 밭이나 논을 빼앗
고, 할아버지가 꾸어먹은 수수 서 말을 손자가 쌀 열 가마니로 갚
아야 되는 일도 생기고, 대를 물려서도 갚을 수 없는 빚으로 마을
사람 모두가 종이 되는 거지. 그것뿐인 줄 알아? 남의 집 사소한
일까지 모두 간섭하고, 하다 못해 아들 딸 학교 보내는 것, 할머니
낮잠 자는 것, 처녀 총각 시집 장가 가는 것까지 미주알고주알 다
상관하는 거야. 거기다 갖은 나쁜 짓은 도맡아 저지르고. 이 심술
쟁이 돈 장수가 죽을 때가 되었대. 저승길이 저만큼 보이니까 마
지막으로 착한 짓을 한 번 하기로 작정했지. 그래서 동네 사람들
을 모두 모아놓고 말했어.
　"내 평생 험한 짓 많이 저질렀는데, 후회막급이오. 그 많은 허
물 어찌 씻으리요. 내 다른 건 몰라도 이 몸뚱어리 그대들에게 맡
길 것이니 알아서들 하시구려."
　말 떨어지기 무섭게 우루루 달려든 동네 사람들이 주먹으로, 몽
둥이로 마구 때려주었대. 여든 살 먹은 할머니까지 흙덩이를 집어
던질 정도였다니까. 꼬맹이들은 동네 고샅에 있는 개똥이라는 개
똥은 모두 쓸어다가 돈 장수 주검에 덮어주었지.
　그런데 다음날 어떻게 된지 아니? 읍내에 있는 순사들이 떼로
몰려와 동네 사람 하나도 남기지 않고 다 잡아갔대. 세상에, 이제

아장아장 걸음마 배우는 계집아이들까지 다 끌고 갔다는 거야. 나쁜 놈은 죽으면서도 사람들을 볶아댄단다.

그 왕놀부, 돈 장수가 누구랑 닮았는지 알지? 요새 맨날 텔레비전이랑 신문에서 그 사람들 얼굴 보여주잖아.

중고, 새거나 다름없음

사랑하는 써니 어제 우리 곁을 떠나다. 널 길이길이 기억하리라. 문상객은 오후 다섯시에서 일곱시까지만. 슬픔에 잠긴 써니의 가족 일동.

신문을 읽다보면 가끔 재미있는 걸 보게 되지만 사진과 함께 실린 이런 식의 개 부고는 사람 기를 콱 막아놓는다. 동물 애호? 개초상에도 문상을 가는 모양이다. 허기사 어떤 조선 사람은 개를 자기 호적에 올려달라고 떼를 썼다지. 개를 사람 호적에 올려달라고 하지 말고 자기를 개 족보에 올리면 될걸. 그것도 그리 쉽지는 않겠지. 그건 그렇고, 일요일치 구인 광고, 특히 결혼 광고는 그중에서도 제일 볼거리가 많다.

"이름 있는 브라흐민 집안에서 법도 있게 자라, 좋은 학교에서 공부한 참한 규수. 흰 얼굴에 날씬함(fair and slim)"은 제일 흔한 것이다. 시집만 갔다 하면 곧 허리통이 니그로다 나무 밑둥처럼 굵어질 테지만, 그래도 처녀가 보얀 피부에 가느스름해야지. 아암, 지당하지!

　　미국 그린 카드 소지, 남자 33세
　　결혼하자마자 바로 미국으로 갈 것임
　　자세한 자기소개와 사진 함께 보낼 것

인도에서 남자 서른세 살이면 우리네 마흔다섯에 버금간다. 이 정도면 대단한 노총각인 것이다. 늙은 나이를 미국 영주권 나부랭이로 살짝 가려보려는 수작이 눈에 환히 보인다. 어쨌든 그 사람 예쁜 여자 사진 깨나 받게 생겼군.

　　남자 28세. 월급 제법 받음(8,000루피=약 180불)
　　카스트 가리지 않음

　　여자 20세. 마드라스 브라흐민 집안
　　남인도 출신인 같은 카스트의 총각 찾음
　　보내온 사진 되돌려주지 못함

남자 26세. 공대 나와 좋은 회사 다님
카스트 가리지 않고, 지참금 없어도 됨

대개 그런 식이다.

하루는 아주 친한 인도 친구가 내 방에 왔다. 주머니에서 3.5인치 플로피 디스켓을 꺼내며 프린트해야 될 게 있다고 했다. 내 컴퓨터 안에 제 이름으로 만들어져 있는 디렉토리에 디스켓을 복사해두고 두 페이지의 간단한 파일을 인쇄해주었다. 짐작키로 어느 신문에서 본 결혼 광고가 맘에 들었던 모양이다. 말하자면 내가 프린트해준 종이쪽은 결혼 신청서였던 셈이다. 카스트가 어떻고, 부모 형제, 숙부, 하다 못해 외삼촌들까지 미주알고주알 소개한 것이며, 취미는 서양 음악 감상과 운전, 바닷가에서 자연을 감상하는 것, 그리고 운동은 크리켓을 좋아한다는 등…… 남의 속옷을 훔쳐본 것 같은 생각이 들어 좀 쑥스럽기조차 했다.

그런데 나중까지 씁쓸한 뒷맛을 남긴 것은 결혼을 위해서는 아닌 말도 해야 되는가 하는 생각 때문이었다. 평소 아주 성실하고 솔직하며 상당한 반골 기질에 매사 인도 사람답지 않게 비판적인 친구인데도 자기 피부색이 'wheatish'하다고 쓴 것이다. 사전에도 나오지 않는 말이어서 어떻게 풀이해야 될지 좀 난감스럽기는 하지만 '밀가루처럼 보얀 색'일 수도 있고 '밀껍질처럼 건강한 갈색'일 수도 있다. 그러나 wheat(밀알)가 애초 white(흰색)와 같은 어원에서 나온 말이라는 것을 감안하면 '밀색 얼굴'이라면 구릿

빛 얼굴보다는 보안 얼굴이라고 생각하는 것이 보통일 것이다. 그런데 문제는 이 친구의 얼굴이 햇빛에 그을은 건강한 구릿빛 정도를 훨씬 넘어 진한 밤색에 가깝다는 사실이다. 이런 걸로 미루어 보면 '날씬하고 흰 얼굴'의 아가씨도 사정은 거의 비슷한 게 아닐까 의심이 가는 것이다. 어쨌든 시집 장가는 가야지. 이런 것들은 다 첫번째 결혼일 테고, 재혼하려는 사람들의 경우는 그렇게 생각해선지 약간 더 우중충하다.

     45세. 기반 탄탄히 갖춤. 딸린 것 없음

   드물지 않게 보는 문안인데, 전처 소생의 아들딸이 없으니 걱정 말라는 뜻이겠지? 이 정도는 그래도 양반이다. 아직껏 본 것 가운데 가장 압권은,

     재혼. 여자, 30세
     케랄라 출신 크리스찬
     쪼끔밖에 안 썼음(little used)

   오, 마이 로드, 하레 람, 하레 크리쉬나! 그냥 픽 웃지만 마시고 제 소원 들어주소서. 당신도 아시다시피 이 땅에서는 중고 값을 잘 쳐주지 않던가요? 사오 년 탄 오토바이도 팔십 퍼센트는 어렵잖게 받을 수 있으니깐요. 쌈빡한 겉모양에 기름 적게 먹는 신형

모델들이 펑펑 쏟아져나와도, 요새 것들 다 얍사한 플라스틱 껍데기에 날림으로 만든 부품들이라구요. 구불구불 울퉁불퉁 그 험한 인도 길 달리려면 멋대가리 좀 덜해도 탄탄하고 길 잘난 중고가 훨씬 낫지요. 솔직히 안 그래요?

사돈네 외 먹기도 각각

    사람들이 사는 모습은 가지각색이다. 똑같은 일을 놓고도 보는 시각이나 반응이 다르다. 조그만 동네에서도 집집마다 다른데, 바다 건너 먼 나라 사람들이 사는 모습이야 다른 게 많은 것은 당연한 일이다. 달라도 그렇게 다를까 싶은 게 있는 것이다. 이런 것을 컬처 쇼크라고 부르지만 때로는 당연히 다를 거라고 생각했던 것이 너무나 똑같아 쇼크가 올 때도 있다. 공터에서 자치기를 하거나 제기차기, 땅바닥에 금을 긋고 깨금발로 사금파리를 차고 노는 인도 아이들을 보면 영락없이 우리들이 했던 그 놀이다. 비슷한 환경에서 비슷한 놀이가 생겨난 것이라고 생각할 수 있다. 문화사에서는 이런 것을 동시발생설이라고 하지만, 근래 학계의 추세는 문화 혹은 문명은 한쪽에서 다른 쪽으로 흘러들어간다는 유입전

래설의 입김이 세다. 어떤 민족이 비교적 일찍이 주변의 다른 민족보다 뛰어난 문명을 이루고 그것이 전파되어나간다는 것이야 당연히 수긍해야 될 일이다. 그러나 우리 고조할아버지의 고조할아버지들도 분명히 했을 그 자치기와 제기차기가 외제 수입품 놀이라고 생각하기는 좀 곤란하다. 청동거울이나 쇠칼이 우리 조상님들의 발명품이라고 우기기는 좀 뭣하지만 돌도끼나 돌칼조차 수입품이라고 하기에는 좀 자존심이 상하는 것이다.

모조리 다 수입품이라고 쳐두자. 누가 무얼 먼저 생각하고 만들었느냐를 이야기하려는 것이 아니니까. 문제는 똑같은 연장을 쓰는 방식이 다르다는 것이다. 톱이나 칼의 예를 들면 앞으로 밀어서 자를 수도 있고 몸 쪽으로 당겨서 자를 수도 있다. 우리나라 사람들의 경우 과일이나 채소의 껍질을 벗길 때는 칼을 몸 쪽으로 당기는 것이 보통이다. 또 우리가 쓰는 톱은 몸 쪽으로 당길 때 더 잘 들도록 되어 있다. 그런데 인도 사람들의 칼질이나 톱질하는 것을 보면 우리와는 정반대다. 밭에서 풀을 매는 아낙네들도 마찬가지다. 우리의 호미는 흙이나 풀을 찍어서 앞으로 당기도록 되어 있다. 인도에서는 호미가 아닌 초승달 모양의 낫으로 풀뿌리를 밀어서 자르거나 뽑는다. 끌어당기기와 밀어내기의 차이다. 이것은 단순히 서로 다른 기후나 환경에서 생긴 차이가 아니라 제법 복잡한 의식의 차이일 것이라고 짐작된다. 재미있는 연구 주제가 될 수도 있다.

하루는 부엌 앞을 지나는데 안쪽에서 누군가 끙끙거리는 소리가 났다. 무척 힘든 일을 하는 성싶었다. 창으로 들여다보았더니 쉬이딸네 아버지가 고부라지게 무언가를 하고 있었다. 식탁에 앉는 일 말고는 부엌에 들어가는 일이 거의 없는 인도 남자들이다. 거들어줄 셈으로 부엌에 들어갔다. 큼직한 수박을 잡도리하고 있었다. 잡도리라고 말하는 까닭은 그 수박 하나 자르는 일을 엄청나게 어렵고 거판하게 벌려놓고 있었기 때문이다. 수박 자르는 일이 숙련을 요하는 부엌일이라고 할 수도 없는 거지만 그건 자기 전공이 아니어서일까?

어학에서 자연과학에 이르기까지 모르는 게 없을 만큼 유식하기도 하려니와 힘과 능률을 따지는 기계 전문가가 벌여놓은 일 치고는 실로 가관이었다. 그는 인도에서 제일 유명한 대형 디젤 엔진 회사의 인정받는 엔지니어이다. 내가 강의실이나 책에서 채집한 정보들이 실제로 인도 사회에서 어떻게 이해되고 적용되는가를 확인하고 검증하는 컴퓨터 역할을 하는 것도 바로 이 사람이다. 사실 내가 아는 인도에 관한 상식은 거의 다 그 머리에서 나온 것들이다. 불교에 관한 것만 빼고는 아직까지 틀린 게 별로 없다. 그런데 수박을 자르는 데는 영 판이 다르다. 이렇게 하면 천하에 간단하고 쉬운 일을 왜 그리 어렵게 만드느냐고 말할 수도 없는 분위기였다. 나는 식탁 한쪽에 입을 꾹 다물고 앉아 계속 관찰하기로 했다.

우리나라에서 무등산 수박이라고 부르는 길쭉한 물동이 모양의 수박이었다. 수박의 원산지가 인도라고 하면 재연 스님 또 거짓말

한다고 할 사람도 있겠지만 그 동이 수박은 인도에서 가장 흔한 품종이다. 수박은 산스크리트로 샨무카(ṣaṇmukhā)라고 하는데, 직역하면 '여섯 얼굴'이다. 어쨌든 그의 얼굴에는 엄청나게 어려운 일을 능숙하게 처리하고 있다는 자랑과 자부심이 역력했다. 자그마한 참외도 아니고 어지간한 양동이 크기의 수박을 부둥켜안고 껍질을 까면서!

또 한 가지 알다가도 모를 일은 다른 과일들은 껍질째 먹으면서 굳이 수박 껍질을 미리 깎아내려고 저리 애를 쓰는가 하는 것이었다. 모래처럼 지금거리는 배 껍질도 그냥 먹고, 너덜너덜 붙은 무수염도 떼지 않고 그냥 먹는 사람들이 왜 꼭 수박 껍질은 미리 벗겨내는 걸까? 혹시 무슨 종교적인 터부와 관계된 것일까? 무게도 무게지만 그 두터운 껍질이 쉽게 벗겨질 까닭이 없다. 그것도 칼을 앞쪽으로 밀어서는 더욱 힘들 것은 물어보나마나다. 결국 싱크대에 내려놓고 과도를 밀어붙이지만 어렵기는 마찬가지다.

옆에 서서 지켜보고 있는 쉬이딸 엄마도 시종일관 "우리 서방님 참 장하시지!" 하는 표정이다. 내가 선뜻 나서지 않은 이유도 바로 그 점이었다. 종교 의식을 치르는 것 같은 엄숙한 분위기와 그 행복스러워 보이는 부엌 공기를 휘저을 권리가 내게 없는 것이다. 우여곡절 끝에 껍질을 깐 수박 덩어리를 넘겨주고 받아드는 부부의 몸 동작은 칠순이 넘어서 낳은 소중한 아들을 주고받는 노부부의 그것이었다. 그 무언의 메시지가 내 귀에는 이렇게 들렸다.

108

"어때, 내 수박 다루는 솜씨? 나이가 들면서 훨씬 세련돼가는 것 같지 않아? 이래서 남자가 있어야 된다고. 내가 있는 한 수박 껍질 까는 일은 전혀 걱정하지 않아도 돼. 우리 아버지나 형님들도 내 솜씨에는 어림도 없을 거야. 그런 의미에서 우리 애 하나 더 낳을까?"

쉬이딸 엄마의 연꽃처럼 화사한 미소로 보아 내가 들은 것과 똑같지는 않아도 비슷하게 전달이 된 것 같다. 수박 살덩어리의 한쪽 모서리를 떼어 깍두기 담그려는 무 조각 크기로 잘라 접시에 담고, 그 위에 후추, 소금, 고춧가루를 섞은 양념을 살살 뿌려 식탁에 올려놓았다.

사돈네 외 먹는 식도 각각이라더니, 원 세상에! 수박이야 반달, 초승달 모양으로 숭덩숭덩 잘라 턱 끝에서 단물을 댕강댕강 떨어뜨리며 먹는 거지. 거기다 후추, 고추, 소금은 웬! 식초는 안 치나? 그 찝찔한 맛이라니. 내 상판이 영 안됐던지 다음부터는 내 접시에 양념 뿌리는 일은 생략했지만 수박 껍질 까기는 지금까지 계속되고 있다.

저 도깨비들을 어쩔거나!

한 중년 부인이 매주 하루씩 단식을 한다. 그 공덕으로 남편이 무병장수하고 소원을 이룬다고 해서다. 그렇게 이미 수년을 보냈다. 정해진 단식날 힌두 수행자, 사두 차림의 사내가 집에 들어온다. 사내는 신심이 장한 부인의 시주를 받고 축복과 함께 뿌라삿을 준다. 뿌라삿은 설탕과 우유를 함께 졸인 과자로 힌두교 사제가 축복과 함께 주는 선물이다. 그런데 일이 난처하게 꼬인다. 과자를 먹으면 여태껏 해온 단식 공덕이 송두리째 없어지는 것은 물론 곧 남편이 죽게 된다. 그렇다고 뿌라삿을 거절하면 사두의 저주를 받을 것이다. 부인을 지켜보는 남편의 얼굴이 사색이 된다. 사두는 사두대로 왜 빨리 먹지 않느냐고 채근하는 표정으로 부인을 압박한다. 이렇게 진퇴양난에 빠져 어쩔 줄을 모르고 허둥대는

데, 실랑이 끝에 사두의 정체가 드러난다. 진짜 사두가 아니라 남편의 라이벌이다. 이건 힌두 신화집 『뿌라나』에 나오는 옛이야기가 아니고 인도 텔레비전의 코미디 프로그램 한 토막이다.

실제로 많은 힌두 교도들이 정해진 날에 단식을 한다. 대개 일주일에 하루인 단식날은 수많은 신들 가운데 어떤 신을 자신의 수호신으로 정하는가에 따라 다르다. 이런 풍습의 바탕은 옛 인도인들의 고행 전통이다. 고행을 가리키는 산스크리트 단어는 따빠스(tapas)인데 '불, 열'이라는 뜻이다. 열을 수단으로 더 큰 열, 즉 신통력을 일으킨다는 것이 고행의 원리다. 이러한 따빠스를 참회또는 회개라고 한 서구 학자들의 번역은 애초의 의도나 실행과는 거리가 먼 오역이라고 할 수 있다. 이것은 이미 저지른 죄를 뉘우치고 고친다는 회개와는 전혀 무관하며 인도식 고행은 미래를 만들어가는 일이기 때문이다.

고행자들은 따빠스의 성취를 위한 필수조건이 절대적인 성(性)의 절제라고 믿었다. 만약 고행자가 성적 충동에 끌려 샛길로 들어섰다가는 여지껏 쌓은 열을 완전히 잃게 된다는 것이다. 『리그베다』에 인드라가 따빠스를 통해 신들의 왕이 되었다는 언급이 있지만 고행이 널리 유행하게 된 것은 기원전 7~6세기 이후의 일로 보인다. 힌두 전적에 고행을 통해 따빠스를 쌓은 인간이 신들의 위험한 경쟁자가 되는 이야기가 수없이 나온다. 누군가 거판한 희생 제사나 따빠스로 인드라의 자리를 넘겨보는 자가 생기면 인드라의 왕좌는 뜨겁게 달아올라 주인에게 경고를 보내게 된다. 자

111

리를 지키기 위한 자동 조기경보 시스템이다. 이렇게 자리가 뜨거워져 불편해진 인드라는 제사나 따빠스를 망쳐놓을 아름다운 요정을 내려보낸다. 힌두 신화 속에 나오는 고행자들의 도중하차는 대개 인드라의 방해에 의해서 생기는 것이다. 제일 흔한 수가 선녀들을 내려보내 고행을 망쳐놓는 미인계다. 사실 이런 미인계의 배후 인물은 늘어나는 고행자들과 이들의 종교적 지위가 자기들의 오랜 기득권을 해칠 것을 염려하는 브라흐민들이었다고 생각할 수 있으며, 이러한 시대상을 반영하는 신화 형식의 인간 이야기인 것이다.

외모로 드러나는 고행자의 특징은 우선 가족과 소유물을 떠나 헝클어진 머리에 더러는 완전 나체로 지내는 것이다. 이들은 대개 혼자 또는 작은 그룹을 지어 숲속에 살았지만 어느 경우건 마을 사람들, 더 좁히면 불을 빼앗아갈 수도 있는 여인들이 눈에 띄지 않는 외진 곳에서 살았다. 물론 이런 나체 고행자들은 요즘도 사라진 게 아니다. 알라하바드, 하리드와르, 나식, 우제인 같은 곳에서 벌어지는 꿈부멜라 축제에 가면 수천 명의 벌거숭이들이 모여든다.

고행자들의 목표는 거기서 거기로 비슷하다. 그러나 그들이 채택하는 방법은 간단한 호흡 조절로부터 지독한 자기 고문에 이르기까지 아주 다양하다. 머리에 뿔을 붙이고, 엉덩이에 꼬리를 달고 소와 함께 사는 소 고행, 땅바닥에 있는 음식을 먹고 개처럼 짖으며 웅크려 자는 개 고행자 등이 불교 경전(『Majjhima Nikāya(중부 아함)』,「Kukkuravatika-sutta」)에 언급된다. 경전 이름에 나오는 빨리어 kukkura-vatika는 '개처럼 행동하는 사람'을 뜻한다. 이 경에 나오는 세니아라는 개 고행자와 나무통 속에서 지냈다는 그리스의 견유학파 디오게네스 사이의 유사점은 흥미로운 일이다. 견유(犬儒)라고 번역된 cynic은 그리스어 kynikos로 '개처럼'이라는 뜻이다. 개 같은 세상 개같이 산다는 것이었을까?

가장 기본적인 고행은 단식이다. 죽을 때까지 계속하는 완전한 단식도 있지만, 과일만 먹는 사람, 땅속에 있는 것만 먹는 사람, 묽은 음식만 먹는 사람 등이 있었다. 특이한 단식의 하나가 달(月) 단식인데 달이 없을 때는 전혀 먹지 않다가 달이 커지면서 매일 한 입씩 늘리고, 달이 줄어들면서 다시 한 입씩 줄여나가는 것이다.

종일 허리까지 차는 물 속에 서 있는가 하면, 오금 사이로 나뭇가지에 매달리는 박쥐 고행, 앉아만 있기, 구부리고 펴지 않기, 덩굴이 감아 오르도록 움직이지 않고 한 발로 서 있기, 잠 안 자기, 못 침상이나 가시 무더기에 누워 자기 등 온갖 고행이 다 있었다. 힌두 신화 속에 많이 나오는 빤짜 따빠스는 사방에 피워놓은 네 무더기의 불 가운데 앉아 얼굴은 다섯번째 불, 태양을 쳐다보는 '다섯 불' 고행이다. 신체의 일부를 잘라내는 고행, 한 손을 하늘로 쳐들고 끝내 말라비틀어지게 하거나, 성기 끝에 구멍을 뚫어 무거운 돌을 달아매고 청정을 과시하는 고행, 거기다 고개나 몸짓도 하지 않는 지독한 묵언 고행자가 있었다. 그러나 말할 것도 없이 이들에게 더욱 중요한 것은 신체적인 행위보다 정신적인 자제였다. 때로 그들은 인공적인 리듬을 가한 호흡 조절을 통하여 깊은 삼매에 들기도 했다.

제대로 된 고행자라면 이렇게 성취한 수행력은 다음 단계인 해탈을 위한 수단으로 쓰일 것이다. 해탈을 가로막는 것이 욕망의 불이라면 고행의 불로 욕망의 불을 끄는 이열치열, 동종요법이다. 그러나 『라마야나』 『마하바라타』 『뿌라나』 등의 인도 신화 속에 수도 없이 많은 따빠스 이야기는 거의 다 세속적인 지위와 부를 성취하거나 그것을 성취하기 위한 수단을 얻게 된다는 내용이다. 말하자면 몇 년 동안 치른 엄청난 고행 끝에 브라흐마(Brahma), 시바, 혹은 비쉬누(Viṣṇu) 등의 신이 나타나 신들의 무기를 준다거나, 잃었던 왕국을 되찾아 잘 먹고 잘살았다는 이야기가 태반이다.

'노처녀 소원'이라는 산스크리트 속담이 있다. 노처녀가 목숨을 걸어놓고 따빠스를 했다. 감동한 인드라가 내려와서 한 가지 소원을 들어주마고 했다. 노처녀의 단 한 가지 소원은 그리 간단한 게 아니었다. "아들놈들이 놋그릇에 우유밥을 먹었으면 소원이 없겠사와요!" 그래서 노처녀는 시집을 가게 됐고, 여러 아들과 함께 놋그릇에 우유밥을 먹을 만큼 부자로 잘살았다.

다른 이야기 하나 : 인드라가 장님 노파에게 소원을 하나만 대라고 청했다. 노파가 말했다. "증손자들이 이층짜리 집에서 금 그릇에 밥 먹는 것을 보았으면!" 노파가 부자로 오래오래 산 것은 물론, 눈을 뜨게 되었다!

이런 고행 이야기가 보여주는 것은 중생의 현세 중심의 이기주의다. 늘 하는 이야기지만 나는 그것이 죄로 갈 짓이라거나 벌받을 일이라고는 생각지 않는다. 약간 덜떨어진 생각일 뿐이다. 그런데 나를 노하게 만드는 것은 이런 이야기를 지어낸 사람들의 순수해 보이지 않는 의도가 언뜻언뜻 비치기 때문이다.

　인도 신화에서 가장 중요한 요소가 신의 축복과 저주다. 후기 『뿌라나』로 오면서 브라흐민 사제의 저주는 신들의 저주를 능가하는 무서운 힘을 가지게 된다. 누구의 저주가 더 센가는 알 길이 없지만 그렇게 묘사된다는 말이다. 이것이 곧 신의 이름을 빌린 잡다한 의식과 저주의 힘으로 대중을 잡도리하려는 브라흐민 사제들의 숨은 얼굴이다. 중생들의 소원을 들어주는 신의 자비가 사실은 신들을 내세워 중생을 욕망의 세계에 묶어놓으려는 브라흐민들의 음모인 것이다. 산스크리트로 신 이야기를 지어낼 수 있는 사람들은 오직 브라흐민 사제들밖에는 없었다. 또 이런 이야기들이 만들어진 것이 자이나교, 불교를 비롯한 출가 수행 운동이 활발히 벌어지던 시대라는 점을 중시해야 된다.

　최고의 힌두 성전이라고 찬양하는 『바가왓기타』에서 거듭 강조되는 것이 각 카스트에 주어진 의무의 수행이다. "자기에게 주어진 일을 수행하다 실패하는 것이 남의 일을 성공적으로 마친 것보다 훌륭하다"고 한다. 그것 자체로야 얼마나 가상한 이야긴가? 그러나 이 말이 나오게 된 앞뒤 연관을 살피면 만사 불을 보듯 뻔해진다. 제법 치밀해 보이는 절대자와 성스러운 의무의 논리는 결국 절대다수의 대중을 저항할 수 없도록 묶어두고, 이미 만들어진 자기네들의 자리를 고수하기 위해 벌려놓은 올가미다.

베다 시대의 법제자들은 사회계층 분류에 색깔을 뜻하는 와르나(varṇa)라는 용어를 썼다. 그러나 수세기에 걸쳐 여러 종족 간의 혼혈이 이루어지면서 인도 사회는 예전의 단순한 원칙으로는 대처할 수 없게 복잡해졌다. 피부 색깔은 이전의 구별 기능을 완전히 상실하게 되었으며, 와르나의 개념은 본래의 색깔이라는 의미와는 달리 사회 속에서의 직능이나 종사하는 직업에 따른 계층 구분의 뜻으로 변했다. 명백한 지위와 소유의 차이는 그것을 획득한 사람으로서는 자기 대는 물론이고 후대에까지 물려주려는 당연한 소망을 낳게 한다. 따라서 가진 자들은 사제들의 중재를 통해 신의 원조를 구한다. 사제들은 자기네의 특권을 보장받는다는 조건 아래 칼잡이의 현 지위를 정당화해주는 은전을 베푼다. 권력과 종교, 적(赤)과 흑(黑)의 야합이다. 카스트는 굳어진다. 칼잡이가 감히 사제의 몫인 영혼의 문제에 끼어들어서는 안 되고, 수드라가 권력이나 부를 넘보지 말라는 것이다.

새삼스럽게 이 옛날 이야기를 반복하는 까닭은 이것이 옛날 옛적 인도에만 있었던 이야기가 아니라, 중생이 사는 곳이라면 어디서나 일어났고, 또 앞으로도 계속될 것이기 때문이다. 세계 곳곳에서 벌어지고 있는 민족간의 분쟁, 사회문제, 계층간의 알력과 갈등은 기본적으로 가진 자와 못 가진 자, 변화와 반동의 마찰인 것이다. 그러나 문제는 고대 인도의 떠돌이 수행자들이 이미 우리 시대의 어떤 인권 운동가보다 성숙한 시민의식을 보여주는가 하면, 이 개명 천지의 유식하고 개화한 중생들은 아직도 철없이 누군가의 음모에 부화뇌동, 춤추며 놀아난다는 것이다. 히틀러나 마르코스, 이디 아민 혹은 수많은 얼치기 성자들이 활개를 칠 수 있는 것은 바로 간단한 리모컨으로 조절되는 인형들이 지천으로 깔려 있기 때문이다. 눈을 똑바로 뜨고 마주 보려는 고행의 의지가 없는 것이다.

누군가의 리모컨에 춤추지 않겠다는, 내 발로 내가 서겠다는 의지의 표현이 고행이다. 또 배고픈 이웃의 아픔을 이해하고, 내 몫을 내놓을 때 단식이 된다. 그러나 많은 종교의식이, 때로는 수행과 기도마저도 애초의 의미와 내용을 잃고 형식만 남은 것이다. 그것을 계도하기는커녕 거기에 편승하여 제 자리를 지키려고 발버둥치는 무리들이 있는가 하면, 자기가 거짓말을 하고 있다는 것도 모르고 거짓말을 하는 자칭 성자들도 많다. 우민 독재는 정치에만 있는 게 아니다. 영혼의 구원을 이야기하는 종교의 독재는 오히려 심각하고 널리 퍼져 있는 것이다.

독재는 자기의 행위에 스스로 책임지기를 회피하는 자들과 그런 자들을 옭아매기 위해 부심하는 자들의 기묘한 야합이 연출해내는 현상이다. 추종자는 구원을 기대하고 독재자는 구원을 약속한다. 추종자에게 정상적인 사유와 비판은 당연히 금물이다. 어린 양들에게 요구되는 것은 눈을 감고 무작정 따라가는 것이며, 성자의 탈을 쓴 독재자는 먹을 수도 없는 합성 화공약품으로 그저 기름 냄새만 살살 풍겨주면 그만이다. 추종자들은 주린 배, 타는 목에도 신앙 혹은 이념이라는 깃발을 치켜들고 미로를 헤매고, 자칭 성자들은 우매한 추종자들이 저도 모르게 포기한, 혹은 그런 것이 있는지도 모르고 지나쳐버린 세속적인 향락과, 명예, 힘을 맘껏 누린다. 온갖 현란한 수사를 동원하여 제 입으로 악이라고 규정한 것들이 자기들에게는 다디단 감로수다. 그런데 이상한 일은 떳떳해야 될 피해자는 양떼처럼 고개를 숙이고, 가해자는 오히려 목에 힘을 준다는 것이다.

아, 어쩔거나 어쩔거나!

귀신도 안 잡아가는 저 도깨비들을 어쩔거나!

부처님 그저

어느 절간에 한 노인이 있었습니다. 하루는 깐깐한 젊은 스님이 노 보살님을 나무랐습니다.

"다른 사람들은 일부러 먼 길 찾아와 조석 예불에 참석하는데 보살님은 절에 살면서 부처님께 절하는 것을 본 적이 없다"고.

노인은 그 길로 곧장 도량 한켠에 서 계신 돌부처 앞에 가서 손바닥을 싹싹 비비며 빌었습니다.

"부처님, 그저 건강허시요잉!"

사람들은 이 노인이 좀 모자란다 혹은 살짝 갔다고들 합니다. 그러나 모를 일입니다. 재수하는 우리 큰아들 꼭 그 대학에 붙여달라고, 돈 더 많이 벌게 해달라고, 아픈 허리 낳게 해달라고…… 공양이라는 이름으로 아름답지 못한 뇌물 삐쭉이 올려놓고 그렇게 온갖 소원을 비는 사람들은 멀쩡한 사람들인가요?

별의별 희한하고 가당찮은 소원을 싸들고 와서 떼를 쓰는 사람들을 많이 보았지만 아직까지 "부처님 건강하시라"고 비는 사람은 그 노 보살님 말고는 없었습니다.

우리 스님 인감도장

삐그덕삐그덕 힘겹게 굴러가던 연립내각이 어느 날 비그르 주 저앉았다. 정강 정책이 판이하게 다른 군소 정당들이 합쳐져 이루 어진 정부가 가는 길은 처음부터 정해져 있는 것이었다. 선거 운 동 기간 동안 매스컴과 여론은 다음 투표 때는 표를 몰아주자고 부추기는 듯했다. 545석인 인도 국회의 과반수 이상을 한 당에서 차지하게 하여 와해나 붕괴될 위험 없이 일관된 정책을 수행할 정 부를 만들어야 된다는 것이었다. 그러나 현실적으로 한 당이 과반 수를 차지하는 것은 불가능에 가깝다. 그래서 할 수 있는 것은 선 거 전부터 정강과 노선이 비슷한 정당끼리 연합을 하고 함께 선거 운동을 하는 것이다.

가장 큰 갈래는 힌두 우파 국수주의 정당인 BJP와 마하트마 간디를 얼굴로 하고 네루, 인디라 간디, 라지브 간디 삼대에 걸쳐 집권한 콩그래스, 그리고 공산당을 비롯한 좌파 정당들이다. 인구의 절대 다수를 차지하는 힌두 교도들의 표를 겨냥한 BJP의 깃발은 연꽃인데, 소리 높여 외치는 구호도 "인도는 힌두 땅"이다. 공산당 표지야 어디서나 망치와 초승달 모양의 낫을 겹친 것이니 말할 것도 없고, 콩그래스 당의 깃발에는 위로 곧게 추켜세운 손바닥이 그려져 있다. 본래 마하트마 간디의 물레바퀴를 당의 표지로 썼던 콩그래스, 소위 국민의회에서 콩그래스(I)라는 이름으로 분리되어 나오면서 새로 태어난 상징이다. 콩그래스(I)의 'I'는 인디라 간디의 첫 자라고 하는데, 새 살림을 차린 인디라 간디에게 남인도의 힌두 성자가 내려준 운수 대길할 표지가 손바닥이라는 것이다.

이번 선거에는 인디라 간디의 며느리이자 라지브 간디의 미망인인 소냐 간디가 콩그래스의 손바닥 깃발을 들고 나섰다. 눈앞에 닥친 위기에는 국수주의 BJP 연합의 "언젠가 날 버리고 돌아설 그대는 노랑머리"라는 야유에도 한눈팔 겨를이 없는가보다. 소냐가 인도인이 아닌 이탈리아 사람이라는 것이 BJP의 멋진 표적판이 될 것은 미리부터 뻔한 일인데도 네루 집안에 쏟아질 동정표가 더 크다는 계산이리라.

손바닥, 망치와 낫, 연꽃이야 어디서나 볼 수 있는 표지여서 별 이야깃거리가 되지 않는다. 재미있는 것은 무소속으로 나온 후보들의 표지다. 아직도 문맹률이 높은 이 나라에서 쉽게 유권자들의 눈길을 끌고 강한 인상을 심어줄 수 있는 표지의 선택은 당락에 지대한 영향을 줄 것임은 말할 필요도 없다. 벽보에 쓰인 학력이나 공약을 읽어볼 사람도 별로 없겠지만 읽어본다고 해야 그저 가짜 학력이거나 빌 공(空) 자, 공약일 테니 보나마나다. 그런데 멋진 것들은 이미 조직과 자금 면에서 월등히 우세한 큰 정당이나 부자 후보가 차지해버리니 선택의 폭은 줄어든다. 그래서 짜내고 짜낸 표지들이 재봉틀, 우체통, 방패연, 붕어, 비행기, 배, 낙타, 자전거, 공작새, 코끼리, 비둘기, 황소…… 등이다. 여기 붕어는 어느 낚시광의 표지가 아니라 아마도 어부 가족들의 표를 호소하는 상징물일 것이다.

인도는 이차 대전 이후 식민지에서 벗어난 수많은 신생 독립국 가운데서 거의 유일하게 일인 독재나 군부 통치를 경험하지 않은 나라다. 남인도의 케랄라 주는 1957년 세계 최초로 자유 선거를 통해서 공산당 주 정부를 수립했고, 그 뒤로도 가장 강력한 정당으로 활동중이며, 캘커타를 주도로 하는 웨스트 벵갈 주에서도 공산당은 늘 절대 우위를 누리고 있다. 인도 사람들이 자기네가 세계 최대의 민주주의 국가라고 자랑을 늘어놓는 것도 다 이런 까닭에서다. 극좌에서 극우에 이르는 온갖 정당이 제각기 목소리를 높이며 잘도 굴러가는 것이 이 나라다. 백성들 모두를 스스로 민주주의를 세우고 지킬 수 없는 미숙아로 취급하면서 군대의 힘으로 나라를 몰아가려고 했던 독재자들에게 인도인들은 오래 전부터 "그렇지 않다. 여기 우리를 보라!"고 가르쳐온 것이다. 투표 용지에 쓰인 후보자의 이름을 읽지 못해도, 방패연이나 낙타가 그려진 칸에 붓뚜껑을 찍어도 민주주의는 가능하다.

우리 할머니는 한글의 한 자도 모르고, 천자문의 하늘 천 자도 모르셨지만 내게 "적선지가에 필유여경하고 적악지가에 필유여 앙이니라"는 구절을 어느 선생님보다 멋지게 풀이해주셨고, 없고 배고픈 사람과 나누어 가질 줄 아셨다. 그분이 정치와 민주주의 라는 말을 모른다고 뜻을 모르신 것은 아니다. 또, 선거 벽보를 보고 당신 아들과 닮은 구석이 있는 어느 후보에게 한 표를 던지 는 일이 벌어진다 해도 그게 그리 대순가? 천하에 호가 난 도적 이라도 백성이 원하면 뽑히게 하라. 그래서 생기는 손해는 비싼 월사금이다.

어제 투표가 끝났다. 선거 때만 되면 신문에 단골로 등장하는 사건들이, 무장한 건달들을 동원하여 온 동네 사람들이 아예 투 표장으로 가지 못하도록 막았다거나 호송하는 경찰들과 총격전 을 벌여 개표장으로 가는 투표함을 탈취해 달아났다는 기사였다. 그런데 이번 선거는 근래에는 보기 드물 만큼 조용하게 넘어갔 다. 개표 결과가 나오려면 앞으로 삼사 일이 걸릴 것이고, 여론이 부추긴 대로 절대 다수석을 차지한 정당이 나오지 않을 경우 또 다시 연립 내각이 만들어지기 위해 무소속이나 군소 정당 당선자 들의 몸값은 하늘 높은 줄 모르고 뛰어오를 것이다. 그것은 그때 일이다.

투표장에 다녀온 사람들의 왼손 집게손톱에는 팥알 크기의 까 무스름한 점이 찍혀 있다. 아직까지도 주민등록증 같은 단일화된

신분증이 없는 유권자들의 중복 투표를 막기 위한 방편이다. 이쪽 저쪽 투표장을 오가며 남의 몫까지 미리 찍어버리는 일이 벌어진 다는 것이다. 열대 숲에 있는 '빕바'라는 나무의 씨에서 짜낸 기름이라고 하는데 이것으로 해서 손톱에 생긴 짙은 갈색 점은 한 달 정도 지워지지 않고 남아 있다. 손톱을 빼내고 다시 투표장으로 갈 만큼 열렬한 지지자도 없을 테고, 신분증이 가짜라느니 아니라느니 씨름할 일도 없을 테니 참 인도다운 발상이다 싶어 또 웃음이 나오려고 한다. 점 찍힌 손톱을 내게 보여준 쉬이딸네 아버지에게 왼손 집게손가락이 없는 사람은 어떻게 하느냐고 시답잖은 질문을 던지고 한참을 함께 웃었다.

요즘 투표 이야기만 나오면 제일 먼저 생각나는 것이 우리 스님 인감도장이다. 삼 년 전 일이다. 은사 스님께서 편찮으시다는 연락을 받고 부랴부랴 서둘러 표를 구해 서울로 갔다. 그날 밤은 서울서 보내고 다음날 일찍 스님께서 입원해 계시는 전주에 갈 작정으로 당시 개운사 주지로 있던 동명 스님 방으로 갔다. 이런저런 이야기 끝에 그 전해에 있었던 종회 의원 선거로 화제가 옮겨졌다. 동명 스님이 "허!" 웃음과 함께 꺼낸 이야기가 우리 은사 스님의 인감도장 사건이었다. 이야기는 기표 용지의 동명 스님 칸에 당신의 인감도장을 떠억 찍어두셨다는 것이다. 말할 것도 없이 무효표로 처리되었고, 우리 스님이 아니라도 상당한 표 차이로 동명 스님이 당선되었단다. 동명 스님이 말했다.

"참, 노장님이 인감도장을 꽉 찍어버렸당게. 제대로 찾아 뵙지도 못혔는디 돌아가실랑가아?"

전주로 가는 버스 속에서 그 인감도장 이야기가 다시 생각났다. 우리 스님의 언변이나 경전 해독 실력은 내 이미 익히 아는 바이지만, 아무리 그렇다고 무기명 비밀투표 원칙을 모르실 리는 없고, 거기다 기표소 안에 놓아두었을 붓뚜껑을 제치고 주머니에서 인감도장을 꺼내신 까닭이 무얼까? 방정맞은 소리지만 혹시 노망하신 건 아닐까 하고 은근히 걱정도 되었다.

버스 터미널에서 전북대학 병원의 내과 병동으로 서둘러 달려갔다. 병실에 들어서는 내 눈과 마주친 스님의 안강은 깊숙이 패들어가 있었다. 스님 눈 속에 엷은 수심의 그림자를 읽으면서 참으로 죄스러웠다. 나는 안다. 스님의 수심이 저만큼 다가온 저승사자에 대한 두려움이 아니었다는 것을. 어디 눌러앉아 구들장이 꺼지게 정진을 하는 것도 아니고, 하다 못해 산내 암자 주지살이를 할 주변도 없고, 그저 치렁치렁 늘어진 역마살을 주체하지 못해 이리저리 헤매는 재연이 놈이 안타까우신 것이다. 두 손으로 당신의 바싹 마른 발을 쓰다듬는 나에게 물으셨다.

"언지 갈래애?"

언제 다시 인도로 돌아갈 거냐는 물음이시다. 석 달 기한의 왕복 티켓이었지만 차마 그렇게 말씀드릴 수가 없었다.

"스님, 인제 안 갈래요. 스님 모시고 살게요."

스님께서는 "저놈 또 마음에 없는 소리 하고 있네" 하는 표정으로 흘끔 눈을 흘기시며 말씀하셨다.

"허덩 걸 끝을 내야지 중간에 작파허먼 써? 막상 눈앞에 오닝게 공연시 불렀다 시퍼. 매칠 있다 얼릉 가아."

"괜찮아요. 십 년이나 잘 놀았으면 됐지요 뭐. 스님 다 나으시면 바랑 지고 가까운 선방에나 갈게요."

"아, 논문 쓴담성? 중이 당연히 도 닦는 거지만 허덩 것 중판미허고 맨나 새잽이먼 쓰간디."

스님의 병세는 날이 다르게 회복되었다. 결정적인 병명이야 결핵성 늑막염이라고 했지만 팔십이 넘은 노장님에게 이런저런 노환이 겹친 것이었다. 일 주일쯤 뒤에는 혼자 침상에서 내려오실 수도 있었다. 화장실 길을 부축하던 나에게 손을 놓으라시며 혼자 걷기도 하시고, 배변을 혼자 치르시기도 했다. 한가하고 조용한 오후 시간에 스님의 발과 다리를 주무르며 슬그머니 여쭈었다.

"스님! 거기 왜 인감도장은 찍으셨어요?"

스님께서는 아무 말씀도 없이 삐식이 미소를 보이실 뿐이었다. 꼭 스님의 대답을 들으려고 했다기보다는 언뜻 해보왔던 내 염려가 그야말로 방정맞은 기우였다는 것을 확인하고 싶어서였다. 사실 그럴 필요도 없는 일이었다. 열흘 가까이 병상 옆에서 지켜본 스님은 지극히 정상이었으며, 오히려 임종을 맞이하는 노승의 깐깐한 고집과 의지를 보여주고 계셨다. 기관지의 기도가 좁아지면서 숨이 가빠오는데도 당신 스스로 호흡을 고르시며 약물에 의존하지 않으려고 애쓰시는 모습은 실로 존경스럽기조차 했다.

입원하신 지 열흘이 조금 넘은 어느 날, 해가 뉘엿뉘엿 질 무렵이었다. 스님은 주사, 복용약 모두를 거절하시며 절로 돌아가겠다고 고집하셨다. 나는 물론이고 매일 병세가 호전되는 것에 무척 고무되어 있던 담당의사도 환자의 느닷없는 심경 변화에 여간 당혹스러워하는 게 아니었다. 그 길로 서둘러 퇴원 수속을 마쳤다. 공연한 고집이 아니라 당신 스스로 당신의 때를 아시는 것이라고 믿었기 때문이었다. 병원 구급차로 절에 돌아왔을 때는 자정이 가까운 시간이었다. 다음날 낮에 스님께서 마루로 나가고 싶다고 하셨다. 문짝에 등을 기대고 앉아 짙어가는 오월의 녹음을 휘이 둘러보시던 스님의 눈에 옅은 안개가 서려 있었다. 스님께서는 그날 밤 아주 편안하고 아늑한 표정으로 영면에 드셨다.

　　다비와 사십구재를 치르고 인도에 돌아와서도 가끔 스님의 그 인감도장이 생각났다. 왜 그걸 거기 찍으셨을까? 끝내 풀리지 않을 수수께끼지만 내 식으로 붙인 주석서는 이렇다.

　　첫째, 실세들의 요구 혹은 회유를 거부한다.

　　둘째, 꼭 찍어야 된다면 재연이보다 더 이뻐하는 동명 스님을 찍겠다.

　　셋째, 그러나 아무도 찍지 않겠다. 그래서 나는 이렇게 내 이름자 박힌 인감도장을 꾹 눌러 찍는다.

　　우리 스님 멋쟁이!

봄맞이 축제, 홀리

　인도의 축제들이 대부분 힌두교의 이런저런 신들과 관련된 종교 축제이기는 하지만 내력이 깊고 오래된 축제들은 거의 다 계절과 기후의 변화와 관계가 있다. 곡식 농사와 목축이 산업의 거의 모두인 농경 사회에서 일기와 계절의 변화는 가장 중요한 사건이었을 것이다. 거기다 천지의 운행과 자연현상 모두를 의인화하고 신격화한 옛 인도인들에게 바뀌는 계절은 기쁨과 희망, 기대를 몰고 오는 거인이었을 것이다. 물론 그 거인은 불확실성과 불안, 두려움이라는 어두운 그림자를 끌고 다니기 마련이다. 지겨운 우기가 어서 끝나기를 고대하지만 막상 비가 그치고 나면 머지 않아 마실 물을 걱정해야 한다. 여기저기 흐드러지게 피어나는 꽃, 그 위에 하늘하늘 헤엄치는 나비는 침잠한 생의 열기를 불러일으키고 온몸의 근육을 부풀려놓겠지만 꽃이 핀다는 것은 곧 다가올 무시무시한 더위와 힘만 들었지 별로 거둘 것도 없는 노동을 암시하는 것이다. 풍년은 고사하고 지독한 흉년이나 들지 않으면 다행이다. 그렇다고 아직 무너지지 않은 하늘을 미리 걱정할 필요는 없다. 또 모로 굴러도 이승이 좋더라고 일을 한다는 것은 아직 살아 있다는 것이다. 축제는 이렇게 약동하는 삶의 환희와 희망으로 불안과 두려움을 덮어두는 일인지도 모른다. 인간의 춤과 노래에 덩달아 취한 신들이 때 맞추어 비를 내리고 다디단 과일들로 가지들을 늘어지게 할 것이다.

지역에 따라 다소 차이가 있지만 수많은 축제 가운데서도 가장 거판한 축제는 상끄란띠, 홀리, 나가 빤짜미, 가네샤, 두쎄라, 디왈리 축제 등이다. 애당초 시끌벅적한 것이 축제다. 그 중에서도 가장 어지럽고 가히 난장판으로 보이는 축제가 바로 봄맞이 축제다. 보통 훌리 또는 홀리라고 불리는 이 축제는 홀라까(Holākā) 날(음력 2월 보름날)까지 열흘 동안 벌어진다. 열나흘날 밤에는 모닥불을 피우고 불가에 둘러서서 마귀를 쫓아내는 고함을 지른다. 정월 대보름 전날 밤, 마당에 대나무, 호박넝쿨, 아주까리 줄기를 쌓아놓고 불을 지르는 우리 풍속과 비슷한 데가 있다. 모닥불 속에 야자를 묻어두었다가 불에 달구어져 폭음과 함께 터진 야자 속을 나누어 먹는 것도 우리의 부럼 깨기와 비슷하다. 당초 북인도 지방의 축제였던 것을 생각하면 모닥불을 피우고 소리쳐 쫓아내고자 하는 마귀는 겨우내 온 세상을 꽁꽁 묶고 움츠리게 했던 동

축제날 아리안 소녀

장군이라고 짐작할 수 있다.

그렇게 밤을 새워 소리치고 노래 불러 마왕을 쫓아내고 나면 새 봄이다. 지난밤까지 나름대로의 질서 속에 유지되어온 축제가 날이 새면서 갑자기 빛깔과 속도를 가진 괴물로 변한다. 사람들은 미리 준비한 빨강, 파랑, 노랑 분가루를 서로 뿌려대며 스스로 꽃이 되고 나무가 된다. 색 가루를 물에 개어 서로의 얼굴과 몸, 옷에 바르고 쫓고 쫓기며 온 마을, 온 도시가 끓어오르는 것이다. 들과 산, 푸른 나무, 붉은 꽃은 미움도 싸움도 모른다. 이 봄맞이 축제는 미움과 원망, 탐욕으로 금이 간 세상이 자연 속에 녹아들어 자연과 하나가 되는 축제인 셈이다.

들판에서 하나씩 만나면 그리 숫되고 다소곳한 사람들도 여럿이 모이면 거칠어지기 마련이다. 더구나 봄맞이 축제는 모두를 용감하게 만든다. 설핏 스치기만 해도 온몸이 저려 제대로 말도 건네지 못하는 소심한 사내에게 아가씨를 향해 돌진할 기백을 준다. 물감을 칠한다는 핑계로 얼렁뚱땅 그 고운 얼굴을 더듬어볼 수도 있다. 또, 기회 있을 때마다 은근한 눈짓을 보내도 아는지 모르는지 딴청만 부리는 얄미운 청년에게 피처럼 붉은 물을 한 동이 들이부을 수도 있다.

남녀노소, 인간과 동물의 구분도 없다. 염소도, 하얀 소도, 검은 물소도, 닭조차도 물감을 뒤집어쓰고 이리저리 내달린다. 할아버지 수염도 노랑, 파랑 물이 든다. 멋모르고 낯선 동네에 들어갔다가는 꼬맹이들의 물총 세례를 받기 십상이다. 원색 분가루나 물총 세례는 그나마 다행이다. 때로는 쓰레기를 뒤집어쓰기도 하고 얼굴에 온통 시꺼먼 폐유를 바르는 낭패를 당하기도 한다. 할머니도 빨간 분가루를 바르고 손자 같은 아이들 틈새에 끼어 하얗게 센 머리를 격렬하게 흔들며 굽은 허리를 야하게 비틀어 꼬아댄다. 모두에게 축제는 즐겁고, 봄은 아름다운 것이다.

참 흥이 많은 것이 이 사람들이다. 그 어설프고 고단해 보이는 삶이 뭐 그리 즐겁고 기꺼운지 알다가도 모를 일이다. 광기에 가까운 그 신명은 어쩌면 쌓인 한과 설움의 역설적인 표출인지도 모른다. 그러나 언제까지 이런 축제 분위기가 계속될 수는 없다. 아무리 좋아도 그저 한나절이지 하루 종일 그렇게 뛰고 소리칠 수도 없는 노릇이다. 거기다 이미 간밤을 하얗게 새운 참이다. 짧았던

봄맞이 홀리 축제

한낮의 그림자가 차츰 길어지면서 축제의 가벼운 공기는 서서히 증발한다. 축제의 열기가 사라진 거리는 파한 뒤의 난장처럼 쓸쓸하고 허전하다. 남은 것은 몇 잔 얻어 마신 싸구려 야자 술의 께름한 뒷맛과 불확실한 내일의 무게쯤일 것이다.

옥양목 네루 모자, 하얀 수염, 헐렁한 파자마를 온통 빨갛게 물들이고 니그로다 그늘에 멍하니 앉아 있는 노인을 지나치며 간절히 빌었다. 인도식으로.

신 중의 신, 우뢰의 신 인드라님! 제때에 비 흠뻑 내려, 저 들판에 목화랑 사탕수수 마르지 않게 해주소서. 저 영감님 뱃속을 고춧가루 듬뿍 넣은 양고기 카레로 채우지는 못해도 밭뙈기 팔아치우고 봄베이로 가는 일은 없어야 되잖아요. 마음 고생도 고생이지만 고향 떠나 배고픈 설움 어련할라구요. 그리고 저 사탕수수, 목화 농사 잘 지어야 할머니 몰래 몇 십 루피 꼼치기도 하고, 그래야 이번 홀리 때 얻어 마신 술빚도 갚지요. 공연한 오기 부리지 말고, 부디 올 여름엔 비 좀 흠뻑 뿌려주소서. 내가 지금 이리 빌지만 여차하면 내 입에서 무슨 악담이 나올지 나도 모릅니다. 오, 우뢰의 신 인드라, 내 기도 새겨들으소서!

할라할라

풀이는 천천히 보기로 하고 우선 소리 내서 이 짤막한 산스크리트 운문을 읽어보자.

할라할람 나이와 위샴 위샴 라마
자나하 빠람 뱌띠야얌 아뜨라 만와떼
니삐야 자가르띠 수케나 땀 시바하
스쁘르샨니맘 무햐띠 니드라야 하리히

특별한 발음기호를 사용하지 않는 한 애초의 운율을 그대로 살릴 수 없기는 해도 제법 구성진 가락이다. 정상적인 우리말 표기로는 장모음과 단모음을 구분할 수 없고, 우리말에서 쓰이지 않는 몇 가지 자음들이 있기 때문이다. 이 산스크리트 원문의 어순을 하나도 바꾸지 않고 그대로 옮기면 이렇다.

> 독약이 아니다 독이, 독이다 돈이
> 사람들은 그런데 바꾸어 이것을 생각한다
> 마시고도 깨어 있다 기꺼이 저 시바
> 만지고 그것 취했다 잠에 하리

이걸 적당히 고쳐 우리말 어순에 맞게 다시 적으면 이렇게 된다.

> 독약이 독인가, 돈독이 독이지
> 그런데 사람들은 이걸 뒤집어 생각해
> 시바는 독약을 마시고도 말짱한데
> 그것 만진 하리(비쉬누) 곯아떨어져

그래도 아직 뭐가 뭔지 감이 잡히지 않을 것이다. 힌두 신화를 모르고서는 이게 무슨 소린지 이해할 수 없을 것이기 때문이다. 어떤 번역에서나 사정은 비슷하겠지만 인도 고전의 번역은 이래서 더욱 어렵다. 또 이미 이런저런 인도 신화를 읽어 다소 친근감을 느끼는 사람이라 하더라도 이런 식의 노골적인 신성모독에는 고개를 갸우뚱거릴 수밖에 없을 것이다. 어쨌든 『비쉬누 뿌라나』에 나오는 이야기는 이렇다.

마귀들과의 싸움에 지친 신들이 보존의 신 비쉬누를 찾아가 원기를 되찾고 영원히 살 수 있는 불사약(amṛta)을 만들어달라고 간청한다. 이에 비쉬누는 세상에 있는 모든 나무와 풀을 모아 우유 바다(?)에 넣고 휘젓게 한다. 이렇게 해서 신들의 적인 마귀들까지 동원된 대 역사가 벌어진다. 만다라(Mandara) 산은 바다를 젓는 막대가 되고 거대한 뱀 와수끼(Vāsuki)는 막대를 감아 돌리는 밧줄이 된다. 이때 비쉬누 자신은 거북이가 되어 만다라 산을 등에 짊어지는 받침대 역할을 한다. 이렇게 휘저은 바다에서 처음으로 나온 것이 젖소(Surabhi)였고, 뒤를 이어 와루니(Vāruṇa 술의 여신), 하늘 나라의 꽃나무 빠리자따(Pārijatā), 압사라(Apsarā요정), 달, 재물과 아름다움의 여신 락쉬미(Lakṣmī), 그리고 강력한 독액 할라할라(hālahala)가 나온다. 마지막으로 신들의 의사 단완따리(Dhanv ri)가 양손에 불사약을 받쳐들고 나온다. 그러나 마귀들은 죽도록 고생한 보람도 없이 이 불사약의 분배에서 따돌림을 당한다. 몫은 고사하고 자기들의 파멸을 몰고 올 비약을 만드는 데 부역을 당한 것이다. 고대 힌두 신들이 고약한 노동 착취의 모범을 보인 셈이다.

시바는 이때 나온 독약이 세상을 모조리 파멸시킬 것을 염려한 나머지 통째로 들이마신다. 이것 역시 파괴의 신이 맡을 역이 아닐 것 같은데, 아직은 세상 끝날이 멀었던가보다. 시바 신은 늘 삼지창을 들고 해골 목걸이와 함께 코브라를 목에 걸고 있는 것으로 그려지는데, 얼굴과 목이 파란 것은 그렇게 마신 독약이 퍼진 것이며, 목에 감긴 코브라는 독약 기운으로 불타는 목을 식혀주기 위한 것이다.

이미 짐작했겠지만 사족을 달면 맨 첫줄에 나오는 라마(Ramā)는 『라마야나』의 영웅 라마(Rāma)가 아니라 보존의 신 비쉬누(Hari)의 짝인 사랑의 여신 락쉬미의 다른 이름이면서 동시에 재물, 돈을 뜻한다. 그러니까 여기 독이라고 바꾼 라마는 여색이라는 뜻도 함께 가지는 것이다.

우유 바다를 저어서 나온 아름다움과 사랑의 여신 락쉬미는 그리스 신화의 아프로디테와 사촌쯤 되는 셈이다. 락쉬미 여신상은 활짝 핀 연꽃 위에 서서 누런 금돈을 떨어뜨리는 모습으로 그려진다. 이렇게 돈과 사랑의 여신이면서 보존의 신 비쉬누의 짝이니 그 힘은 어떤 신도 감히 넘볼 수 없게 지고지엄한 것이다. 어느 신보다도 많은 추종자를 거느리고 있을 것임은 쉽게 짐작할 수 있다. 무언가 돼가는 집을 락쉬미가 들어왔다고 하고, 재수에 옴이 붙어 사사건건 뒤틀리는 사람을 락쉬미가 버린 사람이라고 부른다. 어디 인도 사람들뿐이랴. 사랑과 돈은 사바 세계의 온 중생이 애타게 갈구하는 것이다. 말이 조금씩 다를 뿐 락쉬미 숭배는 자본주의와 공산주의의 높고 두터운 장벽도 초월한다.

그러나 그렇게 많은 추종자들이 애타게 기리고 찬양하는 것은 락쉬미가 본시 변덕스럽고 편애가 심하다는 것을 알기 때문이다.

그런데 재미있는 것은 돈벼락을 맞은 사람만 돈독이 드는 게 아니고, 전혀 락쉬미의 사랑을 받지 못한 사람 역시 돈독에 멍이 든다는 것이다. 대개 돈독이 든 사람들은 혀가 부드럽지 못하다. 가진 사람은 가져서 그렇고, 못 가진 사람은 못 가져서 그렇다. 돈독이란 무엇인가? 돈을 위해서는 수단과 방법을 가리지 않는 것, 없는 사람을 업신여기는 것, 가진 사람에게 절절매는 것, 돈을 더러운 것이라고 욕하는 것이다.

산스크리트로 락쉬미 험담을 늘어놓는 사람은 필시 글줄이나 읽고도 돈이나 벼슬과는 인연이 없는 재야 선비거나, 어디 가서 꾸어달라는 말도 제대로 못 하는 꽁생원이었을 것이다. 맹물 마시고 몽상에 빠져, 때로는 탄식을 늘어뽑았겠지. "본데없이 무식한 불한당들은 떵떵거리고 잘도 살더라만, 나같이 양순하고 신 무서운 줄 아는 사람은 왜 이 모양 이 꼴일까?" 그래서 재물과 미의 여신 락쉬미에게 까닭을 물어보고, 또 스스로 답을 낸다.

오, 연꽃 위의 여신이여!
어쩌자고 당신은
어리석은 자들에게만 재물을 맡기시나이까?
유식한 사람에게 무슨 원한이 있어서

듣거라
내 누구를 시기해서가 아니요

변덕스러운 것도 아니라
거기다 바보를 어여삐 여길 리도 없으니

식자깨나 있는 사람이사
그런 대로 대접을 받더라만
어리석은 놈은
돈밖에 다른 도리가 없지 않느냐!

　돈 가진 자들을 싸잡아 무식한 놈들이라고 매도한다고 해서 배
가 불러지는 것은 아니지만, 지식이란 때로 비판과 자조를 부추긴
다. 가진 재산이라고는 밥벌이에 도움은커녕 오히려 방해할 뿐인
체면과 머릿속의 식자밖에는 없다. 내친 김에 괘씸한 락쉬미 욕이
나 실컷 해주자. 그래서 선비님이 다시 한 수 읊으신다.

영웅은 싫어
과부 될까 두려워
인심 좋은 사람도 싫어
수모를 당할지도 모르니
유식한 사람에게 갔다가는
사라스와띠의 시앗 각시가 될 판
그러니 내 구두쇠에게 의지할 수밖에

절묘하달 것까지는 없어도 썩 잘 빠졌다. 여기서 돈의 여신 락쉬미는 남편감을 찾는 색시다. 싸움터를 전전하는 영웅호걸을 남편으로 삼았다가는 언제 과부가 될는지 모른다. 그렇다고 후덕해서 남에게 잘 베푸는 사람에게 가도 안 된다. 제 마누라를 아무에게나 내돌리고, 손도 벌리기 전에 아예 넘겨줄 수도 있으니, 일부종사할 지조 있는 아내로서는 참을 수 없는 모욕이다. 또 식자깨나 있는 사람은 이미 변재(辯才)의 여신 사라스와띠를 본부인으로 맞고 있어서 첩 신세를 면할 수 없을 뿐더러, 유식하다는 유세로 돈 보기를 우습게 안다. 그래서 결국 평생 꼭 부둥켜안고 끝내 사랑해줄 구두쇠야말로 돈의 여신 락쉬미가 찾을 수 있는 최상의 배필이 되는 것이다. 가난한 꽁생원님으로서야 본부인 사라스와띠를 쫓아내는 한이 있어도 기회가 되면 락쉬미를 잡고 늘어져야 되겠는데 지레 겁을 먹고 아예 빗감도 않는다. 주린 배 쥐고 어디 잔칫집에라도 가면 당장 배는 좀 채운다고 해도 후회막급이다.

동무 해줄 사람도
공손하게 말대꾸하는 사람도 없어
부잣집 잔치 마당에 가면
무시당하기 일쑤
남루한 옷 부끄러워
당당한 부자들 가까이 서지 못하니
가난, 아하, 여섯번째 큰 죄로다!

점심시간

　고대 힌두 법제가들이 정한 다섯 가지 죄악은 브라흐민을 해치는 것, 음주, 절도, 스승의 아내를 범하는 것, 이 네 가지 죄를 저지른 사람과 교제하는 것이다. 가난 때문에 받는 이런저런 비참한 벌을 보면 가난은 분명히 엄청난 죄임에 틀림없다. 제 아무리 뛰어난 언변에 심오한 철학을 토해내도 부자들의 너털웃음 앞에는 양철북 소리에 맥을 못 추는 현금 소리일 뿐이다. 이 집 저 집 기웃거리며 도움을 청해보지만 어디 가나 불청객이다. 부모도 외면하고, 형제도 슬금슬금 피한다. 마누라조차 찬바람이 쌩쌩 돈다. 행여나 손을 벌릴까 싶어 친구들도 모른 척이다. 그러니 입에서는 "지옥 고통이 아무리 험해도 가난보다 더 하지는 않을 것"이라거나 "죽음은 잠깐의 몸 고통, 가난은 끝없는 마음 고통"이라는 절규가 터져나온다. 차라리 일찌감치 죽은 친구가 부럽다. 이 가난 고통을 조금이나마 줄이는 길은 이 세상을 하직하는 것일 수도 있다.

어이, 벗님!
내 이 무거운 가난 짐 잠깐만 들고 있을랑가?
자네 그 편안한 죽음 맛 좀 보세
허구한 날 지칠 대로 지쳤다네

화장터 송장
친구의 넋두리에 대답이 없다
죽느니만 못한 게 가난인 것을 알기에

화장터에 누운 송장조차도 되돌아보고 싶지 않은 가난이다. 그렇다고 제 손으로 덜컥 목숨을 끊을 만큼 모질지도 못한 선비님이다. 그 속에서도 더욱 피를 말리는 것은 속 빈 기대, 희망이다. 어느 날 락쉬미가 찾아줄까? 이런 때 희망이란 절망보다 더 끔찍한 저주일 수도 있다. 맑고 선선한 밤이면 마당에 나가 하늘의 별이나 보지, 비라도 철철 쏟아붓는 밤이면 그저 기가 턱턱 막힐 뿐이다.

한물이 지면
방 안의 앓을깨 거북이 되고

가난한 사람들

빗자루는 물고기 되어 떠다닙니다
국자는 뱀 대가리처럼
애들을 놀라게 하는데
아내는 떨어진 키를 머리에 쓰고
폭포가 되어 금방이라도 무너질 듯한
벽을 향해 쭈그리고 앉아 있습니다
오, 나라님!
비 오는 밤이면
우리 집 둠벙이 됩니다

아무리 소리를 친들 누구 하나 돌아볼 사람도 없다. 있는 사람

144

은 내놓기 싫고, 없는 사람은 그 험한 락쉬미의 저주가 옮아 붙을까 겁이 난다. 물론 이 세상에는 남 사정 생각하고 베풀 줄 아는 사람들이 많이 있다. 금방 부서져 뭉개질 것 같은 세상이 그런 대로 굴러가는 것은 다 그런 사람들 덕분이다. 또 많은 사람들이 안다. 세상은 돌고 돌며, 락쉬미도 이 집 저 집 옮겨 다닌다는 것을.

어느 세월에
베풀 만큼 갖출 날 오리
지금 가진 그만큼으로
나누어 쓰세

행운이 왔을 때 베푸세
락쉬미 또 채워줄 테니
행운이 시들 때 또한 베푸세
어차피 죄다 없어질 것을

또다른 시인이 말한다.

덕은 쌓아둔 재물에서 나오는 게 아니요
베풂으로 얻어지는 것
구름은 드높고, 바다 낮지 않던가?

여기 구름과 바다라고 옮긴 것은 산스크리트 payo-da와 payo-dhi인데 직역하면 '물을 주는 것' 과 '물을 간직하는 것' 이라는 뜻이다. 비를 뿌려주는 구름은 고결한데, 물을 품고 있는 바다는 못나고 지저분하다는 것이다. 요샛날 소유와 분배의 평등 어쩌고 핏대 세워 떠들었다가는 이미 갈 데를 정한 것이나 다름없다. 꼭 그게 두려워서가 아니라도 똑같이 나누자거나 베풀며 살자고 설득할 생각은 없다. 다만 락쉬미를 사랑하되 끌어안는 방법이 바른 것이어야 하고, 쓰되 남 눈치도 좀 살피며 쓰자는 것이다. 그리고 옳지 않게 그러모아 옭아쥐고 있는 사람은 까락까락 챙겨서 벌주는 세상이어야 한다. 벌은 주지 못해도 그런 사람들을 부러워하게 만들지는 말았으면 좋겠다. 사실 돈독은 그것 자체로 무서운 벌이다. 그렇다고 하더라도 나는 느긋하게 "내버려두어도 다음 생에 빌어먹게 될 거니까 마음 쓰지 말라"고 말하는 사람이 싫다. 독사에 물린 사람은 저 혼자 죽고 말겠지만 돈독에 든 사람은 애꿎은 사람들을 죽이기 때문이다.

귀도 골도 없는 당나귀

숲속에 사자가 살았는데, 이름이 '불 갈기'였대. 목에 난 갈기
가 마치 불붙은 짚단 같았으니까. 시중 드는 자칼이 있었는데 그
놈 이름은 '지저분'이었어. 늘 흙먼지를 뒤집어쓰고 먼지투성이
인데다가 이빨이 누렇게 바래 지저분했거든. 하루는 불 갈기가 코
끼리와 싸우다가 그 무거운 앞발에 밟혀 허리를 다쳐가지고 잘 움
직일 수 없게 되지 않았겠어. 사자도 사자지만 자칼도 배가 고파
죽을 지경이 되었대. 그래서 사자에게 말했지.

"대왕님, 배가 고파 고개 들기도 힘들어요. 이래 가지고 어떻게
대왕님을 섬기리까?"

사자가 이랬대. "가서 찾아봐라. 내 이 정도 힘으로도 쓰러뜨릴
만한 놈이 있지 않겠느냐." 자칼이 여기저기 기웃거리며 어느 마

을을 지나다가 방죽 가에서 풀을 뜯는 당나귀를 보았지. 다가가서 말했대.

"당나귀 아저씨! 안녕하세요? 지난 설에 찾아뵙지도 못했는데, 늦게라도 세배 받으세요. 그런데 신수가 영 형편이 없으시군요, 아저씨."

"어이, 조카 오랜만일세," 당나귀가 말했지. "말하면 뭘 하나. 그 고약한 주인이 먹이도 제대로 주지 않고 허리가 휘어지게 짐이나 실어대는걸. 자네 눈에도 보이지 않는가? 이런 먼지 수북이 쌓인 맛 없는 풀이나 뜯는데 얼굴색이 날 리가 없지."

자칼이 말했어. "그으래요, 아저씨? 내가 아는 멋진 곳이 있는데요, 사철 물이 마르지 않는 강가에 파란 풀밭이 끝도 없다니깐요. 나랑 그리 갑시다. 오손도손 옛날이야기나 하며 살면 좀 좋아요."

"말만 들어도 고맙네, 조카님! 허지만 가봤자 숲속의 큰 짐승들한테 쫓겨다닐 텐데, 구박을 좀 받더라도 여기가 낫지 않겠나. 제아무리 멋진들 그림의 떡이지 뭐!"

"참, 아저씨도, 당초 그런 걱정 마세요. 그 지역은 내가 꽉 잡고 있다니까요. 낯선 치들은 얼씬도 못 하게 한다구요. 게다가 아저씨처럼 일에 시달리다가 도망친 처녀 당나귀 세 마리가 거기 사는데요, 아 그 좋은 풀에 몸이 나가지고는 나를 못살게 볶아대는데, 나 죽을 지경이라니까요. 글쎄 나한테 '지저분 아저씨가 진짜 우리 생각을 한다면 어디 가서 신랑감 하나 찾아다주세요' 하고 졸라대는데, 아주 미치겠어요. 딱 생각나는 것이 아저씨더라구요."

이 말을 들은 당나귀 뒷다리가 뻐근해져 온몸을 뒤틀면서 그러더래.

"이런 고마울 데가 있나. 조카님, 당장 가세! 아, 옛말에도 있지 않던가? 내 노래 하나 부름세."

두리둥실 보름달 같은 엉덩이 말고
감로수가 따로 있나
그 보름달 사라지는 것 말고
독약이 따로 있나
말만 들어도 굼실거리는 이 뒷다리
가까이 가서 녹아내리지 않는 것이 병이지

그렇게 꼬드겨 숲으로 들어갔지. 저만큼 당나귀가 오는 것을 본 불 갈기가 아픈 허리를 간신히 들고 몸을 일으키는데, 당나귀가 기절초풍을 하고 달아났지. 불 갈기가 죽을 힘을 다해 쫓아가 앞발로 한 방을 먹였지만 별 효험이 없었대. 자칼이 화가 나서 사자에게 마구 대들었지.

"주먹질이 세상에 그게 뭐요? 나 원 참, 기가 막혀서. 아니 당나귀도 쓰러뜨리지 못하면서 코끼리한테는 어떻게 대들었담. 치려면 한 방으로 턱뼈를 부서뜨려야지. 그게 올려치기요, 내려찍기요?"

체면이 완전히 구겨진 불 갈기가 계면쩍은 얼굴로 그랬대. "난들 어쩌겠나? 제대로 폼을 잡을 수가 없는걸. 예전 자세만 그대로 나와도……"

자칼이 말했단다. "그래도 아직 입은 멀쩡해서. 어쨌든 내 다시 당나귀를 데려올 테니까 이번에는 실수 없도록 해요. 단단히 준비하라구요."

"야이, 지저분한 자칼아! 날 보고 놀라 달아난 당나귀를 어떻게 다시 데려온다는 건가?" 사자가 그러니까, 자칼이 "당신 소관이 아니니 그런 걱정일랑 하지를 말고, 준비나 단단히 하고 있으라니깐!" 하고 핀잔을 주었다나.

자칼이 서둘러 당나귀를 쫓아갔대. 뒤따라온 자칼에게 당나귀가 아프게 눈을 흘기며 말했겠지.

"어이구, 이 조카놈아, 그래 풀밭 참 좋더라. 하마터면 죽을 뻔했다. 도대체 그게 누구냐? 한 방 맞은 게 지금도 얼얼하다."

지저분이 킬킬 웃으며 대답하기를, "참, 아저씨도 어지간허슈. 아, 아저씨가 오시는 걸 보고 그 처녀 당나귀가 쫓아 나와 부둥켜안으려고 그랬던 건데, 그리 겁쟁이처럼 달아날 건 또 뭐유? 시방 그 아가씨 울고불고 난리 났어요. 아저씨 다시 데려오지 않으면 코 막고 물에 뛰어들거나 독풀이라도 먹고 죽어버리겠대요. 빨리 가요. 멀쩡한 아가씨 죽이지 말구요. 그것뿐인 줄 아세요. 사랑의 신, 까마(Kāma)의 저주를 받는다니까요. 아 옛말에도 있잖아요."

신들이 내려주신 말하는 꽃들 제쳐놓고
보이지 않는 과일을 찾아 나선 바보들
사랑의 신, 까마가 벌을 내렸지
저 고행자들 벌거벗고 정처 없이 헤매라고

이 노래를 들은 당나귀가 다른 노래로 화답하며 자칼의 뒤를 다시 따라갔대. 무슨 노랜지 아니?

운수가 사나우면 알면서도 저지르는 게 실수라오
세상에 어느 바보가 일부러 실수를 저지르리요

노래가 채 끝나기도 전에 덤불 뒤에 웅크리고 있던 불 갈기가 번개처럼 달려들어 당나귀를 쓰러뜨렸지. 지저분에게 당나귀를 지키라고 시켜놓고, 사자는 강물에 들어가 목욕을 했대. 몸을 씻고 조상들에게 기도까지 올리고 와서 보니 그 맛있는 당나귀 귀와 골이 없어지지 않았겠어. 지저분이 귀와 골을 빼먹은 거야. 화가 난 불 갈기가 지저분에게 말했지.

"이 천하에 불한당 같은 놈아, 어른 먹이를 이 지경으로 망쳐놓다니. 아무리 내 힘이 빠졌기로서니 그럴 수가 있느냐?"

자칼이 그러더래. "참, 성님도, 그런 말씀 허덜 마시오. 그 당나귀는 첨부터 귀도 골도 없었다니깐요. 세상에 귀 달리고, 골이 찬 짐승이 그렇게 달아났다가 또 따라올 리가 있겠소?"

151

불 갈기 사자가 그럴 듯도 싶어 고개를 끄덕이며 지저분에게 앞
다리 하나를 더 잘라주었대.

　　　　　　　　　　　　　─ 힌두 우화집『빤짜 딴뜨라』에서

슬픈 코미디

까닭 모르게 양쪽 어깨가 뻐근하고 기침이 쿨룩쿨룩 나왔다. 평
소 심히 앓아본 적도 없고, 아무 물이나 마셔도 배탈 한번 나지 않
은 제법 강한 체질이어서 내심 건강에는 자신이 있다고 믿었는데
슬슬 고장이 나는가 싶어 슬그머니 겁이 나기도 했다. 만나는 사
람마다 진단이나 처방도 가지각색이었다. 잠자는 자세가 잘못되
었다는 사람, 불규칙한 끼니에 두 주전자도 더 마셔대는 커피가
문제라는 사람, 구름과자를 너무 많이 먹어서라는 사람, 거기다가
하루 종일 문 밖에 한번 나가는 일도 없이 밤낮으로 그 컴퓨터 앞
에 앉아 있으니 무슨 플라스틱이라고 배겨날 길이 있겠냐는 사
람……

나는 모두 옳은 소리라고 수긍하면서도 진짜 원인은 다른 곳에

있다는 생각을 지울 수 없었다. 어느 날 의자에 앉아 자세를 여러 가지로 바꾸기도 하고 팔을 들어 흔들거나 어깨를 추켜올려보다가 이것이구나 하고 집히는 게 있었다. 컴퓨터 자판에 올린 손의 높이에 따라 팔과 어깨, 가슴에 느껴지는 압박감이 달라진다. 가장 편안한 자판의 높이는 팔꿈치보다 한 치쯤 낮을 때였다. 가슴 높이까지 올라오는 책상 위에 자판을 올려놓고 일을 하려면 저절로 어깨가 추켜올려지고, 긴장된 어깨와 가슴은 정상적인 호흡을 방해하는 것이다. 그만큼이 내 엄청난 발견이었다.

다음날 아침나절에 내가 사는 집에서 얼마 떨어지지 않은 곳에 있는 목재상에 갔다. 적당한 두께의 널빤지를 사다가 책상 한쪽 모서리에 나지막이 선반을 지르고 자판을 내려놓을 작정이었다. 목재상 주인은 정갈한 터번으로 한껏 멋을 부린 시크 교도였다. 구사하는 어휘며 발음이 여느 장사치 같지 않아 쉽게 신뢰가 갔다. 사정을 이야기하자 몸소 나서서 알맞은 크기의 두툼한 합판을 찾아다주었다. 남의 말을 듣고 헤아릴 줄 아는 사람이구나 싶어 달라는 값이 싼지 비싼지 따지지도 않고 돈을 치렀다.

합판 쪼가리를 들고 나오려는데 그냥 보내기 아쉽다는 표정으로 말을 걸어왔다. 어디서 와서 무슨 일을 하고 있느냐고. 수없이 들어온 질문이어서 시큰둥하니 한국에서 왔고, 산스크리트를 공부한다고 얼버무렸다. 사실 내 전공이 산스크리트가 아니고 빨리어지만 그렇게 이야기해봤자 그게 무언지 아는 사람도 별로 없고 공연히 이야기만 길어지는 것이다. 아는 체하는 인도 사람들의 말

154

문을 막는 제일 좋은 방법은 점잖게 "내가 시방 산스크리트로 학위 논문을 쓰는데……" 하면 슬그머니 꼬리를 사리고 입을 다물어버린다. 그런데, 웬걸, 갑자기 작자의 눈빛이 달라졌다. "원더풀, 원더풀!"을 연발하며 숨도 쉬지 않고 한참 동안 『바가왓기타(Bhagavadgīta)』 원문을 좔좔 외워대더니, 다시 산스크리트로 "어때, 어디서 들어본 거 같지 않아? 오래 전에 그만둔 거여서 이젠 거의 다 잊었어. 그거 좋아해?" 하고 묻는 것이었다. 솔직히 말해서 나는 인도를 망쳐먹은 주범이 소위 힌두교 최고의 성서로 치는 『바가왓기타』라고 생각하는 사람 중의 하나지만 그 자리에서 콩이야 팥이야 노닥거릴 계제도 아니고, 결론이 뻔한 인도 사람과의 논쟁도 밥맛 없는 것이어서 말문을 막아버릴 비수를 뽑아들었다.

"그래, 대단한걸. 나는 한 구절도 못 외우는 거야. 그런데 말야, 자네는 그 『바가왓기타』에 나오는 '브라흐마-니르바나(Brahma-nirvāṇa)'라는 걸 어떻게 생각하나?"

사실 내 질문은 산스크리트로 말할 줄도 아는 유식한 목재상 주인의 의중이나 견해를 듣기 위한 것이 아니고 제 스스로 "난 아무것도 모르고 그저 텍스트 몇 구절 외울 뿐"이라고 자백하도록 하려는 것이었다. 아무리 인도 사람이라도 산스크리트로 말을 할 수 있는 사람은 그리 흔치 않다. 그러나 내 계산은 그대로 적중했다. 작자의 어투가 중심을 잃고 횡설수설 두런거리다가 애꿎은 제 나라 욕을 해대기 시작했다.

"이런 놈에 세상은 확 뭉개 부서져야 하는데 말야. 만사 개판이라고. 사회 꼭대기서부터 슬럼가 구석구석까지 깔린 게 부정 부패야. 속고 속이는 장사치들, 실업자, 범죄, 분리주의 테러리스트…… 금방 부서지고 말 것 같은데 부서지지 않는 것이 참 신기하다니까. 이게 바로 어딘가에 이 형편없는 지옥을 끌어안고 보호하는 신이 존재한다는 증거 아니겠어. 문제는 말야, 난 그렇게 생각해. 소위 파괴의 신 시바가 두드려 부수고 싶어도 이놈에 땅에는 부술 만한 가치가 있는 것이 아예 없다는 거야. 다 쓰레기니까."

희한한 논리로 신의 존재를 입증해대는 목재상 주인이 왠지 안쓰러워졌다. "그래도 자네는 그런 쓰레기가 아니기를 비네"라고 위로를 해주고 싶었지만 너무 심하다는 생각이 들어 얼른 말을 바꾸었다.

"양극은 서로 통한다잖아. 극단적인 혼돈은 질서와 조화에 가장 가까운 지점일 수도 있어. 언젠가 좀 좋아지겠지."

그러나 장사꾼 철학자는 거의 확신에 찬 어조로 단호하게 잘라 말했다.

"안 돼, 가망 없어. 완전히 파괴되기 전에는 절대로 안 돼. 그런데 말야, 그 망할 놈에 신 때문에 파괴될 수도 없다니까. 이게 바로 슬픈 코미디야."

합판 조각을 치수에 맞게 다시 잘라 책상 밑에 야무진 선반을 만들었다. 자판을 그 선반에 내려놓은 뒤로 뻐근하던 어깨가 훨씬

부드러워지고 기침도 사라졌다. 아무리 먹는 게 어설프고 규모 없
는 생활을 한다고 이 나이에 해소가 들 리는 없지.

　이 일 뒤로도 가끔 그 목재상에 갈 일이 생겼다. 조그만 탁자를
하나 만든다거나 부러진 탁자 다리를 고치려고 각목을 사러 가는
거였는데 번번이 속이 상하곤 했다. 다 쓰레기라고 싸잡아 욕을
퍼붓던 작자 스스로가 다시 만날 때마다 전에 미처 보지 못한 치
사함, 거짓말, 속임수로 이마가 번들거리는 쓰레기였던 것이다.
돼지 눈에는 모두가 돼지로 보인다더니.

국외자(局外者)

　사람들은 인도라는 그림에 신비, 종교, 환상 따위의 색깔을 너무 진하게 칠하려고 든다. 많은 인도인들이 지극히 종교적이라는 것은 부인할 수 없는 일이다. 이 땅에 들어온 대부분의 외국인들이 가장 많이 찾게 되는 곳이 소위 성지(聖地)라고 불리는 종교 유적지이고, 거기다 길거리에서 흔히 마주치는 대중 행사 등이 종교 축제 혹은 의식인 것도 사실이다. 그러나 그토록 철저하게 종교적인 것으로 보이는 인도인들처럼 실상 세속적인 사람들도 아마 없을 것이다. 이것을 신비라고 한다면 그럴 수도 있다.

　이네들이 종교적이라기보다는 종교적이어주기를 바라는 것일 수도 있다. 자기들은 온갖 문명의 이기와 현란한 자본주의 소비문화를 향수하면서 그럴 수 없는 가난한 인도 사람들을 깔보고, 한

편으로는 "이거 형편없는 거야. 느네들 지금 그게 좋다니까. 움직이지 말고 거기 그대로 있어. 베다 시대로 돌아가면 더욱 좋고"라고 말하는 셈이다. 펜티엄 컴퓨터로 원시림의 나비 이야기를 쓰고, 그렇게 생긴 돈으로 비행기를 타면서 고속도로가 생태계를 파괴한다고 역설하는 사람들이 있다. 어림없는 위선과 이율배반을 스스로 드러내는 꼴이다.

여기에 종교의 본질 혹은 구원 등에 관한 논의를 끌어들이고 싶지는 않다. 그렇다고 우리 눈앞에 벌어지는 특이한 종교현상이나 영적인 문제를 애써 회피하거나, 인도라는 사실을 특정한 사관(史觀)이나 교의(敎義)의 틀을 통해서 보자는 것도 아니다. 오히려 혹시 이미 만들어진 그런 틀이나 필터가 있다면 그것의 타당성을 다시 점검하고 수정해야 된다는 것이다.

어떤 사실에 대한 우리네 시각이란 거의 어줍잖은 상식으로 단장된 것이거나, 두 다리, 세 다리 건너서 들은 이야기를 가르고 엮어 만든 것이어서 사실의 이해를 돕기보다는 오히려 오해로 몰고 갈 위험을 안고 있다. 내가 십 년이 넘게 보고 있는 인도인들은 별나게 환상적인 것도, 관념적이거나 종교적인 것도 아니며, 그렇다고 그 반대의 어떤 것도 아니다.

나는 애시당초 '인도인'이라는, 한마디로 이네들 모두를 보편화해버린 표현 자체에 약간의 반발을 느낀다. 우리가 만나는 인도인들은 세상 어느 곳에서나 볼 수 있는 사람들, 맛난 것 먹고 싶고, 제 좋은 사람 가까이 가고, 없는 것 갖고 싶고, 미운 사람 미워

159

하고, 가진 것 잘 간수하고, 낯선 사람 보면 호기심이 일고, 좀더 낫게 보이고 싶고, 그렇게 오래오래 살고 싶은, 그냥 사람들인 것이다. 다만 다양한 종족과 언어, 풍습, 종교가 함께 어우러지고 때로는 맞부딪치며 굴러가는 소리가 조금 요란스러울 뿐이다. 흔히 쓰는 '혼돈의 땅'이라는 표현도 사실과는 다르다. 이 세상 어디에나 깔려 있는 부조화, 무질서, 마찰, 부정, 무지 등이 이 넓은 나라에도 여기저기 엎드려 있을 따름이다. 농도나 질의 문제가 아니라는 말이다.

현재 우리 눈앞에서 벌어지는 사실이나 역사적인 사건을 바라보는 우리의 시각은 제각기 다를 수밖에 없다. 특히 지나간 일들일 경우, 우리는 보고자 하는 것을 미리 정하기도 하지만 그렇게 선별된 것들을 바라보고 기술하는 방식 또한 미리 만들어진 것이다. 다만 이것은 편견과는 다른 문제로 경제 혹은 효율에 관한 일이라는 차이가 있을 뿐이다.

세상 어디서나 다 그럴 테지만 인도를 보는 국외자의 눈은 칭송 찬양파와 절하 매도파의 두 패로 뚜렷이 나뉜다. 그런데 재미있는 것은 절하 매도파로 분류되는 사람들의 대부분이 애초 칭송 찬양파였다가 전향한 사람들이고, 칭송 찬양파 가운데 많은 사람들은 아직 보고, 듣고, 겪은 게 충분치 않더라는 것이다. 누군가가 말했다. 인도에서 삼 년 이상을 살고도 칭송 찬양파로 남아 있는 사람은 대단한 현자거나 가슴 어딘가에 이상이 있는 사람일 거라고. 이 사람이 머리라고 하지 않고 '가슴의 이상'이라고 말한 것은 그럴듯한 단어 선택이라고 생각된다. 칭송이나 매도가 당위 혹은 정의의 문제에서 시작된 것이라고 하더라도 대개는 지금 당장 한 외래인이 인도라는 특수한 정황을 어떻게 느끼는가 하는 데 그치기 때문이다.

그러나 이들 두 가지 시각이 다 제대로 된 것이라고 생각할 수 없다. 변화하는 사물을 고정된 시각으로 보고 있기 때문이다. 이러한 시각을 바로잡는 가장 간단하고 효과적인 방법은 연기법(緣機法)과 무상(無常)이라는 안경을 쓰는 것이다. 모든 것은 그럴 수밖에 없는 여러 조건에 의해 생성되고, 또다시 변화하는 조건에 따라 변천한다. 우리의 시각이라는 것도 그렇고, 인도라고 부르는 그것도 마찬가지다. "이런 방향으로, 이 정도 속도로는 달려야지"라는 주문은 내부를 제대로 들여다보지 못한 국외자의 객쩍은 간섭이기 십상이다. 물론 안쪽에 있는 사람들로서는 국외자의 훈수를 귀담아들을 필요가 있을 것이다.

보통 아웃사이더는 아웃사이더대로 인사이더는 인사이더대로 어떤 사안을 자기가 있는 그 자리에서만 보려고 한다. 이것은 어쩔 수 없는 우리네 중생들의 한계다. 여기에 필요한 것이 바로 이쪽만이 아닌 저쪽도 함께 보고, 이해하고 수용하려는 자비심이다. 매도가 아닌 애정을 담은 비판이어야 하고, 무작정 칭송이 아닌 실상을 이해하고 대안을 제시하는 찬양이어야 되는 것이다. 이것은 비단 인도를 보는 외국인뿐만 아니라 집단과 집단, 집단 안의 구성원과 구성원 사이에서도 마찬가지다. 더구나 수행을 이야기하는 사람에게는 너무나 당연한 태도다.

　내가 아는 수행이란 특정한 견해의 틀을 벗고, 사실을 있는 바 그대로 보고자 하는 온갖 형태의 노력을 통칭하는 것이다. 이것은 바로 연기법과 무상의 다른 이름이다. 또 연기법과 무상의 안경이란 색깔과 도수, 테와 틀을 모조리 부수고 없앤, 그래서 곰팡버섯을 곰팡버섯으로, 제비꽃을 제비꽃으로 보는 맨눈을 말하는 것이다. 이런 식의 수행이 불교도만의 전유물일 수는 없다. 어찌 보면 종교적이라기보다는 정상적인 인간의 지극히 이지적인 행위라고 할 수도 있다. 그러나 이러한 노력의 과정과 열매가 곧 자비에 바탕을 둔 실천이어야 된다는 붓다의 가르침 속에서 이것은 비로소 수행이 되며, 불교는 헤아리기 어려운 깊이와 넓이를 더한 종교가 된다. 두말할 나위도 없이 이와 같은 실천의 대상은 나를 포함한 모든 존재이며, 수행이란 다시 나 자신의 객관화, 나 아닌 다른 것들의 주체화, 나아가 그러한 구별이나 흔적조차 모두 넘어서는 길이다.

　이 땅에서 인도인들과 어울려 사는 한 나는 인도라는 거울을 통해서 나 자신의 모습을 보게 된다. 때로는 안타깝고, 밉고, 부끄러워지기도 한다. 그러나, 그러면 그럴수록 따뜻하게 안아주자고 스스로를 어르고 다독거린다. 굳이 "자신을 사랑하지 않는 사람은 누구도 사랑할 수 없다"고 가끔 날 나무라던 도반 현음 스님의 말을 되새기지 않더라도.

제2부 성지 순례―인도 기행

룸비니

    이따금 전혀 예기치 않은 일로 뒷머리를 쩌르르 긋고 지나가는 바람을 느낄 때가 있다. 때로는 콧마루가 시큰해지며 어디선가 싸아 하는 소리가 나는 것 같기도 한데, 한 도반 스님은 이것을 자동 펌프가 가슴에서 눈 쪽으로 물을 길어올리는 소리라고 했다. 감격, 혹은 감동은 대개 그렇게 눈물을 몰고 온다. 그러나 때로는 물 길어올리는 소리는 없지만 대신 훨씬 거센 바람이 온몸의 털구멍을 꼭 닫게 만들기도 한다.

    출가하던 날, 얼어붙은 눈길을 걸어 산사 입구에 이르렀을 때 그 바람을 만났고, 제법 철이 들어 빨리어를 공부하겠다고 찾아간 태국의 대사원에서 장엄하게 울려퍼지는 예불문의 여운이 일으키던 것도 그 바람이었다. 그리고 처음 인도에 오던 날, 캘커타 공항의 삐걱거리는 트랩 위에서 그 묘한 바람을 다시 맞았었다. 그러나 우리네 가슴이란 그 벅찬 감격과 강렬한 인상을 끝끝내 간직하기에는 너무 작은가보다. 십 년 남짓한 인도 생활, 필시 밤낮으로 대하는 물기 쏙 빠져버린 책장들이 지난날 제법 왕성하던 호기심과 심심찮게 일던 그 바람을 거의 잠재워버렸지 싶은 생각에 더럭 겁이 날 때가 있으니까 말이다.

이렇게 마른 가슴에 코를 톡 쏘는 매운 겨자 샘 하나 다시 파는 좋은 수가 없을까 궁리하다보면 맨 먼저 생각나는 것이 여행이다. 묵은 바람 빼내고 새 바람 한 보따리 담아오는 것은 말할 것도 없거니와, 별 소득 없이 만지작거리던 책장으로부터 잠시 벗어날 수도 있다. 이미 몇 차례 돌아본 곳들이어서 전혀 새로운 게 아니지만, 방바닥에 지도를 펴자마자 배꼽 부근에 형성되는 예의 그 바람을 느낄 수 있다. 아! 바람, 그 바람이 인다. 그러나 지도를 내려다보며 또다시 쉽지 않은 의문에 빠져야 된다.

"내가 가는 곳이 어디지?"

물론 이 지도상의 일정 지역을 헤매게 되겠지만 내가 만나고자 하는 것이 어쩌면 며칠 후 그 자리, 그 시간이 아니라 현재의 표토로부터 3~4미터 아래 파묻힌 이천 년 전의 벽돌 무더기, 나무 그늘, 혹은 덤불에 덮인 옛길에서 피어오르는 비실체의 어떤 것인지도 모르기 때문이다. 그렇다고 크게 염려할 필요는 없다. 평소 그것을 생각하건 말건 우리의 의식이 무한한 시공 사이를 헤매고 있음에도 우리는 그것을 현재라는 그릇에 다시 담아내는 것이니까.

따라서 지금 내가 가려고 점찍은 곳은 현재 속의 과거와 미래, 즉 역사적인 인물, 그리고 위대한 스승, 고따마 붓다의 자취가 새겨진 성지(聖地)임과 동시에 우리 자신의 현재와 미래이다. 우리의 순례는 결국 우리가 서 있는 자리, 그리고 우리 모두의 가슴속에 그분의 향기로운 길과 발자국을 새기고, 성스러운 땅으로 가꾸고자 하는 것이 아닌가.

인간은 이렇게 역마살에서 비롯된 방랑에까지 그럴듯한 구실을 만들어내고, 거기에 가당찮은 의미를 부여한다. 나는 그렇게 붓다의 탄생지 룸비니에 왔다.

출산 때가 가까워진 석가족 추장의 부인 마하 마야 일행이 채비를 갖춰 친정이 있는 작은 고을 데와다하를 향해 수도 카필라와스투를 나섰다. 오늘날에도 지켜지고 있는 고대 인도의 이러한 풍습은 산모의 심리 이해에 근거한 지혜로운 배려였다. 시집보다는 친정이 훨씬 편안할 것이기 때문이다. 그러나 날짜 계산이 잘못되었던지, 자가용 달구지의 쿠션이 형편없는 것이었던지, 마하 마야의 근친 여행은 룸비니에서 중단될 수밖에 없게 되었다. 성급한 전기 작가들은 산모가 자리에 누울 짬도 주지 않았다. 인류사의 대사건을 단 몇 분이라도 앞당기고 싶었던 것일까? 아니면 위인의 탄생은 무언가 달라야 된다고 생각한 것일까? 어쨌든 고따마 싯다르타 아기님은 이렇게 룸비니 들판의 아소카(Aśokha, 無優樹) 나뭇가지를 잡고 선 어머니, 마하 마야의 겨드랑이를 통해 이 열기로

백련

가득 찬 사바세계에 오셨다고 했다. 로마 황제 율리우스 카이사르의 제왕절개 분만을 연상할 만도 하지만, 이 경우는 싯다르타가 크샤트리야 태생이라는 사실의 신화적 서술이라고 생각하면 그만이다.

한 빨리어 경전에 "세상에 태어난 보살은 땅 위에 두 발로 굳게 서서, 북녘을 향해 일곱 걸음을 뗀다. 사방을 둘러보고, 황소 소리로 '내 이 세상의 꼭대기다! 내 이 세상의 맏이요, 으뜸이다! 이것이 내 마지막 생이니, 다시 태어나는 일이 없으리라'고 말한다"라는 구절이 나온다. 이것 또한 갓 태어난 아기의 당찬 선언이라기보다는, 훗날 제자들이 '최상의 깨달음을 이루고, 윤회의 고해를 벗어난 거룩한 스승'의 탄생에 부여한 의미라고 하면 별 탈이 없을 듯하다. 앙앙거리는 아기의 울음이 생각하기에 따라 이렇게 달라질 수도 있는 것이다. 이 부분은 한역 경전에 '천상천하 유아위존(天上天下 唯我爲尊)'이라고 번역되었다. 빨리 경전에서도 꼭대기, 맏아들, 으뜸 등의 단어가 형용사의 최상급으로 쓰인 것은 사실이지만 다른 한역에 보이는 '유아독존(唯我獨尊)'이라는 쓰임새나 황소 울음이 사자의 포효가 되는 것도 흥미로운 일이다.

그러나 우리 손에 전해진 방대한 양의 경전과 다른 전적에도 불구하고 고따마 붓다 개인에 관한 자료는 지극히 빈약하다. 이러한 사실은 근대 서구 학자들 간에 그분의 생존에 관한 상당한 억측을 불러일으켰다. 세나트(M. Senart) 같은 사람은 아예 불교 기록의 역사적 신빙성을 부정하기도 했다. 이런 회의적인 학자님들에게 필요한 것은 고따마 싯다르타의 출생증명서이겠지만 불행하게도 아직까지 카필라와스투 공화국의 호적이 발견된 적은 없고, 앞으로도 가망 없는 일이니 난감한 일이다. 하지만 그다지 걱정할 일도 또한 아니다. 출생증명서를 제출하지 못하는 것은 고대 그리스의 철인들이나 중동의 선지자들도 다를 게 없으니까.

고따마 붓다의 정확한 생존 연대는 여러 불교 국가에 전해오는 자료나 전통에 따라 상당한 차이가 있다. 아시아의 불교 국가들이 채택하고 있는 기원전 624년 탄생설과는 달리, 서구 학자들은 기원전 563년이 붓다가 태어난 해라고 주장한다. 이것은 붓다의 열반 이후 218년 만에 아소카의 대관식이 있었다는 초기 불교 기록에 근거한 것이다.

찬드라굽타의 마유리야 왕조 창건은 알렉산더의 사망 2년 후인 기원전 321년의 일이다. 이러한 사실은 당시 수도인 파탈리뿌뜨라에 왔던 그리스의 대사 메가스테네스에 의해 그리스 역사가들에게 알려지게 된 것이다. 마유리야 왕조 창건으로부터 아소카의 즉위까지 56년이 걸렸고 이것이 바로 기원전 265년의 일이다. 따라서 이 사건의 218년 전에 있었던 붓다의 열반은 기원전 483년의 일이며, 이때 붓다가 80세였으므로 붓다의 탄신은 기원전 563년이라는 계산이 된다.

우리나라에서는 기원전 624년 설을 따르고 있는데, 올해(1998년)가 불기 2542년이 되는 것은 고따마 붓다의 탄생이 아닌 열반으로부터 따진 햇수이기 때문이다. 제대로 하자면 올해는 불탄 2622년이 된다.

붓다의 전기 형식으로 쓰인 전적들로 『붓다짜리타』 『랄리따위스뜨라』 등이 있다. 그러나 거의 예외 없이 넘치는 상상력과 기발한 환상으로 무장한 작가들은 지극히 단순하고 자연적인 이야기조차 도저히 더이상 손댈 수 없을 만큼 현란하게 꾸며놓았다. 때로는 머쓱해질 정도인데 이렇게 요란하게 바르고 부치는 것은 예나 지금이나 인도 사람들의 빼어난 재주 가운데 하나임에 틀림없다.

빼꼼한 틈 하나 없이 조잡한 그림으로 덕지덕지 단장한 트럭들이나 그렇지 않아도 예쁘기만 한 여학생들 손톱의 삼분의 이쯤 벗어져나간 매니큐어, 넥타이 맨 중년 신사의 손가락에 서너 개씩 끼워진 때 긴 구리반지, 현실과 신화, 과거와 미래 사이를 아무런

거리낌도 없이 무시로 드나드는 종합예술의 극치인 인도 영화 등 등 너무나 흔한 예들을 생각하면 이천 년 전의 인도 시인들이야 얼마나 했을까 짐작하기는 별로 어려운 일이 아니다.

한마디로 이 사람들은 얼기설기 꾸며 붙이기를 좋아한다. 고전 산스크리트 문학 이론서 가운데 『알랑까라 샤스뜨라(Alaṅkara-śāstra)』가 있는데, 여기서 알랑까라란 장식, 수식 등의 의미로 '인도 고전 수사학'이라고 할 수 있다. 현존하는 붓다 전기류는 이런 수사법이 극도로 발달되고 찬미되던 시대의 작품들이다. 따라서 많이 접어둔 채 듣고 보고 읽어야 되는 것이 이천 년 전의 이야기인 것이다. 특히 위대한 인물일 경우 빼내야 될 것이 더 많아지는 것은 너무나 당연하다.

고따마 붓다의 전기들은 어머니 마하 마야의 수태로 시작된다. 그런데 시대나 장소에 관계없이 전설 작가들은 처녀 수태 혹은 그와 비슷한 아이디어에 턱없이 약했다는 점은 흥미로운 일이다. 위대한 영웅이나 병든 세상을 건지러 오는 구세주는 으레 아버지의 도움 없이 이 세상에 나오는 것이다. 아마 "처녀의 겨드랑이에서 붓다가 탄생했다"는 소문이 이미 2~3세기의 근동이나 중동 지역까지 제법 널리 퍼졌던가보다. 초기 라틴 교회의 신부였던 예롬 (기원후 340?~420)의 기록에 자기가 처녀의 몸에서 태어난 붓다라고 공언한 테레빈투스라는 사람이 나오기 때문이다. 그러나 고따마 싯다르타의 어머니를 처녀로 만들려는 시도는 전혀 인도적인 발상이라고 할 수 없다. 예롬이나 그 이전의 테레빈투스는 사

마야 부인의 코끼리 꿈(산치 대탑)

실상 잘못 전해졌거나 자기식대로 해석한 붓다 전설을 바탕으로
무언가를 만들려고 했던 것으로 보인다. 여기서는 이미 사십대에
들어선 마하 마야의 처녀성을 이야기할 처지가 아니고, 이와는 달
리 완전한 결혼생활 속에서 일어난 무성 수태를 암시하고 있기 때
문이다.

　이야기의 줄거리는 이렇다. 보름날 축제에 참가하여 퍼스트레
이디답게 후한 보시를 베풀고 돌아온 마하 마야는 목욕 재계한 뒤
휘영청 밝은 달빛 한자락을 덮고 잠자리에 들었다. 마하 마야가
꿈에 빠지기를 기다리던 사천왕들은 그녀를 침상째 들어 히말라
야의 마나실라 산정으로 옮겼다. 천녀(天女)들은 아노땃따 호숫
물로 마하 마야의 속진(俗塵)을 씻어내고 하늘 옷, 꽃, 향으로 단

장시켜 하늘 침상에 뉘었다. 이때 도솔천에서 내려온 흰 코끼리가 하얀 연꽃을 들고 마하 마야의 가슴으로 들어왔다. 다음날 아침 마하 마야는 숫도다나에게 이 꿈 이야기를 들려주었다. 이렇게 웃따라살하(음력 6월) 보름 무렵 새 생명이 마련된 것이다. 우리 어머니들이 다 꾸어온 태몽이라면 하나도 이상할 일이 없다.

또 모종의 엑스터시 속에서 비정상 임신이 일어난다는 것은 흔한 이야기이다. 물론 상상 임신이 출산까지 갈 수는 없는 일이겠지만 위대한 인물을 낳은 어머니들은 가끔 자기들의 수태에 하늘 혹은 신의 이름을 끌어다 붙였다. 알렉산더의 어머니 올림피아스는 종종 엉뚱한 이야기로 남편 필립의 비위를 긁어대다 결국 소박데기가 되었다. 거대한 뱀과 잠자리를 함께 했다거나 알렉산더의 아버지가 필립이 아니라 첫날밤 번개의 모습으로 자기 몸 속에 들어온 제우스라고 우겨댔던 것이다.

한 어머니가 평소 얌전하기만 한 딸아이의 변해가는 몸매와 행동거지를 걱정하다가 날 잡아 조용히 물었다.

"아, 누구여?"

정숙한 따님은 절대로, 절대로 아무 일도 없었노라고 잡아뗐다. 은밀히 함께 찾아간 산부인과 의사 선생님은 곧 낳을 때가 되었다고 선언했다. 그러나 딸과 한패가 된 어머니는 사람 잡겠다고 길길이 뛰었다. 의사 선생님은 말없이 창가로 다가가 커튼을 젖히고 마른 하늘을 살폈다. 안날이 난 어머니가 쫓아와 따졌다. 도대체

어찌 된 거냐고, 왜 딴전을 피우느냐고. 의사 선생 가라사대,

"이천 년 전에 이번과 똑같은 일이 있었지요. 혹시 그때 동방
박사 세 사람을 데려온 그 별이 이쪽으로 오는지 살피고 있는 거
요!"

이 흰 코끼리 이야기가 전기 작가들의 창작이건 마하 마야가 꾼
태몽이건 이 붓다의 탄생설화 가운데 그럼직한 일이 더 많은 것도
사실이다. 어디서나 비슷한 일이지만 특히 인도의 경우, 보름날
축제가 농경사회의 풍작 또는 다산의식(多產儀式)과 밀접한 관계
가 있다는 점을 감안할 때, 마하 마야가 보름날 축제에 참가했다
거나, 후한 보시를 베풀었다는 것 등은 훌륭한 아들을 갖고자 하
는 여자가 할 수 있는 지극히 자연스러운 일이다. 후계자를 고대
하는 숫도다나로서도 자꾸만 나이 들어가는 부인의 불임이 여간
걱정스러운 것이 아니었으리라. 이런 때를 위해 선인들이 마련한
정화의식이나 복 짓는 일 등을 애써 찾았을 수도 있다. 따라서 여
러 전기 작품들의 이 시기에 관한 기술 내용은 득남을 위한 일련
의 의식과 그간의 노력을 대륙풍의 과장과 이적을 곁들여 들려주
는 것이라고 생각할 수 있다.

우리의 사물에 대한 이해나 해석은 대개 자기 자신의 경험에 의
존하기 나름이다. 따라서 "아기 고따마가 이 세상에 나와 가장 먼
저 느낀 것이 무엇이었을까?" 하는 맹랑한 의문도 사실은 이미

해답을 마련해둔 문제이다. 싯다르타가 태어난 웨사카 달, 오월 중순의 인도, 특히 갠지스 유역으로부터 히말라야가 아득히 보이는 현재의 인도-네팔 국경 지역의 더위는 가히 고통이라고 할 수 있는 것이다.

인도양 한구석 어디선가 만들어진 비구름이 머지 않아 반도의 남단에 상륙하게 되겠지만 여기 룸비니까지 오려면 아직도 한 달이 넘게 걸려야 된다. 자정 무렵이 되어 살짝 선선해진 대기는 지평선 저쪽에 해가 떠오르자마자 다시 견디기 힘든 열기로 가득하게 된다. 그러니 훗날 고따마 붓다가 깨달음을 성취한 곳이 보리수 아래였다거나, 과거 세의 부처님들에게도 각각 니그로다 나무, 맹고 나무, 우둠바라 나무, 잠부 나무 등 짙은 그늘을 제공할 만한 거목들이 배정된 배경, 또는 화탕 지옥이라는 것이 만들어질 수 있는 까닭도 쉽게 이해할 수 있다.

알래스카의 에스키모들에게는 화탕 지옥이라는 발상 자체가 전혀 이 세상 일이 아닐 수도 있다. 마찬가지로 대부분의 인도인들에게 고드름이 위아래로 늘어진 얼음 지옥은 별로 실감나지 않을 것은 물론이고 오히려 가고 싶은 곳일는지도 모른다. 나무 그늘이라고 몰아붙이는 열풍을 막을 수는 없고, 바라나시 고운 비단으로 겹겹이 싼다고 해결되지 않을 일이니 답은 거의 확실하다. 갓 태어난 아기 싯다르타가 울었다면 더위 때문이었을 것이다.

이 더위를 자꾸만 강조하는 것은 지금 당장 내가 겪고 있는 가장 큰 고통이기 때문이다. 말이 섭씨 42도지, 아이고 맙소사! 오늘은 유난히 더 더운가? 목욕을 해보려니 물도 변변치 않은데다가, 지붕 위의 탱크에 받아둔 물은 거의 비등점 가까이 달구어져 오히려 땀구멍을 더 벌려놓을 판이다. 그나마 제일 좋은 수는 주변에서 찾을 수 있는 가장 큰 나무 밑으로 들어가 차분히 숨 고르고 눈을 감는 것이다. 이것이 곧 요가 혹은 인도 명상의 기원이라고 믿어도 그닥 큰 오해는 아니리라.

여기에 한 수 더 붙인 것이 얼치기 사두, 떠돌이 힌두 수행자들이 벌이는 마리화나 공양이다. 가끔 너댓씩 둘러앉아 반쯤 풀린 동공으로 대마초 담은 조잡한 흙 빨부리를 사이좋게 돌리는 모습을 지나치게 되는데, 이것 또한 의지로 다스릴 수 없는 자연의 폭력을 묘한 약풀의 힘을 빌려 피해보려는 인간의 애처로운 발버둥인 것이다. 대마초 연기에 취해 그렇게 해롱거리다가 필수품처럼 으레 들고 다니는 소라고동을 뿌우우! 하고 길게 내불 때는 자못 종교적(?)이다. 몇 모금의 연기에 취해 시바 신이 된 것이다. 이 정도면 자기도취 혹은 자기기만도 대단한 경지이다. 어쨌거나 참 구잡스러운 것이 인간들이다. 어떻게 그건 알아냈을까?

어느 날 싸구려 여인숙 뒤뜰, 바람이 좀더 낫게 부는 곳을 찾다가 비행기 타고 원정 온 마리화나 찬미자들을 만난 적이 있다. 대마초 원산지에 순례차 온 것일까? 그 중에 한 노랑머리 친구가 메케한 냄새를 풍기는 빨부리를 내게 건네주며 권했다. 몇 번의 경험이 그닥 아름다운 추억만은 아니어서 정중히 사양했더니 줄 때 그랬듯이 근엄하게 거둬들여 특이한 쇳소리와 함께 깊이 빨아들였다. 큰창자의 저쪽 끝까지 보내려는 듯이. 아마 시범이라도 보여줄 요량이었나보다. 그냥 바라보기 멋쩍어 "갔어?" 하고 물었더니 여전히 근엄하게 고개를 끄덕이며 건넛자리에 있는 친구에게 빨부리를 넘겨주었다. 내가 다시 물었다. "좋아?" 그 말에 다른 친구가 거들었다.

"오, 예! 도저히 이해할 수 없는 일이야. 이걸 가지고 왜 쓸데없는 간섭들인지. 술 마시는 놈들 떠들며 치고 받는 건 흔해도 대마초 피우고 싸우는 거 봤어? 노우! 이건 평화의 풀이기 때문이야. 왜, 틀려?"

목소리가 허방을 딛는 것처럼 맥이 없었지만 일방 맞는 말이다. 사람들의 짜증이나 다툼 또는 싸움질의 시작은 날카로워진 감정이 다른 사람의 그와 비슷한 감정 사이에서 생긴 접촉 사고다. 만약 우리의 감정에서 돌출된 부분들을 문질러 갈아버린다면 당연히 다음 일은 일어날 수가 없다. 이것이 바로 옛 인도 사람들이 발견한 삼 이파리, 꽃 또는 씨앗의 신기한 효능이다. 즉 몇 모금 깊이 들이마신 연기가 뾰족한 감정의 날을 갈고 뭉개 세상만사 두루뭉술 그저 그렇고, 설령 비위에 거슬린다 하더라도 일어나서 대거리할 기운도 없게 만든다는 것을 누군가가 알아낸 것이다.

그러나 피하는 것보다 오히려 한 발 더 다가서는 것이 나을 수도 있다. 이열치열, 이것이 고대 인도인들의 고행 원리였다. 그렇다 하더라도 지금은 땡볕에 나가 서성거리고 싶지 않다. 한낮 햇볕을 피해 작은 못가 보리수 그늘에 앉았다. 아마 현장 스님도 이

177

만큼 어디에서 주변을 둘러보신 모양이다. 『대당서역기(大唐西域記)』에 쓰여 있다.

여기 룸비니 동산에 거울처럼 맑고 깨끗한 샤캬 족의 목욕 못이 있다. 수면이 온통 떨어진 꽃잎으로 덮여 있다. 북쪽으로 24~25 걸음쯤에 지금은 말라버린 무우수 나무가 있는데 여기가 바로 웨사카 달 우리 달력으로는 삼월(?) 파일에 보살이 태어난 곳이다. 상좌부(上座部)에서는 이 달 보름날이라고 한다…… 여기서 동남쪽에 사천왕들이 (아기)보살을 받았던 자리에 세운 네 탑이 있고, 바로 그 옆에 아소카 왕이 세운 거대한 석주가 있다. 꼭대기에는 말이 새겨져 있었는데 훗날 못된 용(번개?)의 소행으로 중동이 부러져 땅에 떨어졌다. 그 옆에 동남쪽으로 작은 강이 흐른다. 사람들은 '기름 강'이라고 부른다. 출산하고 난 마하마야가 목욕할 수 있도록 신들이 흘려내린 물줄기가 강으로 바뀐 것인데 지금까지 기름기가 흐른다.

이보다 약 이백 년 전(기원후 400~413)에 이곳에 들렀을 법현 스님의 『불국기(佛國紀)』에는 아소카의 석주나 이 강에 대한 언급은 없다. 현장 스님 이야기의 문맥으로 보아 부러진 윗부분이 그때까지 거기 어디에 뒹굴고 있었는지는 확실치 않다. 지금까지 온전하게 보존된 바이샬리의 석주나 사라나트 박물관에 있는 석주의 꼭대기는 모두 사자를 새긴 것인데 이곳의 말 조각은 특이한

온전하게 보존된 단 하나의 아소카 석주(바이샬리)

것이라고 할 수 있다. 어느 골동품 수집가의 수중에 있다면 진즉
세상에 알려졌을 테지만 땅속 어디에 그대로 묻혀 있는지, 어느
무지한 손에 박살나 인근 농가의 타작 마당에 깔렸는지 알 수 없
는 일이다. 마침 이 석주 바로 옆에서 발굴 작업이 한창이니 혹시
부스러기가 나올지도 모르겠다.

　이 석주가 바깥 세상에 알려지게 된 것은 사실 백 년밖에 되지
않는 1896년의 일이다. 아소카 칙문들이 으레 그 지역의 방언으
로 쓰였듯이 여기서도 이 지역의 방언 마가디어를 브라흐미 문자
로 새긴 것이다. 해독된 칙문의 내용은 이렇다.

왕위에 오른 지 20년이 되어 데와남삐야 삐야다시 왕이 여기 와서 예를 올렸다. 샤꺄 족의 성자, 붓다께서 이곳에서 나셨기 때문이다. 그는 붓다의 탄신을 기리기 위해 여기 돌로 된 조각물 하나와 석주를 세우도록 명했다. 왕은 룸비니 마을의 세금들을 면제하고 소득세를 (이전의 사분의 일에서) 팔분의 일로 감했다.

데와남삐야 삐야다시(Devānampiya Piyadasi)는 아소카 왕의 다른 이름으로 '신들의 사랑을 받아 볼수록 아름다운' 사람쯤으로 풀이할 수 있다. 이 석주에 언급된 석조물 이외에도 2세기경 작품으로 추정되는 석판 조각물이 발견되었는데 마하 마야가 나뭇가지를 잡고 선 채로 출산하는 모습을 새긴 것이다. 몇 년 전까지 소위 마야-데위 사당이라고 불리던 작은 방에 있었는데 최근 바로 그 건물 아래 지층으로 파내려가는 발굴 작업이 시작되면서 뒤편 새 건물로 옮겨졌다.

불교에 성모 신앙이 없다는 것은 특이한 일이다. 마하 마야가 붓다의 생모로서 불교도들의 가슴속에 상당한 지위를 차지하고 있음에는 틀림없지만 이렇다 할 신앙의 대상이 된 것은 아니다. 전기 작가들이 취하는 마하 마야의 죽음에 관한 거의 냉담에 가까운 태도 역시 별난 것이다. 그것이 고대 인도인들의 여자를 보는 눈이었을까?

아기와 함께 카필라와스투에 돌아온 마하 마야는 앓고 누워 있
다가 출산 후 일 주일 만에 저세상 사람이 되고 만다. 싯다르타
(Siddhartha), '모든 것을 다 이루리라'는 아들이 자신의 생명을
앗아간 것이다. 전기 작가들은 이러한 마하 마야의 죽음을 마치
당연한 일인 것처럼 가볍게 지나쳐버리는가 하면, 훌륭한 아드님
을 낳으신 어머니에게 남은 일이란 그저 조용히 막 뒤로 사라지는
것밖에는 없다는 식의 암시를 준다. 아기가 아직 뱃속에 있을 때,
'마치 바리 속의 기름처럼' 전혀 어머니를 불편케 하지 않았고,
마하 마야는 '피로를 모르고 그저 행복하기만 했다'고 전한다. 그
러나 마흔이 넘은 나이에 처음이자 마지막인 출산이었던 것을 감
안한다면 젊은 엄마들에 비해 오히려 심한 산고를 치렀을 것은 쉽
게 짐작이 간다.

슬픈 진실은 고전 시인들을 당혹스럽게 했던 것 같다. 사실로부
터 달아나기 위해 애처로운 노력을 기울이고, 때로는 시와 신앙의
이름으로 믿을 수 없는 일을 믿으라고 하는 것이다. 그러나 이들
의 이야기 속에서 읽을 수 있는 것은 생리적 사실에 대한 인간의
고통스러운 강박관념이다.

생후 일 주일 만에 잃어버린 어머니에 대한 추억이 있을 수도
없겠지만 붓다 스스로의 어머니에 대한 언급은 거의 찾아볼 수 없
다. 그러나 이것이 붓다가 그렇게 가신 어머니를 전혀 생각지도
않았다는 부정적 근거가 될 수는 없다. 오히려 다른 세상에 있는

마야 부인의 출산(사라나트 박물관)

어머니는 어린 싯다르타에게 삶과 죽음에 관한 의문의 핵을 제공하고 그 의문의 무게를 훨씬 크게 했을 수도 있는 것이다. 훗날 어머니에게 당신의 가르침을 들려주기 위해 천상에 찾아가는 전설은 가엾은 어머니에 대한 붓다의 연민을 잘 말해주는 것이다.

경전 속에 붓다께서 룸비니에 들렀다는 기록은 없다. 다만 중부니까야와 상응부 니까야에 데와다하에서 설해진 경임을 뜻하는 '데와다하—숫따' 라는 이름의 경이 도합 셋이 있는데, 이 데와다하는 고따마 붓다의 외가가 있던 곳으로 룸비니에서 가까운 곳이다. 주석서에 의하면 이때 붓다께서 카필라와스투에 가는 길이었다고 한다.

룸비니가 아소카의 방문과 그가 남긴 석주 덕분에 지금 우리에게까지 알려지게 되었지만 현장 스님 이후 어느 기록에도 나타나지 않는다. 천 년도 넘게 덤불 속에 묻혀 있다가 1896년에야 발견된 것이다.

청명한 날에는 룸비니에서 멀리 눈 덮인 히말라야 연봉 다울라기리와 안나뿌르나가 보인다. 86년 초 처음 이곳에 왔을 때, 마야데위 사당 뒤로 보이는 히말라야는 신비롭기조차 했었다. 그날 석양 무렵에 본 장엄한 설산은 커다란 감격이었다. 차츰 운애에 가려지던 먼 산은 그 감격보다도 더 큰 아쉬움을 남기고, 그날 밤 잠자리가 편치 않았었다. 동이 트기 무섭게 달려나갔지만 끝내 다시 나타나지 않았다. 그 산이 어디 가랴만 그날처럼 그렇게 장엄한 모습은 다시 보지 못할 것 같다.

아소카 석주 맞은편 보리수 밑동에 기대앉아 못 위에 떠 있는 나뭇잎을 바라보며 생각한다. 나에게 고따마 붓다는 누구인가? 그리고 그분의 탄생에 우리가 부여할 수 있는 가장 단순한, 그리하여 최상이 되는 의미는 무엇인가? 무슨 까닭으로 나는 이 룸비니의 열풍 속에서 가슴에 이는 한 줄기 청량한 바람을 느끼는가? 늘 자명한 듯했던 이 물음에 대한 답은 한낮의 달구어진 대기 속에 숨어버린 히말라야처럼 보이지 않는다.

저기, 맑은 구름 한 조각 덩실 떠 있다.

카필라와스투

카필라와스투 가는 길은 아직도 험하다. 뻔한 들판에 세차게 부는 모래 바람은 땀구멍을 파고드는 듯하다. 살갗에 땀과 함께 눌어붙은 먼지를 손바닥으로 훔치면 이것이 먼지가 아닌 아주 미세한 모래임을 알게 된다. 다행히 룸비니에서 그리 먼 거리는 아니다. 법현 스님의 『불국기』에 카필라와스투에서 동쪽으로 50리에 룸비니가 있다고 했다. 그러나 현장 스님은 북동쪽으로 80∼90리라고 했다. 지금의 도로로는 24킬로미터이다. 두 분이 쓴 거리 단위에 차이가 있는 것인지는 분명치 않지만 출발점이나 택했던 길이 다를 수도 있을 것이다.

『불국기』에 "이 고을에는 왕도 백성도 없다. 마치 황무지와도 같다. 겨우 몇몇의 승려와 10여 가구의 속인들이 살고 있다. 옛 궁

184

전 자리에는 싯다르타가 흰 코끼리를 타고 어머니 마야 부인에게 내려오는 그림이 있다. 붓다께서 성도 후 고향에 들렀을 때 아버지 숫도다나를 만났던 자리, 오백 명의 샤캬 인들이 불교에 귀의하고 우빨리 존자에게 예를 올렸던 자리…… 붓다의 양모 마하빠자파티가 붓다께 가사를 바쳤던 자리에는 지금도 그 당시의 니그로다 나무가 그대로 있다. 코살라 왕 위두다바가 샤캬 인들을 학살했던 자리…… 북쪽으로 불과 몇 리 밖에 싯다르타가 밭갈이 축제를 내려다보며 앉아 있었던 왕가의 들이 있다. 동쪽으로 50리 밖에 룸비니가 있다"고 했다.

『대당서역기』에는 해당 부분이 비교적 소상히 기록되어 있지만 일반적인 정황은 비슷하다. "둘레가 약 4천 리(?)쯤 되는 이 나라에는 10여 개의 폐허가 된 도시가 있다. 수도는 무너지고 황폐해졌다. 성곽으로 둘러싸인 곳이 14~15리쯤 된다. 벽돌로 쌓은 성곽은 아직도 높고 튼튼하다. 오랫동안 버려진 성 주변에 사람이 사는 마을은 불과 몇 되지 않고 황무지다……"

붓다의 먼 후손 샤캬 인들을 만나리라고 잔뜩 기대에 부풀었을 옛 스님들의 실망이나 허탈감이 남의 일이 아니다. 지금은 최소한 황무지는 아니고 불어난 인구에 펩시도 코카콜라도 파는 동네가 되긴 했지만 가난에 찌들고 남루한 것은 인도나 네팔의 여느 시골 마을과 다름이 없다. 그러나 뉘 알랴? 어느 날 인류사상 가장 멋진 마을이 될지.

노란 머리에 파린 눈을 했으면서도 하는 짓이나 생각하는 것이

농가

나보다 더 동양사람인 듯한 프랑스 친구가 있었다. 그의 지론으로
는 이 땅의 기운이 동쪽에서 서쪽으로 돈다고 한다. 옛 아시아의
문명이 유럽으로 갔다가 한때는 미국에 머물고 다시 동양으로 오
고 있다는 것이다. 그 예가 바로 일본의 재기와 한국과 중국의 부
상이라고 했다. "그 기운이란 게 숫제 물질주의식 기운이 아니냐"
고 시비를 청할 수도 있고, 그것이 동쪽에서 서쪽으로 가는지 그
반대 방향인지는 알 수 없는 일이지만 그 속에 깔려 있는 기본적
인 아이디어는 모든 것이 어떤 식으로든 변화한다는 것이고, 이것
이 곧 무상이니 여기까지는 서로 통하는 바가 있는 것이다.

　사람들은 흔히 불교의 무상을 비관 혹은 소극적인 쪽으로만 생
각한다. 그러나 무상이란 비관도 낙관도 아닌, 있는 바 그대로 직

186

시한 세계의 모습이다. 모든 것은 변화한다. 좋은 것 혹은 바람직한 것에서 나쁜 것, 달갑지 않은 쪽으로의 변화뿐만 아니라 그 반대의 진행도 무상하기 때문에 가능하다. 우리가 현상태에서 벗어나고자 하거나 무언가 다른 것을 원한다는 것은 사실상 변화의 가능성, 즉 무상을 전제로 한 것이다. 또한 무상하지 않다면 그러한 바람이 이루어질 길이 없다. 악인은 끝내 악인이어야 하고, 이 우주는 생기지도 않았어야 된다. 만사가 어떤 정해진 목표를 향해 진화하고 있다고는 생각할 수 없고, 한쪽에서 무언가 이루어지면서 다른 곳에서는 부서질 것이다. 우리의 소망이란 대개 물질적인 진보나 향상을 바라면서 그에 따라 잊히는 정신적인 가치를 간과하기 십상이다. 그렇다 하더라도 저 소똥을 움켜 소쿠리에 담고 있는 소녀의 뱃속에 양고기는 못 넣어도 하루 세끼 짜빠띠에 거친 비듬잎이라도 거르지 않고 들어갈 날이 빨리 왔으면 좋겠다.

주린 영혼은 늘 순수한가? 양질의 지방질과 조촐한 영혼은 공존할 수 없는가? 울퉁불퉁 자갈길, 뒤숭숭한 머리, 여기저기 두리번거리며 찾아가는 60리 길이 무척 멀었다. 그러나 먼지 부옇게 뒤집어쓰고 내가 제일 먼저 찾아간 곳은 싯다르타의 젊은 날 사랑과 고뇌를 묻은 옛 왕궁 터나 그 옆을 흐르는 강변의 덤불 속이 아니었다.

이 근래 몇 년 동안 내가 "언제 다시 가지? 빨리 만나봤으면" 하고 벼른 것이 실은 따울리하와에서 작은 인쇄소를 경영하는 카필만 씨 가족이었다. 비로 이 집이 수십 년 동안 부처님의 고향 마을을 찾는 동방의 순례자들에게 샤캬 족의 조출한 정을 나누어주는 곳이다. 옛 왕궁 터에 이르기 전 2킬로미터 지점에 있는 시골 면소재지쯤 되는 마을이다. 제법 큼직한 이층 목조건물 한쪽에 이어붙인 인쇄소에 '마하마야 프레스'라는 작은 간판이 걸려 있다. 스스로 샤캬 족의 후예라고 했다. 룸비니 부근 혹은 카트만두의 스와얌부 사원 주변에서 이렇게 스스로 샤캬 족의 후예라고 자랑스럽게 말하는 사람들을 더러 만나게 된다.

털털거리는 오토바이를 몰고 안마당까지 쑥 들어갔는데도 누구 하나 내다보는 사람이 없어 적이나 무안했다. 점심 후의 낮잠 시간이었다. 구닥다리 인쇄기를 고치고 있던 중년 남자가 이층으로 올라가 식구들을 깨웠다. 제일 먼저 내려온 이 집 막내 싯다르타가 뒤뜰에 있는 우물로 따라왔다. 제법 눈치가 빠른 녀석이다. 엎드린 내 등에 펌프 물을 퍼주어 서걱거리는 모래를 대충 씻을 수 있었다. 열네 살이란다. 일곱 살 때 처음 만났었다. 형, 누나들은 카트만두에서 대학교에 다닌다고 했다. 싯다르타의 아버지는 이 동네에 있는 학교에서 우리 중고등학교식으로는 과학을 가르치는 선생님이다. 근엄한 몽고족 추장 부인과도 같은 싯다르타네 할머니, 우리나라 시골에서 만나는 점순이네 엄마나 거의 다름없는 싯다르타의 어머니 모습에서 고따마 붓다의 모습을 찾아보려는 것이 순전히 나만의 억지일까? 몽고족의 자존심일 수도 있다.

싯다르타 할머니가 제일 먼저 손짓 섞어가며 물은 것은 우리네 어머니들 으레 그러셨듯이 "밥 먹었는가?"였다. 룸비니에서 퍼석

물 품기. 소쿠리에 끈을 매어 논에 물을 퍼올린다.

거리는 빵 하나, 차 두 잔으로 때운 아침밥이 전부면서 조선식으로 먹었다고, 괜찮다고 했다. 그래도 자꾸 묻는 것을 끝내 먹었노라고 잡아뗐다. 몇 시간 뒤 빈 왕궁 터에 가서 후회했지만.

싯다르타와 함께 바싹 말라붙은 반강가(Bangaṅga) 강의 모래바람, 왕궁 터, 다시 여기서 서남쪽으로 이십 리 남짓 되는 고띠하와에 있는 부러진 아소카 석주를 둘러보고 돌아왔다. 싯다르타의 홀쭉 자란 키에 영어 솜씨 빼고는 변한 게 없는 듯하다. 오는 길에는 마른논에 물을 품고 있는 부부를 한참 동안 바라보았다. 모내기철이면 우리네 농촌에서도 흔히 보던 풍경이다. 다른 게 있다면 널빤지로 만든 함지박이 아니라 대나무 소쿠리에 끈을 달아 물을 품어올린다는 것이다. 구멍이 숭숭 난 소쿠리로 물을 품는다? 일의 효율을 전혀 생각지 않은 것인가? 아니면 한 번 더 생각한 것일까? 아리송하다.

파릇파릇 새잎이 돋아나는 수로 둑에 앉아 싯다르타에게 물었다. "싯다르타, 너 자라서 뭐 될래?" 뭐 그야 당연하다는 듯이 "과학자"라고 대답했다. "그래, 좋지. 그런데 싯다르타, 붓다가 되면 어떨까? 고따마 붓다와 같은." 그러나 20세기 말의 작은 싯다르타는 그저 비죽이 웃을 뿐이었다. 알지 못하는 일에 신심이 날 리가 없고 신심 없이 알 수 없는 일이다. 이 소년에게 고따마 붓다는 제 또래 아이들이 정확히는 모르지만 그냥 흔히 쓰는 '훌륭한' 이라는 형용사가 붙은 먼 옛적 조상 가운데 한 사람 정도일 뿐이리라.

청년 싯다르타가 출가를 결심하게 되는 데는 방랑 수행자들의 영향이 컸을 것이라고 짐작된다. 불교 경전에서는 이들을 빠리바자까(paribājaka)와 사마나(samaṇa) 두 부류로 나눈다. 전자는 브라흐민 태생 출가자들이며, 후자는 우리가 흔히 쓰는 사문(沙門)으로 비(非) 브라흐민 출가 수행자를 가리킨다. 불교의 성립 이후에는 이 사마나라는 지칭이 불교 계율과 팔정도를 실천하는 비구의 다른 이름으로, 재가 브라흐민에 대한 출가 수행자의 뜻으로 쓰이게 되었다.

우리로서는 무엇이 많은 고대 인도인들에게 출가 수행자의 길이 그토록 매혹적으로 보이게 한 것인지, 또는 어떻게 그토록 중요한 운동으로 번지게 되었는지는 이해하기 어려운 일이다. 그러나 분명한 것은 다신론적 제사 종교가 횡행하던 북인도 사회의 제한된 의식주의와 점차 굳어가는 사회구조로부터 벗어나 창의적인 정신문화 활동에 참여하려는 의식이 일어난 것이다. 자유와 지혜 그리고 정신적 성숙을 향한 갈망은 열병처럼 수많은 사람들의 가슴에 스멀거리는 불씨를 심고, 그들로 하여금 멀고 험한 길을 나서게 한 것이다. 곳곳에 이런 방랑 수행자들이 머물다 가는 공회당이 있었고, 으레 철학과 종교에 관한 문제들이 토론되었다. 여러 자료들에 의하면 이런 방랑 수행의 길은 모든 사람들에게, 여자에게조차 활짝 열려 있었고, 그들은 인류사에 전례 없는 사상과 표현의 자유를 누렸으리라고 짐작된다.

이들에게 전통으로부터의 이탈, 방랑, 탁발 등의 공통점이 있었지만 사상적으로는 제각기 다른 길을 가고 있었다. 특정한 자기 주장도 없이 다른 사람들의 교의를 비판하는 궤변론자들이 있었는가 하면, 자기 자신의 해탈조차도 이미 바뀔 수 없도록 정해진 운명에 따른다고 주장하는 극단적인 결정론자들이 있었다. 그러나 대부분의 방랑 수행자들은 지혜에 좋은 약이라면 어디라도 찾아가보는, 말하자면 한시절 『우파니샤드』 사상가들의 처방을 따르다가 고행자들 속에도 끼어보고, 다시 자기식으로 시도해보는 종교 실험가들이었다. 마을 밖 혹은 도회의 변두리 숲속에서 벌어지는 그들의 토론이나 논쟁은 당시 흥미로운 지성의 유희였음에 분명하다. 니그로다 나무 등걸에 기대앉아 수행자들의 신선한 체험담에 귀 기울이는 젊은 싯다르타의 모습을 그려보는 것은 그리

어렵지 않은 일이다.

경전 어디에도 고따마 싯다르타가 정식 교육을 위해 카필라와 스투 밖으로 나갔었다는 언급은 없다. 그러나 경전에서 보이는 붓다의 지성과 명료한 논리 전개에서 크샤트리야들의 집회나 숫도다나가 주재하는 소송의 처리 등에 참석하는 일들이 그의 실질적인 교육에 큰 도움이 되었으리라고 짐작할 수 있다. 공회당에서 벌어지는 정치적인 토의나 논쟁이 그의 지적인 수련을 돕고 표현의 기교, 정확성 등을 가르쳤다고 볼 수 있는 것이다.

싯다르타의 지적 성장과 함께 생겨난 예민한 감수성과 사색적인 면은 그가 강인한 크샤트리야이기를 바라는 아버지 숫도다나를 근심스럽게 하는 것이었다. 그러나 싯다르타는 다른 사람들을 보호해야 된다는 의협심으로 무장한 크샤트리야 영웅도, 아름다운 자연과 영원한 사랑을 노래할 시인도 아니었다. 경전에서 유추할 수 있는 고따마 붓다의 모습은 전략가도, 시인도, 강단 철학자도 아니다. 그러나 그분의 삶과 가르침은 어느 철학 이론보다 명료하게, 어떤 전략보다 치밀하게 엮인 아름답고 감동적인 한 편의 시다. 그렇다 하더라도 붓다의 일생 가운데 가장 멋진 그림 하나를 상상하라면 나는 주저없이 나무 등걸에 기대앉아 떨어지는 가랑잎을 조용히 바라보는 소년 싯다르타의 모습을 그리리라. 우리의 삶이 늘 아지랑이, 민들레 곱게 피는 봄 동산이 아니며 행복의 뒤쪽에는 무상과 고뇌가 도사리고 있다는 깨달음이 출가 후에 일어난 일이라고는 할 수 없다. 이러한 이해는 이미 진즉부터 어린

싯다르타의 가슴을 무겁게 누르고 있던 것임에 틀림없다. 시름에
잠긴 젊은이는 아름답다.

비구들이여, 어린 시절 나는 응석받이, 그것도 대단한 응석받
이였다. 행복했던 시절 어느 날 이런 생각이 떠올랐다. "그저
평범한 사람도 노인이나 병자, 시체를 보면 싫은 마음을 낸다.
나 또한 그렇게 늙고 병들고 죽을 수밖에 없는데"라고…… 이
것을 생각했을 때 내 어린 허영심은 모두 사라졌다.
                                                  —『Anguttara(증일 아함)』3:38

숫도다나는 지나치리만큼 사색적인 아들이 열여섯 살이 되었을
때 그를 어디엔가 단단히 묶어두리라 작정했다. 야소다라라는 동
갑내기 소녀였다. 훗날 "세상에 여자보다 더 남자의 넋을 사로잡
는 것은 없다"는 붓다의 회상은 젊은 싯다르타가 아름다운 야소다
라의 매력에 냉담한 남자가 아니었음을 암시한다. 자타카의 주석
서에 싯다르타의 출가가 아들 라홀라의 출생 직후였다는 이야기
는 몇 가지 그럴듯한 짐작을 낳게 했다. 슈만(H. W. Schumann)
에 의하면 "싯다르타는 진즉부터 숫도다나와 양모 마하 빠자파티
에게 자신의 출가를 허락해줄 것을 요구했고 결국 손자를 안겨준
뒤라는 타협이 이루어졌다. 이것이 야소다라가 결혼 후 13년 후에
야 아이를 갖게 된 이유를 설명하는 것일 수도 있다. 즉 싯다르타
의 출가를 막기 위해 고의로 아이 갖기를 피했을 수도 있다"는 것

193

이다. 굳이 그렇지 않다고 우길 필요도 없지만 계산이 너무 복잡해 보인다.

해질 무렵 싯다르타의 집으로 돌아왔다. 밤이 이슥해서 이 집의 보물 가운데 하나인 손때 절은 방명록을 다시 펼쳤다. 그 속에 또 하나의 작은 순례지가 있기 때문이다. 근래 우리 한국 불교에 커다란 족적을 남긴 두 분 큰스님께서 이 집에 들르셨던 것이다. 이 집에 있는 두 권의 방명록 가운데 때가 좀더 묻은 쪽에 동산, 청담 두 큰스님의 필적이 남아 있다.

大韓民國來 河 東山

大韓 서울特別市 壽松洞 曹溪寺 佛敎 總務院 李 靑潭

날짜가 없다. 아마 60년대 후반 어느 해쯤 되리라. 당시 조계종 종정이셨을 동산 스님의 글씨가 조그맣고 한쪽 구석으로 치우쳐 있음에 비해 청담 스님의 글씨는 복판에 큼직큼직한 달필이다. 동산 큰스님의 수좌(首座)식 한문 또한 걸작이다. 이것이 바로 그분들 사신 모습이 아닐까 하는 생각이 들어 슬그머니 웃음이 나왔다. 애석하게도 두 스님들 글씨 사이에 부수어놓은 국수 조각 같은 태국 글씨가 몇 줄 끼워졌다. 몇 년 사이에 여기에 들른 어느 태국 승려일 것이다. 그 두꺼운 방명록, 하고많은 빈 종이 남겨두

194

고 그 틈에다 감사 어쩌고 써놓은 것이다. 사진 한 장 찍어두리라 생각했었는데 영 볼품없이 되어버렸다. 다시 몇 장 뒤에 한글이 눈에 띈다.

　……동산 스님, 청담 스님, 거룩한 어르신들 남기신 필적에 감회가 깊다. 세세생생 불퇴전하시옵고, 또다른 카필라와스투 나와지이다.
　　　　　　　나무 마하반야 바라밀, 대한민국 해인사 혜국

아마 87년 초였을 것이다. 인도로 오는 길에 태국에 들른 혜국 스님께 이 집과 방명록 이야기를 했던 것이 그때쯤이었다. 방명록을 덮고 마당으로 나갔다. 크고 작은 수천수만의 별들이 쏟아져내린다. 그날 밤도 별들은 저리 빛났으리라. 나는 저명한 산스크리트 학자이며 유럽 최초의 불교 개종자 중의 한 사람인 에드윈 아놀드 경이 1879년에 출판한 대서사시 『아시아의 빛』 한 구절을 가만가만 외웠다.

깐타까! 이제 나를 태우고
해탈의 지혜를 찾아
가장 먼 길을 떠난다
이 구도의 길이 어디서 끝나게 될지 모른다
찾지 않고는 끝나지 않으리라는 것밖에

너 이밤 내내 사납고 대담하라
그 무엇도 너를 멈추지 못하리라
수천 칼날이 막아서도
성벽도 물구덩이도
우리 길을 막지 못하리라
내 너의 등을 치며 "가자, 깐타까!" 외치면
저만큼 네 뒤에 회오리바람이 일게 하라
불같이 바람같이
네 주인을 태우고
세상 구하는 장한 일 함께 나누리라
내 이 출가는
말 못 하고 괴로워하는 것들, 희망도 없이 또
그것을 찾아 나설 줄도 모르는 것들까지
모두를 위함이라
자, 깐타까 가자!

깨달음의 길

태어나 늙고 병들어 죽고, 근심과 오욕에 물들 것임에도 그들
로부터 헤어날 길을 찾지 않는 것은 무슨 까닭인가? 이제 이 윤
회의 바퀴를 멈추고 불생, 불로, 불멸, 무사(無死), 그리고 근심
없고 오염되지 않을 무상의 평온, 열반을 추구해야 되지 않겠는
가? 그리하여 비구들이여, 나는 숯처럼 검은 머리, 쇠 같은 젊
음, 생의 절정기에 통곡하는 부모님들을 떠나 머리와 수염을 깎
고 가사를 걸쳤노라. 평온에 이를 최상의 길을 찾아 나섰노라.
— 『Majjhima Nikāya(중부 아함)』26

구도의 길에 나선 싯다르타가 제일 먼저 찾아간 스승은 알라라
깔리미와 웃다까 라마뿟따였다. 그들의 가르침이 어떤 것이었는

지 정확히는 알 수 없지만 초기 요가와 우파니샤드의 한 지파였을 것으로 추정된다. 싯다르타는 여기서 이후의 편력과 수행에 큰 도움이 될 명상 기법을 익혔던 것으로 보인다. 그러나 자신이 찾아나선 완전한 해탈을 향한 길이 아니라고 생각한 싯다르타는 스승들을 떠났다.

스승을 뜻하는 산스크리트 구루(guru)는 기본적으로 '무거운, 큰, 긴'을 뜻하는 형용사며, '조상, 아버지, 선생님' 등의 명사로도 쓰인다. 그러나 이 말이 싯다르타가 찾던, 그리고 훗날 깨달음을 성취한 고따마 붓다가 이야기하는 스승을 가리킬 때는 요즘 우리네 강단의 고도로 분화된 전공 교수들과는 다르다. 첫째로, 그리고 끝까지 중요한 스승의 조건은 '스스로 증득하고' 그것을 '행으로 보여주는 것'이다. '증득하다'라고 번역될 수 있는 빨리어 단어는 삿치까로띠(sacchikaroti=sa-akkhi-karoti)인데 직역하면 '눈으로 하다' 즉 '제 눈으로 직접 보다'가 된다. 우리말에서 '보다'가 '알다, 인정하다'라는 뜻으로도 쓰이는 것은 다른 언어에서도 비슷하다. 여기서 본 것이란 말할 것도 없이 인간고의 실제, 그것의 원인과 그러한 원인들의 완전한 제거 방법, 그리고 그 결과다. 이것은 다시 한 다리 건너 들은 것이 아니라 직접 체험한 것이 되며, 붓다의 열 가지 칭호 가운데 하나인 명행족(明行足)은 그렇게 체득한 지혜(明)를 실제 행(行)으로 나타내 보이는 스승이라는 말이다.

싯다르타가 향한 곳은 우르웰라였다. 맑은 물이 흐르는 네란자라 강가의 한적한 곳에 자리를 잡았다. 그에게 요가나 우파니샤드의 가르침이 해탈을 향한 지혜를 성취하기에 마땅치 않다는 것은 이미 드러났다. 그는 고행이 그 길일 거라고 생각했다. 경전은 그때의 사정을 이렇게 이야기한다.

그때 나는 이런 비유를 생각했다. 물에 흠뻑 젖은 나무토막이 있다. 어떤 사람이 여기에 문질러 불을 일으키리라 생각하고 다른 나무토막 하나를 가지고 왔다. 그러나 이 사람이 불을 일으킬 수 있겠는가? 아니다. 왜 그런가? 물에 젖은 나무는 불을 일으킬 수 없다. 따라서 그 사람이 거둘 수 있는 것은 오직 피로와 실망일 뿐이다. 마찬가지로 수행자가 감각적인 쾌락을 버리지 못하고, 욕망과 집착, 열정, 갈애와 감각적인 쾌락을 향한 열병을 진정시키지 않는 한 그는 헛된 노고로 쥐어틀리고 뚫는 듯한 고통을 느낄 뿐, 어떤 지식도 통찰력도 최상의 깨달음도 성취할 수 없는 것이다.
— 「Mahāsaccaka-sutta」, 『Majjhima Nikāya』 36

젖은 나무가 불을 일으킬 수 없는 것처럼 온갖 욕망과 집착, 갈애에서 벗어나지 못하는 한 어떤 식의 정신적 향상도 있을 수 없다고 생각한 것이다. 따라서 수행자가 다음으로 시도해볼 수 있는 일은 철저한 금욕과 금욕을 통한 육체의 정복이다. 여기서 싯다르다는 죽음의 문턱을 넘나드는 엄청난 고행에 착수한다. 나체로 떠

돌다가 시체를 덮었던 헝겊을 걸치고, 머리나 수염은 깎는 게 아니고 잡아뽑는 것이었다. 종일 앉지 않고 서 있다가 누워야 될 때는 가시덤불 위에 드러누웠다. 몸에 붙은 때가 저절로 부스러져 떨어져도 씻지 않았다. 어떤 생명도 해치지 않겠다는 자비심은 한 방울의 물에까지 극도로 세심한 주의를 기울이게 했다. 추운 밤에는 더 추운 곳으로, 숨막히게 더운 낮에는 햇볕이 더 세게 내리쬐는 곳을 찾았다.

사리뿟따, 내가 해골을 베고 묘지에 누워 있으면 목동들이 다가와 얼굴에 침을 뱉거나 오줌을 누고, 먼지를 뒤집어씌우고 귓구멍에 나뭇가지를 꽂아넣었소. 그러나 나는 그 아이들에게 어떤 악의도 품어본 적이 없소. 사리뿟소, 그것은 내가 평정 속에 머물었던 까닭이오.
— 「Mahāsīhanada-sutta」, 『Majjhima Nikāya』 12

줄이고 줄여 대추야자 하나로, 다시 쌀 한 톨에 이른 싯다르타의 절식은 가히 무서울 지경이었다.

그때 나는 쌀 한 톨로 생명을 부지했소. 이렇게 쌀 한 톨로 살아가는 동안 내 몸은 극도로 말라, 팔다리는 마치 매듭지어둔 마른 넝쿨과도 같았소. 엉덩이는 물소의 발굽, 마치 실에 꿴 염주 같은 척추에, 갈비뼈는 헐어진 지붕에 드러난 서까래와도 같았소. 안강 깊숙이 들어간 눈알은 깊은 우물 저 아래서 빛나는 물과 같았소. 내 머리는 마치 땡볕에 내놓은 설익은 박처럼 쭈그러들었소. 뱃가죽을 만지려 할 때 잡히는 것은 등뼈였고, 등뼈를 만지고자 하면 뱃가죽이 잡혔소. 배변하러 일어나다 그 자리에 꼬꾸라지고, 손으로 몸을 문지르면 뿌리째 삭은 털이 부스러져 떨어졌소.

— 『Majjhima Nikāya』 12

이토록 엄청난 싯다르타의 고행이 찬미자들의 시선을 끄는 것은 당연한 일이었다. 우루웰라 인근 사람들은 물론 멀리 히말라야 기슭으로부터 찾아온 다섯 명의 수행자들이 그를 따랐다. 이들은 싯다르타의 출가 후 곧 카필라와스투를 떠나온 브라흐민들, 콘단냐(Koṇḍañña), 밧디야(Bhaddiya), 왑빠(Vappa), 마하나마(Mahānāma), 앗사지(Assaji)였다. 이들은 모두 싯다르타의 철저한 고행에 넋을 빼앗기고 거기 합류하게 된다. 누구든 먼저 깨달음을 성취하면 나머지에게도 가르쳐주기로 약속했다. 물론 싯다르타가 바로 그 사람이라는 것을 의심한 사람은 아무도 없었다. 그러나 이들 다섯 수행자는 배신감과 커다란 충격으로 분노하고 만다. 그들의 모범이자 영웅인 싯다르타가 어느 날 그 엄청난 고행을 중단해버렸기 때문이다. 싯다르타는 이제 더이상 그들의 선도자일 수 없을 뿐더러 함께 지낼 수조차 없는 변절자가 되어버린 것이다.

201

그러나, 사리뿟따, 이런 혹심한 고행의 길로도 나는 인간의
노력으로 성취할 수 있다고 믿었던 수승한 법과 성스러운 지견
을 이루지 못했소. 왜? 그러한 고행으로는 우리의 고뇌를 절멸
할 지혜에 이를 수 없기 때문이오.

— 『Majjhima Nikāya』 12

그때 나는 생각했소. "과거, 현재, 미래의 어떤 고행자가 겪었
고, 겪을 고통도 내 고행을 능가하지는 못하리라. 그러나 이런
극한의 고행으로도 인간의 노력으로 성취할 최상의 법과 수승
한 지견과 지혜를 이루지 못했다. 깨달음을 위한 다른 길이 있
지 않을까?" 라고..

— 『Majjhima Nikāya』 36

싯다르타가 출가한 이래 보낸 6년에 가까운 세월은 하나의 수
행 체계를 익히고, 그것을 포기하고, 또다른 교의를 시험해보다가
다시 이전의 길로 되돌아가기도 하는 시행착오 학습이었다. 어느
날 문득 어린 시절 잠부 나무 그늘에 앉아 최초로 경험했던 명상
의 첫 단계, 즉 감각적인 즐거움과 불건전한 사념들을 떨쳐버림으
로써 일어나는 환희심과 이성적인 사유로 이루어진 제일 선정(第
一禪定)의 기억이 떠올랐다. 그는 이것이 깨달음을 향한 길이 되
리라고 생각했다.
그는 어떤 식의 정신적 수행도 불가능하게 할 뿐만 아니라, 더

이상 쇠약해질 수 없도록 몸을 부수어놓은 고행으로부터 벗어나, 새로운 명상을 시도하며 보다 균형 있는 정상적인 생활로 돌아왔다. 그러나 싯다르타가 택한 새로운 길을 보지 못하고 겉으로 드러난 고행의 포기만을 바라보는 다섯 고행자들은 또다른 영웅을 찾아 떠나가버렸다.

우르웰라에 홀로 남은 싯다르타는 이제 더이상 고행자가 아닌 사마나였다. 알라라 깔라마에게서 얻은 명상 경험은 새 길을 가는 그에게 큰 도움이 되었을 것이다. 극심한 고행의 후유증으로 붓다께서 말년에 이르기까지 고생한 것은 사실이지만 오랜 고행이 싯다르타의 다음 수행에 아무런 도움도 주지 않았다고는 생각할 수 없다. 오히려 깨달음에 이르기까지는 물론이려니와 그후 고따마 붓다의 삶이 보여주는 큰 자비와 인욕은 바로 그와 같은 고행을 통해 더욱 맑고 굳어진 것이라고 할 수 있다.

싯다르타는 네란자라 강을 건너 상쾌한 그늘을 드리우는 보리수 밑에 자리를 잡았다. 깨달음에 이르기 전에는 다시 일어나지 않으리라는 결의와 함께 마지막 싸움에 들어갔다. 몰려오는 마라의 군대는 쾌락과 권태, 갈망, 비겁, 회의, 악의와 명예였다. 여기에 대항하는 최상의 무기는 굳은 결의와 함께 다져진 금강석 같은 집중이었다.

마치 한 그루 나무를 상하, 좌우, 전후에서 그리듯이 싯다르타의 깨달음이라는 한 가지 사실은 여러 경전에 각기 다른 각도에서 묘사되어 있다. 어떤 경전은 선정의 진행이라는 각도에서 그렸는가 하면, 무상 가운데 연속되는 존재의 발생과 소멸, 그것들의 상호 의존 관계, 즉 연기법의 발견 쪽에 초점을 맞추기도 하고, 또는 문제투성이 세계에서 지각 있는 인간이 선택한 최고 가치의 추구와 성취 쪽에서 묘사되기도 한 것이다. 여기 인용하는 경문들은 사성제의 발견과 완전한 실현을 향한 선정의 진행 쪽에서 이야기된 것이다.

깨달음을 위한 기초로서의 명상은 네 단계의 선정(禪定)으로 이루어진다. 이러한 명상 수행으로 누구나 다 깨달음에 이르는 것은 아니지만 거기에 이르는 필수적인 과정이라고 강조된다. 경전의 곳곳에 언급되는 선정의 네 단계는 다음과 같다.

제일 선정: 감각적 쾌락과 불건전한 사념이 진정되고, 이렇게 해서 일어나는 이성적 사유를 동반한 환희심과 편안함

제이 선정: 이성적인 사유, 즉 사량 분별심이 가라앉고 일어난 마음의 집중과 그에 따른 환희심과 편안함

제삼 선정: 환희심이 사라지고 편안함과 함께 더욱 심화된 마음의 집중

제사 선정: 쾌, 불쾌, 기쁨과 슬픔이 사라지고, 평정과 함께 일어난 순일하게 깨어 있는 마음

싯다르타는 모든 오욕의 때를 떨구어 티없이 맑고 유연하면서도 흔들림이 없으며 온전히 집중된 마음을 수없는 전생으로 향하

게 했다.

　내가 보낸 수없이 많은 생, 백, 천, 수만 생과 수겁(劫)의 생성과 소멸을 거슬러갔다. 거기 어떤 이름으로, 어떤 집안에서, 어떤 모습으로, 어떻게 살았으며, 어떤 기쁨과 슬픔을 겪고 얼마큼의 수명으로 그 생을 마쳤는가를 알았다. 이렇게 수많은 전생의 각기 다른 특성과 정황을 상세히 기억해냈다. 이것이 그날 밤 초저녁에 성취한 첫번째 지혜였다. 이 곧 방일하지 않으며, 늘 깨어 자제하는 자가 필경 성취할 몫이라. 그러나 나는 그렇게 일어난 기쁨이 내 마음을 압도하게 하지 않았다.
　　　　　　　　　　　　　　　　　　　　—『Majjhima Nikāya』36

　나는 청정하여 인간의 이해를 벗어난 천안(天眼)으로 중생들이 어떻게 사라지고 다시 오는지를 보았다. 각기 제 업에 따라 높게 혹은 낮게, 훌륭하게 혹은 미천하게, 좋게 혹은 비참하게 다시 태어나는 것을 보았다.
　　　　　　　　　　　　　　　　　　　　—『Majjhima Nikāya』36

　나는 이렇게 완벽하게 집중된 마음을 번뇌 소멸의 지혜로 향하게 했다. 그리하여 "이것이 고(苦)다" "이것이 고의 근원이다" "이것이 고의 소멸이다" "이것이 고의 소멸로 이끄는 길이다"라고 아는 지혜, 즉 세계를 있는 바 그대로(yathābhūta) 보는 지혜를 성취하였다. 이 지혜를 성취함으로써 내 마음은 모든 감각적 욕망과 생멸, 무명으로부터 완전히 벗어났다. "윤회는 끝났다. 청정한 수행은 완성되었다. 해야 될 일을 마쳤으며 더 이상의 생은 없다"는 것을 알았다.

— 『Majjhima Nikāya』 36

완전한 깨달음을 성취했을 뿐만 아니라 스스로 해탈했다는 것을 알았다(解脫知見). 수백, 수천 생의 긴 밤, 어둠은 사라졌다. 길고 긴 밤, 수겁의 암흑을 찢고 마침내 완전한 깨달음을 성취하신 분, 붓다의 새 시대가 열리고 있었다. 카필라와스투를 떠난 지 6년 뒤, 서른다섯이 되던 해의 웨사카 보름날 밤이었다. 최상의 지혜와 완전한 고의 소멸, 열반을 증득한 고따마 붓다의 가슴속에서 장엄한 독백이 흘러나왔다.

수많은 생 헤맸어라 찾지 못하고
집 짓는 자 찾아 괴로운 생 다시, 또다시

오! 집 짓는 자, 너 이제 보였나니
다시는 집 짓지 못하리
서까래 모두 꺾어지고, 마룻대 또한 부러져
갈애를 부수고 마음은 열반에 이르렀노라.

— 『Dhammapada (법구경)』 153~154

싯다르타가 성취한 깨달음의 마지막 과정은 앞에 인용한 경전(『Majjhima Nikāya』 36)에서 보았듯이, 초저녁부터 새벽까지 계속된 단계적인 선정의 진행이었다. 게다가 "나는 온전히 집중되고 모든 오욕의 때를 떨구어 티없이 맑고 밝으며 유연하면서 확고하여 요지부동한 마음을 ① 수없는 전생에 대한 지혜, ② 중생들이 죽고 다시 태어나는 윤회에 대한 지혜, ③ 번뇌 소멸의 지혜로 향하게 했다"는 붓다의 회고는 당신의 선정이 정해진 목표에 대한 의도적인 지향이었음을 명백하게 보여준다.

완벽한 집중 속에 극도로 명료해진 선정은 모든 지각 능력을 활성화시키고, 어떤 일도 수행할 수 있도록 유연해진다고 한다. 물론 이러한 선정은 흔히 말하는 망아, 몰아의 황홀경이 아니라, 온전히 깨어 있어 의도하는 대로 움직이고 또 사라질 수도 있는 것이다. 다시 말하면 싯다르타는 성성히 깨어 극도로 집중된 마음을 어떤 목표로 향하게 할 것인지 분명히 알고 있었던 것이다.

여러 면에서 고따마 붓다의 깨달음과 가르침은 이미 있었던 사상들의 분석적인 이해에 바탕을 두고 있다. 그러나 붓다의 깨달음은 이전의 것들을 훨씬 능가한다. 붓다의 분석적인 이해는 독창적인 통찰로 종합되고, 참신한 붓다의 직관 속에 수용된 이전의 사상은 판이하게 다른 새로운 교설로 태어났다. 가을 새벽처럼 맑은 붓다의 깨달음 속에서 만난 옛 물과 새 빛은 세계를 있는 바 그대로(yathābhūta) 보고, 해탈의 길을 열며 이전의 모든 사상을 포괄

법륜과 보리수.
초기 불교 조각에서는
깨달은 이 부처를 형상화하지 않고
보리수 아래 빈자리로 표현했다.

하고 동시에 초월하는 새로운 사상 체계를 이루어낸 것이다. 따라서 붓다가 당신의 길이 "덤불을 헤치고 잊힌 도시로 가는 옛 길을 다시 발견한 것"(『Samyutta Nikāya(상응부 아함)』 12:65:19)이라거나 그것은 "전혀 들어본 적이 없는 새것"(『Māhavagga(마하왁가)』 1:6:23)이라고 밝히신 것은 전혀 모순되지 않는 것이다.

인도 종교의 수행 원리와 윤리적 행위의 근거는 인간이 세계의 바른 이해와 지혜를 통해 우리를 고뇌와 윤회에 얽어매는 요소들을 제거할 수 있다는 확신으로부터 출발한다. 붓다 역시 이 점을 의심치 않았다. 싯다르타가 도중에 고행을 포기한 것도 "그것이 고의 소멸로 이끌 지혜를 이루게 하지 않는다"(『Majjhima Nikāya』 12)는 것으로 정당화된다. 무명이 우리를 윤회 속에 가둔 것이라면 지혜는 그로부터 벗어나게 한다. 지혜는 곧 해탈의 수단이며 결과다. 따라서 고따마 붓다 스스로도 당신의 깨달음이 윤회의 짐을 벗기고 완전한 해탈을 성취하게 했다고 밝히신다.

최상의 완전한 깨달음을 성취한 붓다는 이제 겉모양이 비슷할 뿐 우리와 같은 인간 존재의 범주를 벗어난 것이다. 설령 육체적인 고통이 다가온다 하더라도 그것이 당신의 마음에 어떤 영향도 미치지 못하며 그 무엇도 당신의 해탈을 되돌릴 수 없다는 깨달음은 이후 왕과 거지, 벗과 적에게 보여주신 초인적인 자비와 평정을 가능케 한 것이다. 고따마 붓다에게 깨달음은 자신의 해탈을 향한 오랜 탐구의 끝이었지만 이것은 다시 45년 긴 세월 가르침의 시작이었다.

다시 찾는 보드가야

혼자 가는 길은 외롭다. 그러나 함께 가는 길은 번거롭다. 어차피 혼자 살 수 없도록 되어 있긴 하지만 이 사람 저 사람, 이 일 저일, 때로는 어처구니 없는 일들에 들이받히고 함께 허우적거리다 보면 거기서 벗어나고자 하는 것은 당연한 바람일 것이다. 그래서 몇 발자국 물러서거나 앞으로 내딛고 보면 이내 그리워지는 것이 인간 세상이다. 이놈의 뿌리를 파버리리라는 엉뚱한 마음으로 시작한 이 먹물 옷 입기 이십 수년으로도 변한 게 거의 없는 듯하다. 꼬리를 물고 저지르는 바보 짓거리들이 안쓰러워 퍽퍽 울어본 날도 있지만 다시 그 타령이다.

이럴 때는 보드가야에 오는 것이 약일 수 있다. 보드가야의 보리수 밑에 신비로운 영기가 서려 있다고는 믿지 않는다. 그러나

밀밭

막연히 보드가야에 오면 무언가 생길 것 같다고 생각해왔었다. 물론 혼자 와야 된다.

이왕이면 혼자 있는 시간이 좀더 많았으면 좋겠다고 생각했고, 아무 때나 가고 아무 곳에서나 설 수 있다는 장점도 있을 것 같아 내 통학용 오토바이를 가져오기로 했다. 푸나 역에서 실어 올릴 때, 봄베이에서 기차를 갈아타면서, 다시 럭노우 역에서 내리면서 애를 먹이긴 했지만, 지금까지 보름쯤 쏘다닌 험한 길 약 삼천 리에 펑크 한 번 나지 않고 잘 달리고 있다. 형편없이 복작거리는 고물 버스, 그 속에 최고음으로 틀어제끼는 힌디 영화 노래들을 듣지 않아서 여간 다행한 일이 아니다. 게다가 시골길 여기저기서 벌어지는 잡스런 일, 말하자면 가난한 불가촉천민(不可觸賤民)의 장례 행렬이나 물소 교미시키는 일 따위에도 끼어들고, 신작로가 나무 밑에 짐을 풀어놓고 장다리꽃 노랗게 피어 있는 밭고랑에 들어가 매큼한 갓고동을 꺾어 먹는 재미는 기차나 버스를 타고는 생각조차 할 수 없는 일이다. 거기다 말라 죽어가는 가로수 밑동에 기대앉아 광활한 갠지스 평원의 흙먼지 위에 피어나는 선홍빛 저녁노을을 바라보며 흘리는 내력 없는 눈물도 아름답다.

어제는 보드가야까지 약 80킬로미터쯤 되는 그닥 멀지 않은 길이어서 햇볕이 좀 누그러지면 출발한다는 것이 너무 늦어진 성싶었다. 해 지고 어두워진 길에 여기저기 움푹움푹 팬 구덩이가 전혀 다른 생각을 할 수 없게 했다. 들어가야 될 갈림길을 지나쳐 두어 시간 어둠 속을 헤맸다. 이따금 밤길에 소달구지를 끌고 가는 사람들을 만나 "보드가야?" 하고 물으면 그저 "아 -게!" "쪼옥 가시요잉"이다. 이 벽지에서 그것도 깜깜한 밤에 소달구지꾼에게 길을 묻는 것은 제일 큰 바보짓 중의 하나다. 아마 그 사람들이 가라는 대로 계속 쪼-옥 갔다가는 내일 오후쯤 바라나시에 도착하게 될 것이다. 갔던 길을 되짚어 묻고 물어 찾아온 보드가야는 이슥해진 밤 적막에 싸여 있었다.

전기조차 나가버린 마을, 호롱불을 밝힌 니임 나무 아래 노변 찻집에서 우유와 함께 끓인 홍차 두 잔을 거푸 마시고 스리랑카 절의 마당같이 넓은 방에 침상 하나를 차지하고 드러누웠다. 그날 싯다르타를 공격하던 마라의 군대만큼이나 집요하게 대드는 수백 마리의 모기떼는 내 어설픈 배고픔이나 노독 따위를 송두리째 잊

목동들

게 해주었다. 하는 수 없이 침상머리에 붙여둔 촛불을 켜고 공책에 앞뒤 맞지 않는 이야기를 끄적거려도 보고, 졸며 긁적거리며 날 새기를 기다렸다. 그럴 때면 벌떡 일어나 선선해진 뜰에 나가 재스민 꽃에 코를 비비거나 쏟아지는 별들을 읽으면 될 것을 그리 못 하는 것이 또 가엾은 중생이다.

날 새면 그저 어제 했던 것과 똑같은 실수를 저지르고, 해 졌으니 저녁 먹고 또 죽음 같은 잠에 빠지고…… 그렇게 거의 비슷한 일상에 젖어 무슨 짓거리를 하고 있는 건지 생각지도 못하고 흘러가는 것이다. 별 생각 없이 지속되는 우리의 생활 속에 작용하는 소위 삶의 추진력이란 도대체 무엇일까? 희망, 발전, 향상이란 허울로 살짝 가려진 욕심, 허영, 오기는 아닐까?

213

멀리 전생이나 내생까지 갈 것도 없이 이것이 곧 윤회일 수도 있다. 남 생각하지 않고 밀치고 뒤집으며 제 밥 찾기에만 골몰하는 날 우리는 돼지가 된다. 구린내 나는 뒤쪽을 가리고 파래진 입술에 침을 살살 발라가며 여기서 이 말, 저기서 저 말 하고 알랑거리는 바로 그 순간 혓바닥 두 개짜리 뱀이 된다. 어줍잖은 명예, 체면에 넋이 나가 허둥댄 시간 우리는 알량한 벼슬을 치켜들고 거들먹거리는 장닭이다.

어느 날 '내가 왜 이러지?' 문득 생각하는 순간 턱없이 초라해지고 주눅이 들기 십상이다. 꼭 왜 그러는가에 대한 답을 찾지 못해서가 아니라 그 답을 요령 있게 찾아낸다 하더라도 그 목적을 위해서 지금 이렇게 해야 하는가라는 수단의 정당성에 관한 의문에 선뜻 옳다고 말하기가 쉽지 않기 때문이다. 여기에 온갖 아름답고 가상한 변명이 늘어붙게 된다. 그렇다고 너무 심하게 자신을 구박할 일은 아니다. 일단 문제 있다고 스스로 인정한 이상 거기 해결책이 있을 것이기 때문이다.

모든 문제의 해결은 문제의식으로부터 시작된다. 불교의 바탕인 사성제(四聖諦) 가운데 고성제(苦聖諦)란 우리 시대의 말로 한다면 문제의 제기라고 할 수 있다. 고(苦, dukkha)라는 조금은 별난 불교 용어가 고통, 불행, 불완전 등의 뜻을 담고 있는 것은 사실이다. 그러나 고따마 붓다께서 6년씩이나 피를 말려가며 애써 찾고 깨달은 내용이, 겨우 우리네 삶이라는 것이 생로병사에 좋은 사람 헤어지고, 싫은 사람 만나고, 갖고 싶은 것 못 가지는 등의

214

고행상(모조).
원작은 파키스탄의 라호르 박물관에 있음.(방콕)

슬픔으로 차 있다는 것을 알아낸 정도라고는 할 수 없다. 그거야 젊은 싯다르타를 구도의 길로 향하게 한 이유가 아닌가? 이런 식의 고를 경전에서는 고고(苦苦, dukkha-dukkha)와 괴고(壞苦, viparinama-dukkha)라고 한다. 그러나 정작 붓다의 깨달음에 연결시킬 수 있는 고(苦)는 세번째의 행고(行苦, saṅkhāra-dukkha) 다. 여기서 행(行)이라고 번역된 상카라(saṅkhāra)가 사실은 "조건에 의해 형성된 모든 존재"를 뜻하며, 동시에 존재를 구성하는 정신적·물질적 요소, 즉 오온(五蘊)을 통틀어 지칭하는 것이다. 또한 그렇게 조건지어진, 우리가 흔히 쓰는 인연에 의해 형성된 인간의 모든 정신 작용과 현상을 가리킨다. 행고의 다른 번역으로 "오온성고(五蘊盛苦)"가 쓰이는 것도 이런 까닭에서다.

다시 말하면 우리네 인간이란 애시당초 주변의 조건에 의해 변할 수밖에 없는 정신·물질적인 요소들이 또다른 조건들에 의해 조합된 것이다. 이것이 연기법(緣起法)이다. 그렇게 이 세상에 온 인간인 고로 끊임없이 변화하는 조건 속에서 계속 변화될 수밖에 없다. 이렇게 쉬임없이 변화하는 성질이 무상(無常, anicca)이며 그 가운데 일어나는 일체의 심리적·육체적 현상 모두를 행고라고 하는 것이다. 이렇게 변화하는 존재의 배후에서 제 스스로는 변하는 일 없이 이것을 조종하고 지켜보는 주체란 없다. 따라서 붓다께서는 창조자나 불멸의 영혼을 이야기하지 않는다. 우리가 생각하는 자아란 정신적·물리적인 요소들, 즉 행의 이합집산이 벌이는 약간 복잡해진 현상일 뿐이다. 내가 변화하며 흘러간다기보다는 변하며 흘러가는 것 자체가 나라는 말이다. 따라서 자아란 변화의 뒤쪽에 변하지 않고 상주하는 어떤 실체가 아니라 변화 속에서 일어난 하나의 현상에 붙인 빈 이름일 뿐이다. 이것이 무아(無我)다. 그 속에서 제정신 가진 인간이 추구할 것이 무엇인가를 통찰하고, 그것을 완전하게 실현한 것이 고따마 붓다의 깨달음인 것이다.

　그러나 불교의 산실이자 시발점이기도 한 이 보드가야에서 나같은 먹통이 구하고자 하는 것은 위 없는 깨달음도 불보살의 가피(加被)도 아니다. 내 아둔한 눈에 보이는 것은 붓다께서 이룬 대각의 내용이 아니라 거기에 이르는 과정에서 수행자 싯다르타가 펼치는 처절한 자신과의 투쟁이다. 굳이 대탑 한켠의 보리수 밑이 아니더라도 허리뼈를 곧추세우고 라호르 박물관의 고행상을 다시 한번 그려보는 것이다. 그래서 빛바랜 내 초발심에 쑥즙같이 퍼런 물을 들일 수 있다면, 느슨해진 핏줄을 다만 며칠이라도 팽팽하게 긴장시킬 수 있다면 이번 순례는 참으로 값진 것이 되리라.

먼동이 틀 무렵 선잠에서 깨어나 모기 소굴을 빠져나왔다. 팔다리 여기저기에 긁은 자국들이 벌겋다. 어슴푸레한 보드가야의 새벽은 악에 받쳐 외쳐대는 "알라아!" 소리로 온통 오염되어 있었다. 그렇게 스피커의 볼륨을 올려대야 제 기도가 알라의 귀에 들어갈 수 있다고 믿는 것은 천 번 만 번 아닐 텐데 이천 년도 넘은 남의 절 턱밑에다 모스크를 지어놓고 공연한 오기를 부려보는 것 같다. 거기다 고놈의 고물 스피커 빠각거리는 소리는 그렇지 않아도 심각한 인도의 인구 증가를 더욱 부채질하는 고약한 물건이다. 이 신새벽 서늘한 바람을 된통 흔들어 동네 사내들 다 깨워놓고 그 사람들이 무슨 고행자도 아닌 바에야 늘어나는 건 동네 고샅에 울고 부는 꼬맹이들일 것이다. 인도 정부에 건의해볼 일이다. 모스크와 힌두 사원 간에 벌이는 확성기 볼륨 경쟁을 중지시키면 가족 계획에 예기치 못했던 효과를 덤으로 가져올 것이라고. 네란자라 강둑에 주저앉았다. 아침 이슬이 상큼하다. 옅은 안개 속 모래밭에 물통을 든 아낙네들이 서성거린다. 발목 지뢰 매설할 자리를 물색하고 있는 것이다. 여자들의 배설 시간은 남정네들의 그것보다 조금 이르다. 휑하니 터진 들판에서 혹은 강가에서 치러지는 일이라서 남녀간에 약간의 시차가 필요할 것이다. 지극히 자연스럽게 이루어진 생리현상과 시간의 조화임에 틀림없다. 고행에 지쳐 물가에 쓰러진 싯다르타에게 우유죽을 먹여주었다는 수자타 아가씨의 먼 후손들이리라. 현장 스님의 『대당서역기』에 "대탑의 서남쪽 담장 밖에 탑이 하나 있고, 그곳이 소 치는 소녀 수자타의 집이 있던 자리"라고 했다. "거기서 다시 남쪽으로 강변의 숲속에 고행상이 모셔진 사원이 있는데, 예나 지금이나 이 불상에 향가루를 바르고 병을 고친 사람들이 많다"고도 했다. 지금 내가 앉아 있는 이 부근 어디쯤일까? 그러나 지금 여기서 고개를 두리번거리다가는 공사중인 여인들을 슬금슬금 훔쳐보는 치한으로 몰리기 십상이다. 동트는 쪽으로 고개를 돌리고 눈을 감았다. 그러나 감은 눈으로 더 잘 보이는 것이 여인네 속살이라는 것을 나는 그때 새롭게 확인했다. 대단한 깨달음이다!

　해 뜬 지 두 시간도 되지 않아 벌써 볕이 따갑다. 보드가야의 하루는 일찍부터 출근한 거지, 보리수잎 장수, 염주, 모조 골동품 장수들의 아침 인사로 이미 뜨겁게 달아오르고 있었다. 마하보디 협회 사무실에서 만난 독일 젊은이가 이야기했다. "비하르 주 정부에서 보드가야 인근의 거지들에게 그 노릇을 그만둔다는 조건으로 주거와 생계 밑천 5백 루피씩을 주겠다고 제안했지만 거절했다"고. 지치고 지친 이 사람들에게 노동의 기쁨과 그렇게 거둔 열매의 단맛을 모른다고 나무랄 수는 없겠지만 안타깝게도 입이 벌어진 놈은 모두 거지다. 어디서 배웠는지 "오케, 오케!"를 연발하며 쫓아다니는 각다귀들이 여간 성가신 게 아니다. 아마 "오케"가 "안녕"쯤 되는 것으로 아는가보다. 엄청나게 인사깔 밝은 게 또 인도 사람들이다. 죽은 제 할아버지가 다시 살아와도 그렇게 반갑 지는 않으리라. 뭐든 고부라지게 할 일이 있어야 오는 놈 오고 가 는 놈 가는가보다 할 텐데 도시 할 일은 없고, 남아도는 시간에 무 료하기는 하고, 많으면 많을수록 좋은 소일거리니 낯선 사람이 나 타나면 그냥 지나칠 수가 없는 것이다.

언젠가 바라나시에 사는 도웅 스님이 "곤니치와!" 하면서 대드 는 인도 청년에게 우스갯소리를 했다. "어, 이 사람 일본말을 거꾸 로 배웠네.. '사요나라'라고 해야지 무슨 곤니치와?" 열에 칠팔은 사요나라를 앞세우고 대드는 까닭이었다. 그런데 이번에 온 보드 가야의 형편은 많이 달라졌다. 이제 "곤니치와"가 아니라 "안녕하 세요?"로 바뀐 것이다. 근래 부쩍 늘어난 한국 순례자들 덕이다. 그러나 다시 한 가지 고약한 일은 그 동방에서 온 얼빠진 사람들 의 싹쓸이 장보기가 이 동네 보따리 장수들을 제법 대담하게 만들 어놓았다. 어디 박물관 진열장에서 훔쳐온 보물이라도 되는 것처 럼 은밀하게 옷자락에 숨겨 살그머니 보여주는 3~5루피(1루피= 약 30원)짜리 가짜 골동품이 폭소를 자아내게 한다. 10불(약 3백 루피)만 내라고 쫓아다니며 보챈다. 끈질기기로도 일등이다. 그러 나 제법 여러 시간에 걸친 내 관찰로는 코 큰 사람들에게 달라붙 어 그렇게 치근거리는 장사치나 거지는 거의 없었다.

이네들이 가장 선호하는 인종은 누르스름한 얼굴에 광대뼈가 약간 나오고, 빠른 말씨에다 뭔가 불만이 있는 듯하면서 바쁘게 허둥대는 사람들, 동방의 단체 순례자들이다. 어쩌다 봉 하나 잡으면 한 식구 열흘 밥거리가 넉넉하게 생긴다. 한번 해보고 싶지 않은 놈이 어디 있으랴? 억세게 재수 좋은 날 소똥 바른 방바닥에 빠삭거리는 미국 돈 몇 장을 깔아놓고 씩 웃으며 중얼거릴는지도 모른다. "펴엉신, 너 같은 놈들이 있는데 내가 왜 땅을 파, 안 그래?"

그 짓도 못 하는 병든 노인이나 꼬맹이들이 할 수 있는 일은 행여나 하고 손을 벌려보는 수밖에 없다. 애당초 체면이라는 것이 있어봤어야 차릴 체면도 있지 처음부터 없던 것이니 마음 쓸 일도 없다. 없는 사람, 필요한 사람에게 가진 것 나누어주는 일이야 얼마나 훌륭한 일인가? 그러나 끝없이 보채는 떼거리는 이제 돈 얼마가 아니라 피곤하고 짜증스럽게 한다. 이때 끝까지 얼굴색 변치 않고 견뎌내는 사람은 지난 세상이나 이생에서 잘 닦은 보살이다. 나도 그런 보살이 한번 되어봤으면 해서 자비, 연민, 평정 온갖 좋은 말 다 떠올려도 별 효과가 없다. 제일 좋은 수는 주머니 속에 동전 한 주먹 준비했다가 만나는 대로 하나씩 주는 방법도 있겠지만 속이 편치 않은 것은 마찬가지다. "그래서 자꾸 더 많아지는 거야. 그리고 30루피짜리 맥주 한 병 단숨에 마셔대면서 겨우 1루피나 반 루피로 어린 넋들을 조롱하는 거 아냐?" 하는 생각이 들면 많이 부끄럽기도 했다. 그래서 미안하지만 마주치면 아예 바라보지도 말고, 앞에서 기다리면 돌아가리라 작정했다. 옛적 인도 사람들도 같은 생각을 했었나보다. 산스크리트로 쓰인 거지 시들이 수도 없이 많이 있다.

　　풀잎보다 가벼운 게 솜털
　　솜털보다 가벼운 건 거지
　　그런데도 바람에 날리지 않는 것은
　　"적선합쇼!" 소리 두려워
　　바람조차 다가오지 않기 때문

　돌아갈 길도 없어 하는 수 없이 지나치는 사람들은 거의 다 슬
그머니 딴전을 피우거나 빤히 쳐다보면서도 천연덕스럽게 못 본
척 지나간다. 비단 거지뿐만 아니라 없이 사는 이웃들을 못 본 척
하는 것도 다 마찬가지다. 그래서 읊조리기를,

　　오, 가난이시여
　　엎드려 절하옵나니
　　당신 크신 은혜로
　　내 신통력을 얻었나이다
　　나는 세상을 다 보건만
　　누구 하나 내 모습을 보지 못하더이다

　대단한 신통력이다. 마치 은신술을 터득한 요가 수행자처럼 거지
는 거기 그렇게 앉아 있건만 사람들 눈에는 보이지 않는 것이다. 수

십 명의 거지들이 도열해 서 있는 입구를 지나 쉽지 않게 들어간 대탑 경내에는 각양각색의 다국적 순례자들로 붐빈다. 그러나 담장 하나를 사이에 두고 세상은 이렇게 달라질 수도 있다. 조심스럽게 지나치는 차분한 발길이며 맑은 눈빛들이 신비로울 지경이다. 보리수 밑에 앉아 있다가 인도 불교도 한 패를 만났다. 인솔자인 듯한 영감님이 일행에게 고따마 붓다의 생을 이야기하며 가끔 목이 메어 눈물을 줄줄 흘리는 것을 보았다. 대단한 감수성을 가진 노인이었다. 다들 그렇게들 신심을 내어 오체투지에 염불, 좌선…… 열기가 대단한데 나는 어찌된 건지 그저 멍하니 덤덤할 뿐이다. 한동안 고개 숙이고 앉아 내 가슴이 퍽 말랐다고 다시 생각했다.

붓다의 고행에 관한 회상을 기술하고 있는 중부 니카야의 경전들 속에 고따마 싯다르타가 마지막 깨달음을 이룬 곳이 나무 밑이었다는 언급은 없다. 따라서 어떤 학자들은 이 보리수가 바로 그 자리라는 것은 역사적인 사실이 아닐 수도 있다고 주장해왔다. 그러나 출가한 방랑 수행자가 어디에 가건 밤이슬과 아열대의 뜨거운 햇볕을 가릴 만한 나무 밑에서 지냈으리라는 것은 의심할 여지가 없고, 싯다르타 역시 예외는 아니었을 것이다. 경전에 기록되지 않았다 하더라도 붓다께서 지나는 말로 언급한 보드가야의 보리수가 제자들 사이에 당연한 사실로 전해지고, 붓다의 열반 이후 스승을 기리는 제자들의 정감이 여기 붙어 자라난 것이라고 할 수 있다. 따라서 대탑 바로 뒤쪽에 있는 이 보리수는 아직도 수많은 순례자들에게 그 잎새처럼 푸른 해탈의 이상과 서늘한 그늘을 제공하고 있는 것이다. 그러나 순진한 우리 할머니들 말고는 이 나무가 바로 이천오백 년 전 그 나무라고 믿을 사람은 없다.

전설에 의하면 가장 먼저 아소카가 이 나무 주변에 돌로 울타리를 만들고 석주를 세웠다. 아소카의 딸 상가미따 비구니에 의해 당시 스리랑카의 왕 데와님뻬야티사에게 그 보리수의 한 뿌리가 전해지고, 수도 아누라다뿌라에 심어졌다. 이 스리랑카의 보리수는 보드가야의 나무가 훼손될 때마다 새 뿌리를 보내준 것으로 전해진다.

원래의 보드가야 보리수가 훼손된 것은 아소카가 사망하기 사년 전에 결혼한 티사락카의 투기 때문이라고 한다. 왕이 자기보다 이 보리수를 더 소중히 여기는 것을 견디지 못하고 만두 나무 가시를 보리수에 꽂았다는 것이다. 이 가시는 인도 사람들이 나무의 생명을 해치고 마르게 한다고 믿는 것이다.

현장 스님 이야기로는 "아소카가 향을 탄 우유로 보리수의 뿌리를 씻어내고 다음날 다시 나무가 돋아났다. 그 다음의 수난은 벵갈의 왕으로 광적인 시바 신봉자 샤샹카에 의한 것이었다. 오기가 발동한 왕은 나무를 자르고, 뿌리까지 뽑아 태워버린 뒤 그 자리에 사탕수수즙을 뿌렸다(?). 아소카의 후손으로 마가다국의 마지막 왕 뿌르나와르마가 이 소식을 듣고 '지혜의 해 지고 겨우 보리수가 남았는데 이제 그나마 사라졌으니 어디에 우리의 마음을 의지하리오' 하고 탄식하며 천 마리의 소에서 난 우유로 남은 뿌리를 씻고 한 밤이 지나자 다시 10자 높이의 나무가 돋아났다. 다시 훼손될 것을 염려하여 24자 높이의 담장을 둘러쌓았다. 지금 (기원후 7세기 전반)은 이 담장 위 약 20자 높이로 자라올랐다"고 했다. 우리나라 당산 나무들은 막걸리를 좋아하는데 보리수를 소생시키는 데는 소젖이 영약인가보다.

많은 불교 유적을 발굴한 커닝험의 1892년 기록에 다시 보리수 이야기가 나온다. "1862년 12월 보드가야의 보리수가 아주 심하게 썩어 있는 것을 보았었다. 세 가지를 지탱하고 있는 서쪽 편의 줄기는 그때까지도 푸르렀지만 나머지는 껍질이 벗겨지고 썩어 있었다. 내가 그 나무를 다시 본 것은 1871년이었고, 1875년에 갔을 때는 완전히 말라버렸다. 1876년에는 그나마 남아 있던 나무줄기가 태풍으로 서쪽 담장에 쓰러져 있었다. 옛 보리수는 이렇게 사라지고 말았지만 주변에 많은 새싹들이 자라고 있었다." 이 쓰러진 보리수가 현장 스님이 보았던 그 나무였는지는 알 길이 없다.

현재의 보리수에 대해서는 상충되는 여러 가지 이야기가 전해진다. 혹자는 스리랑카의 아누라다뿌라에서 온 것이라고 하고, 어떤 사람은 애당초의 뿌리에서 난 새싹이라고도 한다. 지금 이 보리수는 기원전 528년 고따마 싯다르타가 깨달음을 성취하던 날 밤이슬을 막아준 그 나무의 고손자쯤 되리라.

여기 보드가야에 최초의 사원이 건립된 것도 아소카에 의해서라고 전해진다. 이것을 뒷받침할 만한 결정적인 증거는 없지만 그토록 열렬한 신자 아소카가 성지 중의 성지인 보드가야에 사원을 건립하는 것은 너무나도 당연한 일이었을 것이다. 기원전 100년

쯤에 세워진 것으로 보이는 바라핫 탑의 난간 부조에서 초기 보드가야 사원의 모습이 어떻게 생겼었는가를 짐작할 수 있다. 그러나 현재의 주 건물이 언제 어떻게 세워졌는지는 확실치 않다. 법현 스님은 불국기에 "붓다께서 성도하신 곳에 승려들이 거주하는 승원이 세 군데 있다…… 붓다의 열반 이후 네 성지에 세워진 대탑들은 서로 제휴해오고 있다. 이 네 대탑은 붓다가 탄생하신 곳, 성도하신 곳, 첫 설법을 펴신 곳, 열반에 드신 곳"이라고 비교적 간략하게 언급한 데 비해 현장 스님은 "160~170자 높이에 앞면 너비가 20보 이상 되는……" 등 대탑의 내·외부와 주변의 부속 건물, 탑들까지 상세하게 기록하고 있다. 두 분 스님이 본 대탑이 동일한 것인지는 확실치 않다. 이후 여러 차례의 신·개축이 행해졌으며 현재의 모습으로 마무리된 것은 1880년 커닝험의 협조와 인도 정부의 재정 지원을 받은 베글러에 의해서였다. 아깝게도 발굴·보수 작업이 이루어지는 동안 최고급의 불상과 탑들은 대영박물관으로 옮겨졌다.

폐허가 된 성지가 이렇게 복구되기는 했지만 다시 불교도들의 자유로운 신앙 활동과 관리권을 되찾기 위한 50년이 넘는 긴 법정 투쟁이 기다리고 있었다. 이미 오래 전에 벌어진 무슬림의 침입과 약탈 이후 주거하는 불교 승려들도 없이 폐허가 된 보드가야에 16세기 말에 정착한 한 힌두 수행자와 그의 후예들은 대탑과 주변을 차지하고 유력한 대지주로 변했다. 19세기 말 스리랑카의 재가 신도 담마빨라가 여기 도착하여 마하보디 협회를 창설하고 대탑을 과거의 유물이 아닌 불교도들의 살아 있는 귀의처로 복구하려는 대 불사가 시작되었다. 애매한 소유권과 불어나는 불교 순례자들의 주머니에 눈독을 들인 힌두들의 욕심은 결국 치열한 법정 투쟁과 폭력 사태까지 일으켰다. 수년 간의 실랑이 끝에 1906년 힌두 측 승소 판결은 담마빨라의 결의를 더욱 굳게 하는 계기가 되었다. 나머지 생애 27년 동안 그가 벌인 여론 조성과 계속된 탄원은 1923년에서 1925년까지 매년 이 문제가 인도 국회에서 논의되게 했고, 인도의 지성인들과 학자들의 의견이 불교도 쪽으로 기울어지도록 만들었다.

타고르는 "불교에 대해 전혀 알지 못하고 불교와 불교 신앙에 적대감을 가진 사람들에게 붓다께서 깨달음을 성취한 자리에 세워진 사원을 차지하게 하는 것은 스스로의 종교적 이상에 충실한 모든 힌두 교도들이 도저히 용납하지 않으리라고 확신한다. 아직도 살아 있는 신앙 속에 자기들의 특별한 전통을 경건히 실천하고 있는 사람들에게 이 역사적인 장소를 되돌려주는 일에 협력하는 것은 자유와 정의를 믿는 모든 사람들의 의무라고 생각한다"며 담마빨라를 지지했다. 게다가 철저한 힌두 마하트마 간디조차 "그 사원이 불교도의 소유라는 것에 의심의 여지가 없다. 현행법 상의 어려움이 있을 수는 있으나 그것들은 극복되어야 한다. 만약 거기서 동물 희생 의식이 벌어졌다는 보도가 사실이라면 실로 천벌을 받을 일이다. 소문대로 그것이 불교도들의 감정을 해칠 심산으로 벌어진 일이라면 똑같이 심각한 신성 모독"이라며 적어도 이 문제에 관한 한 불교도 편에 섰다.

1949년 불교도와 힌두 측 각각 네 사람으로 구성된 위원회가 사원을 관리 운영한다는 '보드가야 사원 조례'가 확정, 통과되었다. 담마빨라가 바라나시의 녹야원에서 사망한 뒤 16년 만의 일이었다. 임종 직전에 그가 남긴 "붓다의 가르침을 더욱 널리 펴기 위해 스물다섯 번쯤 더 태어나고 싶다"는 말은 실로 가슴을 뭉클하게 한다.

어수선한 대탑 정문을 나서 담장 밖 길가에서 사탕수수즙을 마시는 현진, 현정 두 스님을 먼빛으로 보고 나도 모르게 발걸음이 빨라졌다. 이 아득히 먼 이방의 길가에서 만난 한동네 까마귀들이 그렇게 반가울 수가 없다. 영진, 지현 스님이랑 넷이서 왔단다. 함께 네란자라 모래밭을 건너 동편 강가에 앉아 대탑 위로 지는 저녁노을을 바라보았다. 돌아오는 길에 현진 스님이 말했다. "조나단 같은 놈이 하나쯤 보일 줄 알았는데, 아, 없어요오." 한 달 남짓한 인도 여행에 대한 중간 평가 같았다.

그렇게 태어나 그렇게 자라난 그 숱한 소년 소녀들이 어떤 어른이 될지 캄캄하다. 하긴 그 열성과 끈기, 인내심으로 안 될 일도 없을 것 같은데 나고 자라면서 본 것이라고는 가난한 부모네들의 구박, 구걸, 멸시, 무지, 몰염치가 전부일 것이다. 여기서 빠져나갈 길은 좁고 좁아 만약 탈출에 성공한다면 그것은 거의 기적에 가까운 일인지도 모른다.

인간이 어떤 사물을 보는 방식은 특징한 철학적 신조에 의해서가 아니라 몸담고 있는 문화, 성장 과정에 의해서 우선 결정된다. 양상의 변화에도 불구하고 이미 한 번 본, 혹은 나름대로 심어둔 인식은 변치 않고 남아 있으려 한다. 아름다운 그림이나 음악이 어떤 사람에게는 돈 들여 망쳐놓은 헝겊 쪼가리거나 도저히 이해할 수 없는 소음이 되는 것도 바로 이 문화나 전통의 차이에서 생기는 일이다.

보리수 잎을 주워다 돈으로 바꿀 줄은 알지만 사람들이 왜 그런 쓰레기를 돈 주고 사는지는 알지 못한다. 이 속에서 평범 이하의 개인이 할 수 있는 것이 무엇이겠는가? 문화나 전통이란 한 개인이 쉽게 배울 수 있는 것, 원할 때 골라 치켜들 수 있는 실가닥이 아니다. 이것은 비트겐슈타인이 말한 대로 마치 자신의 조상을 선택하려는 것보다 더욱 괴상한 일이 될 것이다. 그러나 우리는 고따마 붓다가 세상의 흐름을 거슬러올라가는 것을 보았다. 또 시류와 전통, 욕망, 무지의 흐름을 거슬러올라가는 숱하게 많은 역류자들이 있었다.

믿고 싶다. 바닥이 보이지 않는 저들의 절망, 피폐해진 저들의 가슴속에 여전히 보리수 씨앗은 살아 숨쉬고 있으리라고. 그리하여 어느 날 쭈그러진 동전을 내던지고, 끝없는 갠지스 평원 어디쯤에서 히말라야보다 높이 솟아오를 조나단 같은 놈이 나오리라고. 언제라도 이 깨달음의 땅에서 그런 젊은이를 하나쯤 만났으면 좋겠다. 내 기꺼이 그의 발에 이마를 묻으리라. 그리고 또다시 보드가야를 찾으리라.

바라나시 가는 길

깨달음을 성취하신 젊은 고따마 붓다께서 해탈의 기쁨을 누리며 이레 동안 보리수 밑에서 지냈다.(『Māhavagga』 1:1) 이어서 인근의 다른 나무들로 옮겨 다니며 이레씩을 보내게 된다. 오릿사에서 라자가하 쪽으로 가고 있던 따뿟사와 발리까라는 상인이 공양을 올리고 최초의 재가 신도가 되었던 것도 이 시기라고 했다. 여기 다소간의 신화적인 요소가 있는 것도 사실이지만 전반적인 기록 내용은 아주 자연스러운 사태의 진행으로 보인다. 세계의 실상에 대한 붓다의 통찰이 아직 일목요연한 교리 체계로 완성되었다고는 생각할 수 없으며, 바로 이 기간 동안에 이후의 붓다의 가르침, 불교의 골격이 정리되었다고 짐작할 수 있는 것이다.

물론 이런 식의 해석은 신가힌 비판과 논란의 소지를 안고 있다. 왜냐하면 깨달음이 그것 자체로 완성인가, 아니면 아직도 어떤 식의 검증이 요구되는가 하는 의문은 오랜 세월 동안 교학자들과 수행자들을 불편하게 한 것이었다. 그러나 붓다의 깨달음이 더 이상 어떤 식의 확인이나 검증을 필요로 하지 않는 세계와 인간에 관한 완전무결한 통찰이라는 것을 의심치 않더라도 다른 사람들에게 당신의 깨달음을 전하고 이해시키기 위한 교육 방법론적인 성찰과 숙고는 필요했을 것이라고 할 수 있다.

　다섯 이레째 다시 다른 나무 밑으로 자리를 옮긴 붓다께서는 당신의 깨달음을 혼자 간직하고 말 것인지, 세상 사람들에게 가르쳐야 될 것인지를 숙고하게 된다.

　　　　어렵게 이룬 이 법 이것으로 그만이지 가르치기는
　　　　탐욕과 진애에 씌운 세상 이해하지 못할 것을
　　　　세상의 흐름을 거스르는 이 법 실로 깊고 미묘하여
　　　　욕망과 어둠에 쌓인 세상 사람들 보지 못하리

　　　　붓다의 뜻을 읽은 범천(梵天)이 하늘에서 내려와 간청한다.

　　　　지난날 마가다(Magadha) 사람들 가운데
　　　　흠으로 빚어진 온전치 못한 법이 있었네
　　　　그러나 이제 님의 청정한 깨달음
　　　　무사(無死)의 문을 여소서, 법을 듣게 하소서

산정에 우뚝 선 바위에 올라
둘러선 사람들을 내려다보듯
일체안(一切眼)을 갖춘 현자여
법위(法位)에 오르소서

번뇌를 다한 이여,
나고 늙고 다시 태어나
슬픔에 잠긴 저들을 굽어보소서
일어나소서, 마라를 물리친 영웅이시여
빚을 모두 청산한 대상(隊商)의 길잡이로
세존이시여, 세상으로 나가소서
법을 설하소서, 거기 깨닫는 이 있으리니
　　　　　　　— 『Māhavagga』 1:5, 『Majjhima Nikāya』 26

　빨리 경전에 이렇게 브라흐마와의 대화 형식으로 전해지는 이 게송은 말할 필요도 없이 붓다의 심중에 일어난 주저와 갈등의 신화식 표현이다. 그때 정말로 브라흐마가 읊은 이 게송이 붓다의 자비심을 일으켰다고 믿는다고 해도 할 수 없는 일이지만.
　땃뿌사와 발리까를 만난 뒤 붓다의 심정은 더욱 착잡해졌을는지도 모른다. 그들이 바란 것은 장사에 성공하고 호사롭게 살아갈 수 있도록 축복해달라는 것이었으리라. 그러나 고따마 붓다가 성취한 법은 누가 누구에게 복이나 벌을 내리는 것이 아니라, 각자의 삶이 제 스스로의 의지와 행위, 그 외에 수없이 많은 다른 조건들에 의해서 전개되는 것이라는 연기법이었다. 이러한 붓다의 가르침은 당시의 제사 의식주의 종교 지도자들이나 세상의 흐름을 거스르는 것이었다.

귀 있는 자 듣고, 눈 있는 자는 보리라. 붓다께서는 당신의 가르침을 쉽게 이해할 수 있는 사람으로 예전의 스승이었던 알라라 깔라마와 웃다까 라마뿟따를 떠올렸다. 그러나 그들은 이미 이 세상 사람이 아니었다. 다음으로 생각한 것이 바라나시의 녹야원으로 간 다섯 명의 동료 고행자들이었다. 고따마 붓다는 고뇌에 빠진 중생들을 제도할 방편을 획득했다는 확신과 중생 교화에 신명을 다하리라는 원력으로 바라나시를 향해 떠났다. 고따마 붓다를 길에서 태어나, 길에서 살다가, 길에서 가신 분이라고 했다. 물론 진리의 길이라는 뜻이겠지만 모래 바람과 땡볕이 내리쬐는 갠지스 평원의 피곤한 길이라는 뜻도 함께 가지리라. 고따마 붓다께서 걸으신 스승의 길은 이렇게 시작되었다.

길을 나선 붓다는 우르웰라와 가야(Gayā) 중간 어디쯤에서 우빠까라는 나체 수행자를 만나게 된다. 그는 고따마 붓다가 다른 수행자들과 전혀 다르다는 것을 알았다. 그의 용모는 뚜렷하고 밝았으며, 맑고 평온하여 몸으로부터 알 수 없는 영기가 뿜어나오는 듯했다. 우빠까는 붓다에게 스승이 누구며 어떤 교의를 따르는가고 물었다. 이에 붓다는 스스로 깨달음을 성취하고 해탈한 승자며 자기 이외의 어떤 스승도 없음을 당당하게 밝힌다. 우빠까는 별일도 아니라는 듯이 "그렇기도 하겠구려!" 고개를 끄덕이고 제 갈 길로 가버렸다. 훗날 경전이 편집되면서 붓다의 이미지를 손상시킬 이런 식의 이야기는 삭제해버릴 수도 있었을 것이다. 그러나 그대로 보존해온 것은 바로 역사적인 사실을 중시하는 초기 불교 교단의 태도를 잘 보여주는 것이다. 아니면 우리가 미래 생에 고뇌의 뙤약볕 아래서 마주칠지도 모르는 어느 붓다를 그렇게 지나치지 말라는 충고인지도 모른다.

붓다께서 보드가야를 출발하여 탁발해가면서 한낮 더위를 피해 길을 걸었다면 바라나시까지, 지금 도로로 약 240킬로미터, 최소한 보름은 걸렸으리라. 그 시대에 지금 내가 끌고 다니는 이런 오토바이가 있었다면 고따마 붓다께서는 그걸 타셨을까, 말았을까? 글쎄, 꽤 어려워 보인다. 누가 날 쫓아내는 것도 아닌데, 누구 기다릴 사람도 없는데, 아침 해뜨기 전에 보드가야를 나서 오후 두 시쯤 사라나트에 도착했다. 평균 시속 약 30킬로미터, 이 정도면 상당한 경지의 축지법이다.

오늘 온 길 '그랜드 트렁크 로드'는, 방글라데시에서 캘커타, 바라나시, 델리를 거쳐 파키스탄의 라호르로 통하는 인도 동맥선의 일부다. 태어난 이래 가장 긴 트럭 행렬을 보았다. 그렇게 많은 차들이 무얼 싣고 어디로 가는지? 도로의 폭은 턱없이 좁고 노면 포장 상태도 형편이 없다. 대부분의 트럭들이 낡아빠진 고물인데다, 교통법규고 나발이고 없는 무지막지한 운전사가 태반이어서

길바닥은 으레 난장판이다. 한 차 가득 실은 계란을 깔아뭉개고 길 복판에 번듯이 드러누워 있는 트럭, 길바닥에 목재를 깔아놓고 맞은편 가로수와 함께 쓰러진 트럭, 승용차를 올라탄 버스, 넘어진 기름차…… 가지각색이다. 세계에서 가장 높은 교통사고 사망률을 자랑하는 나라다. 인도 사람들이 느긋하고 게으르다는 것은 전혀 모르시는 말씀이다. 이렇게 서두르고 바쁜 인간들도 이 세상에 다시 없을 것이다. 조금 빨리 가보겠다고 좌우 차선 구분 없이 제치고 밀다가 얽히고설켜, 결국에는 오도 가도 못하고 4~5킬로미터씩 늘어서는 것은 하루에도 수수 번씩 만나는 일이다.

일없이 빈둥대는 그 많은 사람들을 제치고 버스나 트럭 조수 자리 하나 차지한 사람은 상당한 행운아요, 자랑스러울 수밖에 없을 것이다. 운전사가 드나드는 문짝에 '파일러트'라고 멋지게 써가지고 다니는 것도 다 이런 까닭에서다. 위세 또한 대단하다. 자리 잡고 앉아 있는 꼬부라진 영감님을 호통쳐서 일으켜 세우고 제 맘에 드는 놈 앉히는 일은 보통이고, 제발 그 옆골을 후벼파는 듯한 인디안 소프라노(아는 사람은 안다!) 카세트 볼륨 좀 줄이자고 사정을 해도 눈을 부라리며 막무가내다. 이런 꼴 보지 않는 것만으로도 땡볕에 얼굴이 좀 데어 벗어지고, 시꺼먼 매연 뒤집어쓰는 것쯤이야 감수할 만한 것이다.

녹야원(사라나트)

사라나트의 중국절에 들어가 목욕에다 옷까지 빨아서 널어두고 녹야원 경내에 들어갔다. 깔끔하게 정돈된 뜰이기는 하지만 휑하니 열린 빈 터, 여기저기 벽돌 무더기며 널려 있는 석물들에 가슴 아프다. 티베트, 스리랑카, 중국, 태국 순례자들 틈에 끼어 합장하고 담메카(Dhammekha) 탑을 세 바퀴 돌았다. 몇몇 티베트 노인들과 중국 비구니 스님들이 한 발짝에 절 한 자루로 탑을 돌고 있다.

현재 담메카라고 불리는 이 원통형 대탑 이름의 유래는 'Dhammāka'라고 쓰인 도기 명문이 발견되기까지 한동안 논란거리로 남아 있었다. 결국 이 담마카는 다르마 짜크라(dharma-cakra), 법륜(法輪)을 뜻하며, 이 대탑 자리는 붓다의 최초 설법이 이루어진 곳이라고 해석된 것이다.

여기 녹야원에서 고행중이던 다섯 수행자들은 한시절 자기들의 우상, 그러나 기대를 저버리고 편안한 길로 빗나간 옛 동료가 다가오는 것을 보았다. 자리에서 일어나지도 말고 모른 척해버리자고 뜻을 모았다. 그러나 거리가 가까워지면서 붓다의 기품과 위엄에 압도된 그들은 자기도 모르게 자리에서 일어나 붓다를 맞이하게 된다. 이전의 싯다르타가 아니었다. 바리때를 받아주는 사람, 자리를 마련하는 사람, 발 씻을 물을 떠오는 사람, 그렇게 부산을 떨었다. 그러고는 아마 누군가가 물었던 모양이다. "아부소(āvuso), 싯다르타! 도대체 어떻게 된 일인가?"라고. 이 '아부소'는 '형님, 여보게, 아우님……' 정도로 가까운 사람을 부를 때 쓰는 말이지만 불교 경전에서는 동급 또는 아랫사람을 부를 때만 쓰이며, 스승이나 상급자를 부를 때는 반떼(bhante) 혹은 바단떼(bhadante)라고 한다. 따라서 붓다께서는 아부소라는 호칭을 거부한다.

"비구들이여, 여래(如來)를 이름이나 아부소라는 말로 부르지 말라. 나, 여래는 아라한(Arahant)이요, 완전한 깨달음을 이룬, 삼마삼붓다니라."

살아 있는 한 육체적인 노쇠와 소멸을 경험할 수밖에 없다 하더라도 이제 더이상 생사 윤회에 매이지 않은 붓다는 겉모습이 우리

녹야원에서의 초전법륜. 현대벽화.(산치)

와 비슷할 뿐 특별한 유형의 존재다. 마지막 열반에 들기까지는 다른 사람들과 함께 공간의 한 부분을 차지하고 있지만 그는 해탈한 인간으로 모든 변화와 인간고에 초연한 사람이다. 물에 젖지 않는 연꽃처럼 세상에 물들지 않는 붓다는 세계 안에 있으면서 세계를 벗어나 있는 것이다.

그러나 이 다섯 수행자들로서는 해탈, 무사(無死)의 길을 찾았노라는 옛 동료의 주장이 도저히 이해할 수 없는 것이었다. 따라서 그들이 묻는다. "어떻게 고행을 버리고 안락한 길로 빗나간 수행자가 해탈에 이를 수 있는가?"라고. 여기서 고따마 붓다는 당신이 호사한 생활에 빠졌던 것이 아니었음을 설명하고, 그 유명한 최초의 설법이 행해진다. 이것이 곧 스승으로서의 고따마 붓다의 삶이 개

시되는 『초전법륜경(初轉法輪經)』(「Dhammacakka-pavattana-sutta」, 『Samyutta Nikāya』 5)이다. 이 경에서 붓다는 당신의 가르침은 곧 중도(中道)임을 밝히고 이후 불교 교리 체계의 골격을 이루는 사성제(四聖諦)를 선포하는 것이다.

"여기 출가한 수행자가 피해야 할 두 가지 극단이 있으니, 비구들이여, 이 둘이란 무엇인가? 천박하여 성스럽지 못하며 해로운 '감각적 쾌락에 탐닉하는 것'이 그 하나요, 고통스럽고 성스럽지 못하며 해로운 '고행'이 그 하나라. 여래는 스스로 보고 알게 하며 평온과 수승한 지혜, 깨달음과 열반으로 이끄는 중도를 발견하고 양 극단을 버렸느니라."

아주 간단해 보이면서도 많은 오해를 불러일으키는 이 중도(中道)라는 용어는 쉽게 두 가지로 나누어 생각해볼 수가 있다. 우선 앞의 인용문에서 본 것처럼 고행주의와 쾌락주의의 양 극단을 피한 가운뎃길이라는 수행 방법론으로서의 중도이다. 그러나 사실 이것보다 훨씬 중요한 것은 세계의 실상에 관한 성찰로서의 중도다. 불교에서 "사물을 있는 바 그대로 본다"는 것은 사물을 한순간의 고정 상태로 인정한다는 말이 아니고, 끊임없이 변화하고 있는 것으로 본다는 말이다. 카메라로 찍은 정지사진 한 장이 아니라 끝없이 계속되는 진행형 활동사진이다. 즉, 육안으로 보는 것이 아니라 무상과 연기법의 눈으로 본다는 말이다. 달리 말하면 사물을 존재 아니면 소멸의 한쪽에 고정된 시각으로 보는 것이 아니라 변화라는 안경을 통해서 세계를 본다는 소리다. 지금 우리 눈앞에 있는 어떤 것은 변화하는 한 과정에 그렇게 나타난 것이다. 모든 사물은 고정된 존재가 아니고 생성되고 변화하며 소멸하는 것이다. 여기 소멸이라는 것도 우리 눈에 보이지 않게 된 것이거나 다른 모습으로 변한 것을 말한다.

고집멸도(苦集滅道)로 요약되는 사성제의 가르침은 바로 이 중도의 원리에 근거한 불교의 기초다. 간단히 말하면, 무상한 세계와 인생은 고(苦)다. 모든 인간고의 뿌리는 탐욕과 갈애다. 이 뿌리를 완전히 뽑아냄으로써 고뇌는 영영 사라진다. 이 열반의 성취를 위해서 걸어야 될 길이 있으니, 정견(正見), 정사(正思), 정어(正語), 정업(正業), 정명(正命), 정정진(正精進), 정념(正念), 정정(正定)의 팔정도(八正道)다.

다섯 수행자들은 숨을 멈추고 붓다의 가르침에 귀를 기울였다. 콘단냐는 이 첫번째의 설법을 듣고 조건, 즉 인연에 의해 발생한 것은 인연에 따라 소멸할 수밖에 없음을 깨달았다. 법안이 열린 것이다. 이어 그는 붓다께 제자로 받아줄 것을 청한다.

"오라, 비구여! 법은 이미 잘 설해졌노라. 완전한 고의 소멸을 위해 청정한 범행을 닦으라."

—『Māhavagga』1:6:32

아직 수계 의식이 정형화되지 않은 초기 교단의 입문은 이렇게 간단한 절차로 끝나는 것이었다. 물론 이렇게 제자를 받아들일 수 있는 것은 오직 붓다에게만 한정되는 것이며, 더욱 중요한 점은 제자가 되는 것이 스승의 가르침을 이성적으로 이해한 뒤라는 것이다. 콘단냐는 이렇게 불교 역사상 최초로 고따마 붓다의 제자가 되었고, 이것이 곧 오늘날까지 지속되는 불교 교단의 시발이었다. 보드가야에서 고따마 붓다의 깨달음이 있은 지 두 달 만인 아살하 달(음력 유월) 보름날이었다. 곧 이어 왑빠, 밧디야, 마하나마, 앗사지 역시 차례로 붓다의 가르침을 온전히 이해하고 승가의 일원이 되었다. 이제 이 세상에 여섯 비구, 붓다와 다섯 제자가 생겨났다.

이 첫 설법에 이어 무아(無我)의 가르침이 설해진다. 붓다의 깨달음을 묘사한 경전들이나 녹야원에서의 최초 설법 가운데 전혀 어떤 기미도 보이지 않은 주제가 논의된 점, 또는 비(非) 유물론 계열에 속하는 불교에서 영혼의 존재를 부정한다는 것은 이해하기 어려운 일일 수도 있다. 또한 이 문제는 근래의 서양 불교학자들뿐만 아니라 이천 년 이상 불교의 전통을 지켜온 동양의 불교도들을 당혹스럽게 하는 것 가운데 하나이다.

무아설은 우리가 경험적으로 인식하는 인간 혹은 인간성이란 비정신적인 신체(rūpa), 그리고 감각(vedanā), 인식(saññā), 이것들에 의해 발생하는 정신적 반응(saṅkhāra)과 의식(viññāṇa), 즉 오온의 조합에 불과하다는 것으로부터 출발한다. 인도의 종교나 철학에서 논의되는 아뜨만(ātman)은 사후에도 변함없이 존속

하는 비물질적인 실체, 영혼을 가리킨다. 그러나 인간 존재를 구성하는 것의 전부인 이 오온 가운데 어떤 것도 영원한 것이 아닌 한 그 어떤 것도 영원한 아뜨만의 구성요소가 될 수 없다는 것은 당연한 논리적 귀결이다. 우리의 정신적 혹은 영적인 삶이란 이들 오온의 이합집산이 벌이는 일시적인 현상일 뿐이다. 다시, 무상하고 끝내 소멸할 수밖에 없도록 되어 있는 오온의 조합인 한 우리의 몸이나 마음이라는 것도 불완전하고 불만족스러운 것이며, 이렇게 만족스럽지 못하고 불완전한 것이 인간이 그토록 갈구하는 아뜨만일 수 없다는 것이다.

이 설법을 들은 다섯 비구들의 마음은 끝없는 윤회로 끌고가는 모든 번뇌를 벗고 아라한이 되었다. 이러한 아뜨만은 인간 의식의 소산이며 영원히 살고자 하는 욕망과 모든 것이 조건에 의해 생성되고 소멸한다는 세계의 실상에 대한 무지가 만들어낸 환상일 뿐이라는 것을 안 것이다. 누구도 보지 못한, 그리고 어디에도 있지 않은 아름다운 공주님을 짝사랑하는 어리석은 일임을 깨달았다. 이러한 통찰은 자아와 세계에 대한 집착을 끊게 하고, 따라서 집착으로 생겨난 모든 번뇌는 사라질 수밖에 없는 것이다.

여기 아라한(arahant)은 깨달은 사람, 붓다의 열 가지 칭호 가운데 하나다. 즉 붓다가 되었다는 소리다. 그렇다면 고따마 붓다와 제자들의 깨달음에 어떤 차이가 있는가? 세월이 흐르면서 여러 가지 이설과 해석이 있었지만 초기 경전들이 보여주는 것은 그들의 깨달음에 이르는 과정 혹은 연원의 차이일 뿐이다. 즉 고따

폐허

마 붓다께서는 스스로 해탈의 길을 찾고 성취한 것이며 이후 다른
아라한들은 스승의 가르침에 의해 거기 이른 것이다. 그렇게 여기
녹야원에 여섯 아라한이 있었다.

　곧이어 바라나시 부자 상인의 아들 야사(Yasa)의 입문과 그의
친구들이 승가에 들어오게 되면서 녹야원은 곧 다가올 불교 전파
의 진원이 되었고, 고따마 붓다의 열반 이후에도 수행과 학문, 예
술의 중심지로 발전해나갔다. 현장 스님이 여기 들렀을 때만 해도
"소승 부파 정량부(正量部, Sammitiya)의 천오백 승려가 수행하
는 대가람이다. 석조 기단과 계단으로 이루어진 200자 높이의 주
건물 물라간다꾸띠의 지붕 꼭대기에는 금으로 도금한 맹고 열매

모양의 장식이 있다. 바로 뒤편에 아소카 석주가 있고, 다시 남쪽에 있는 담마라지까 탑의 기단은 헐어져 있었지만 100자 이상의 높이"라고 했다. 그러나 지금 남아 있는 것이라고는 철저히 파괴된 벽돌 무더기일 뿐이다.

동료 중생들을 위한 한없는 자비심으로 자신의 삶을 송두리째 바친 선인들이 있었는가 하면, 저나 똑같은 인간을 노예로 사고팔며, 살상과 방화, 약탈과 착취를 신(神)과 정의의 이름으로 정당화하는 것이 또한 인간들이다. 이토록 악랄해질 수 있는 생물이 이 우주 어느 구석에 또 있을까? 나는 밑바닥 몇 켜의 벽돌로 겨우 흔적만 남은 담마라지까 탑 폐허 위에 주저앉아 거기 우북이 자라난 잡초를 마구 쥐어뜯었다. 그 잡초가 마치 탐욕스런 눈을 번득이며 날뛰는 무슬림 병사라도 되는 것처럼. 가슴이 답답하다.

1017년 마흐뭇의 1차 바라나시 습격으로 입은 상당한 파괴나 피해에도 불구하고 사라나트의 대사원은 그 뒤 100년 이상 명맥을 유지하고 있었다. 그러나 1194년 쿳붓딘의 침입이 몰고온 사라나트의 최후는 처참한 것이었다. 컨닝험은 "사라나트 인근의 모든 발굴 현장에서 화재 흔적을 볼 수 있다. 나 자신, 그을린 목재, 타다 남은 쌀을 발견하기도 했다. 킷토 소령이 발굴한 돌기둥, 불상, 석조 일산 등에서도 마찬가지로 화재의 흔적이 역력했다. '모두 약탈당했다. 승려와 사원, 불상들은 모두 타버렸다. 여기저기에 뼈, 쇠, 목재, 불상 등이 함께 녹아 커다란 덩어리로 남아 있다. 이런 일이 단 한 번으로 끝난 것이 아니다'라는 킷토 소령의 결론 요약이 시사하는 것처럼 엄청난 재앙이 그의 마음속에 심은 인상은 너무나도 처절한 것이었다"라고 쓰고 있다.

사라나트의 수난은 무슬림 침입자들의 노략질로 끝난 것은 아니다. 바라나시의 근교에 자리잡고 있어 비교적 일찍부터 세인들의 이목을 끈 곳이었기 때문에 사라나트는 무료 건축자재 채취장 역할을 했고 도굴꾼들과 아마추어 발굴자들의 손에 훼손된 보물들도 많았다. 사라나트에서 뜯어간 조각물들이 바라나시의 모스크 벽에 끼워져 있는가 하면, 50년대에 바라나시에서 약 80킬로미터쯤 떨어진 한 마을의 부서진 다리에서 사라나트 산으로 보이는 다수의 불상이 나오기도 했다. 실로 어처구니없는 발견들이다.

1794년 바라나시의 왕 쳇 싱의 관리였던 자갓 싱은 바라나시의 시장 공사에 쓰기 위해 담메카 탑에서 상당한 양의 석물을 뜯어내고, 이 담마라지까 탑을 해체했다. 와중에 탑 정상으로부터 8.25미터 위치에서 파란 대리석으로 만든 붓다의 유골함과 불상을 담은 대형 돌항아리가 나왔다. 유골은 힌두식으로 갠지스 강에 뿌려졌다. 상당히 오랜 세월이 지나 이 이야기를 들은 컨닝험은 백방으로 수소문하여 결국 그 불상을 찾아냈다. 이 불상에 새겨진 명문은 벵갈 지방의 한 왕이 탑을 개축하고, 석등과 장식 방울들을 시주했다는 내용이었다. 이후의 발굴 조사로 이 담마라지까 탑은 아소카의 원래 탑 위에 여섯 차례에 걸친 확장 개축이 행해졌음이 밝혀졌다.

담마라지까 탑의 돌 항아리와 1835년에서 1836년 사이에 발굴된 불상들을 캘커타의 국립 박물관으로 옮겼다. 그러나 이때 옮기지 못한 마차 60여 대분의 불상들이 바라나시의 한 교량 기초 속으로 들어가기도 했다. 자타카(前生譚)에 나오는 보살의 살신 보시는 이제 이렇게 다른 형태로 다시 행해진 것이다. 또 사라나트에서 발굴 작업을 진행했던 킷토 소령은 동시에 바라나시의 퀸즈 컬리지 공사를 감독하고 있었고, 이때 여기서 가져간 석재가 그 공사에 쓰였다고 전한다.

주 사원 바로 뒤쪽에 서 있는 아소카 석주의 밑동에 새겨진 칙문은 승단의 분열을 경고하는 내용이다. "승가는 분열될 수 없다. 비구, 비구니를 막론하고 승가의 분열을 꾀하는 자는 흰옷을 입혀 사원 밖에 살게 해야 한다……" 장엄했던 이 대가람의 위용에 어울리지 않는 내용이다. 아마도 파탈리뿌뜨라에서 있었던 3차 결집 이후에 새겨진 내용으로 보인다. 이때 분열을 조장하는 자들이 아소카에 의해 제거되었다고 전해지며, 붓다고사 스님의 율장 주석서에 의하면 불교 사원 내에서 비불교적인 종교 활동을 하고 있던 육만 명의 사이비 승려들에게 흰 옷을 입혀 축출했다고 한다. 그러나 룸비니 석주의 경우와는 달리 이 사라나트의 칙문 내용에 녹야원에 관한 언급이 전혀 없는 것으로 보아 원래 다른 곳에 세워졌던 것이 후에 옮겨진 것이 아닐까 추정하기도 한다.

네 마리의 사자가 서로 등을 기대고 앉아 있는 석주의 머리 부분은 사라나트 박물관의 전시장 중앙에 당당하게 버티고 있다. 이 사자 상은 1904~1905년 사이 주 사원을 발굴한 오에르텔 (F. O. Oertel)에 의해 유명한 초전법륜상과 함께 발견되었다. 사자의 우 람한 포효가 숲속 멀리까지 퍼지듯 붓다의 가르침이 온 세상에 널 리 퍼져나가기를 바라는 아소카의 소망이 이렇게 돌 위에 표현된 것이리라. 바로 이 사자 상이 현 인도 정부의 공식 문장으로 쓰이 며, 이 사자 상 바로 밑에 새겨져 붓다의 가르침과 정의로운 나라 를 상징하는 법륜은 인도 국기의 한복판에 자리잡게 되었다.

녹야원, 어둠이 깔리는 뜰에 서성이던 공작새 몇 마리가 긴 꼬 리를 끌고 니임 나무 높은 가지에 올라앉는다. 탑신의 붉은 흙벽 돌에서 스며나오는 따스한 온기가 정겹다. 불과 몇 시간 전까지만 해도 끔찍하게 싫은 더위였는데…… 그렇게 우리의 마음은 흐르 고 세상은 변한다. 그 속에서 온갖 희비가 엇갈린다. 기쁨은 쉬이 잊히고 아픔은 깊이 파고들어 사라지려 하지 않는다. 그러나 이 모든 것들이 당장 엄연한 무게로 가슴을 짓누른다 하더라도 그게 애초 무상한 것이며, 조건에 의해 일어나고 스러지는 것임을 투철 히 이해함으로써 희비에 자재할 길이 생긴다고 했다. 자재한다는 것은 쑥대밭을 기화요초 만발한 도원경으로 여긴다는 것이 아니 다. 또 달아나 숨으려는 것이 아니고 고뇌 속에서도 고뇌에 초연 할 수 있음을 보여주는 것이 자재다. 시궁 속에서도 향기를 잃지 않는 연꽃처럼.

비트겐슈타인은 충고한다.

"고뇌로 하여금 그대를 괴롭히게 하지 말라. 가슴속에 받아들이라. 그것은 적이 아니라 벗으로 그대를 찾아온 것이리니, 오직 하나 온당치 못한 일은 거기 저항하는 것. 고뇌를 그대 가슴에 들게 하라. 문을 걸어잠그지 말라. 마음의 문 밖에 세워둘 때 무서운 것이지 가슴속에 들어온 고뇌는 더이상 두렵지 않은 것이니."

갠지스

간밤에는 사라나트의 중국절, 중화불사의 넓은 방 하나를 혼자 차지했다. 침상에 엎드려 『불국기』와 『대당서역기』를 뒤적이다 불도 끄지 않은 채 잠이 들었다. 이른 아침 부연 안개 속 맹고 나무 가로수를 지나 갠지스 강변에 돌을 다듬어 쌓은 계단식 목욕장, 가트로 향했다. 사라나트에서 10킬로미터 남짓한 바라나시에 가려면 샛강 바르나(Varna)에 걸쳐 있는 다리를 건너야 된다. 말이 강이지 건기에는 거의 말라붙어 겨우 하수구 물이 고여 있는 개울이다. 바라나시라는 이름은 갠지스에 흘러들어오는 작은 두 샛강, 바르나와 힌두 대학 옆으로 지나가는 아시(Asi) 사이에 있는 도시, 즉 '바르나-아시'라는 말이다. 고따마 붓다 시대에는 현 인구 약 130만의 십분의 일에도 미치지 못했을 테니 지금 같은 쓰

248

레기나 하수구 따위는 전혀 문제가 되지 않는 깨끗한 도시였을 것이다. 힌디어 발전과 인도철학, 산스크리트 고전문학, 어학 연구의 중심지라고 할 수 있는 바라나시 인근은 동시에 인도에서도 가장 낙후된 지역 가운데 하나다. 구불구불 강둑을 따라 형성된 옛 시가지로부터 불어난 현재의 바라나시 시가지는 인도 정부나 인간의 힘으로는 도저히 손댈 수 없게 되었다. 위대한 파괴의 신 시바의 손에 재창조되기 전에는 전혀 가망 없는 도시로 보인다.

바라나시는 고따마 붓다 시대에 이미 종교적인 구원을 찾는 사람들에게 특별히 상서로운 곳으로 여겨지던 곳이었다. 죄 씻는 목욕도 바라나시에서는 효험이 더하고 여기서 태워진 시체의 주인은 하늘로 직행한다는 믿음은 이 바라나시를 더욱 성스러운 곳으로 만들었다. 누군가가 말했다. 최소한 삼천 년 이상 이 바라나시 화장터의 불이 꺼진 적이 없었다고. 그러나 갠지스 강 건너편 동쪽에서 죽은 사람은 당나귀로 태어난다고 믿기도 했다. 강을 사이에 둔 양쪽 사람들의 종족과 문화 차이에서 생긴 옛이야기일 것이다.

힌두 신화의 원천은 대영웅담 『마하바라타』 『라마야나』와 『뿌라나』 들이다. 『라마야나』는 힌두 교도들이 믿는 보존의 신 비쉬누의 여덟번째 화신인 영웅 '라마'의 이야기로 기원전 3세기경에 만들어진 것으로 보는 학자들도 있다. 그러나 기원전 100년 이전으로 올라갈 수 없으며 많은 부분이 그 훨씬 이후에 첨가된 것으로 보는 것이 일반적이다. 마찬가지로 『마하바라타』 가운데 베다 시대로 거슬러올라가는 인물들이나 이야기가 산재해 있지만 이런 이야기들이 빤다와(Paṇḍava)와 까우라와(Kaurava) 사촌들 간의 전쟁 영웅담 속에 함께 짜인 것은 기원전 4세기로부터 기원후 4세기에 이르는 긴 세월 동안이었다는 것이 비인도 학자들의 일반적인 견해다. 『뿌라나』 역시 『마하바라타』나 『라마야나』 이전의 이야기들을 많이 담고 있지만 기원후 8세기 이전에 완성된 것은 없다는 것이 정설이다. 물론 저자들은 항상 베다 시대의 성자들이다. 여기에 특허권 혹은 판권 같은 것은 전혀 문제가 되지 않는다. 종교적 열정은 자신의 노작을 신의 이름 혹은 수천 년 전 먼 옛적 성자의 이름으로 세상에 뿌려지게 하는 것이다. 화공 약품으로 부식시켜 구석기 시대의 골동품이라고 팔아대는 놋쇠 그릇과도 같다. "어허이, 이 사람들 통 모르는구만! 우리 조상들은 구석기 시대에 이미 구리거울을 쓰고 있었다니까." 지금도 어디선가 빗살무늬토기와 플라스틱 접시를 함께 담은 쟁반이 만들어지고, 앞으로도 끝없이 만들어질 것이다.

이러한 인도 종교문학작품들의 비역사성, 무시간성을 윈터니쯔는 '옛 병 속에 든 새 술'이라고 표현하기도 했다. 11세기 초에 북인도에서 살았던 아랍 학자 알베루니(기원후 973~1049)는 인도인들의 이런 태도를 "애석하게도 힌두들은 사건들의 역사적인 순서를 등한시한다. 왕조의 연대기에도 전혀 무관심하다. 정확한 근거 자료를 대라고 다그치면 할 말을 잃고 어리둥절해진 힌두들은 으레 '옛날이야기'를 읊어댄다"고 불평한다. 수천만 겁(劫)을 이야기하는 옛 인도인들에게 인간의 백 년 삶이나 몇 백 년 왕조의 역사는 전혀 언급할 가치가 없는 것이었는지도 모른다.

18편의 『뿌라나』 가운데 개개의 『뿌라나』는 각기 특정한 신을 찬양하면서 다른 신들을 깎아내리거나 숭배를 금지하는 등의 부파적인 성격을 띠고 있다는 점이 이전의 베다 전적과 다른 점이다. 이러한 사실로 보아 각각의 『뿌라나』는 각기 다른 시대, 다른 장소에서 서로 알지 못하는 상태에서 쓰였거나, 각기 다른 부파에서 자기들이 숭배하는 신의 우월성을 강조하기 위해 의도적으로 개작한 것일 수도 있다. 힌두 신앙의 근거인 이들 『뿌라나』는 말그대로 '옛이야기'로 『뿌라나』들이 다루는 주제는 세계의 기원, 소멸, 재창조, 신들과 인간의 계보 등이다.

창조신 브라흐마와 보존의 신 비쉬누에 이어 시바는 힌두 3신의 마지막인 파괴의 신이다. 존재하는 모든 것이 결국 소멸하도록 되어 있으니 여기 파괴자가 있어야 되고, 시바가 맡은 몫이 바로 파괴와 죽음인 것이다. 그러나 힌두교에서의 죽음은 유에서 무로 가는 절대 파괴가 아니고 새로운 삶의 시작을 의미한다. 시바 신전에 세워진 링가(liṅga), 남근상은 곧 창조력의 상징이며, 링가 위에 혹은 시바의 목을 감고 있는 코브라는 죽음의 사자일 수도 있는 것이다. 따라서 또다른 새로운 생을 시작하게 하는 파괴의 신은 재창조자이며 이 파괴의 신은 시바(Śiva) 즉 '밝은, 복된, 상서로운'이라는 이름을 갖게 되는 것이다.

힌두교에서 시바가 차지하는 지위는 가히 최상이라 할 수 있다.

그러나 『베다』 속에 이 시바라는 이름은 나오지 않는다. 아리안의 도래 이전에 이미 드라비다 인들의 남근 숭배가 있었고, 베다 종교 속에 유입된 이러한 드라비다 인들의 신앙이 훗날 힌두교에 되살아난 것이라고 볼 수 있다. 베다의 권위를 요구하는 힌두 교도들로서는 비슷한 성격을 가진 베다 신 루드라(Rudra)를 시바와 동일시하게 되었다. 세월이 흐르면서 베다 신들의 서열에 상당한 변화가 생기게 된다. 최고 신 인드라는 결국 루드라의 힘과 위엄에 눌려 삼등신으로 전락하고 루드라는 비쉬누와 함께 힌두 최고 신으로 떠오르게 되는 것이다. 그러나 시바에 관한 이야기를 일목요연하게 정리하는 것은 거의 불가능한 일이다. 비쉬누의 화현들처럼 탄생, 일생, 사망 등의 이야기가 명확히 규정될 수 없기 때문이다. 인간의 모습으로 이 세상에 내려오고 단골 동네 바라나시에서 살기는 하지만 시바의 본거지는 히말라야의 까일라사(Kailāsa)라고 믿는다.

『와마나 뿌라나Vāmana-Purāṇa』(난장이 뿌라나)에 시바가 고행자로 바라나시에 오게 된 이유를 설명하는 이야기가 나온다.

옛적 온 세계가 파괴되고 넓은 바다만 남게 되었다. 불가해한 브라흐마는 그 바다 속에 천 년의 긴 잠에 빠진다. 이 밤이 다 지나고 브라흐마는 다시 세계를 만들기 시작했다. '부정(不淨)'으로 머리가 다섯 달린 자신의 모습을 만들었다. 다음에 '어둠'으로 만들어낸 것이 시바였다. 이마에 제삼의 눈을 가진 세눈박

252

이, 타래 머리에 루드락샤 염주를 걸고 삼지창을 든 모습이었다. 브라흐마가 그 다음으로 만들어낸 자의식(自意識)은 금세 두 신, 즉 브라흐마 자신과 시바의 몸 속에 퍼졌다. 이렇게 자의식을 갖게 된 시바가 브라흐마에게 물었다.

"오, 어르신! 여긴 어떻게 오셨소? 그대를 만든 것은 누구요?"

브라흐마의 다섯 머리 가운데 하나가 입을 열어 되물었다.

"그대는 어디서 왔는고?"

달걀이 먼전가 닭이 먼전가 하는 논쟁이 벌어진 것이다. 사태는 험악해지고 결국 드잡이 싸움으로 변했다. 화가 치민 시바는 말대꾸하는 브라흐마의 다섯 머리 가운데 하나를 베어버렸다. 그러나 잘려난 브라흐마의 머리는 시바의 손에 눌어붙어 아무리 털고 흔들어도 떨어지지 않았다. 아우 아벨을 죽인 카인의 이마에 찍힌 표지와 같은 것이었나보다. 브라흐마는 모든 브라흐민의 아버지인 자신의 몸을 상하게 한 죄로 힘이 약해진 시바를 처치하기 위해 괴물을 만들어냈다. 혼비백산한 시바가 목숨을 부지하기 위해 달아난 곳이 바라나시였다. 바라나시에 온 시바는 브라흐마 살해 미수죄를 씻고 손에 붙은 브라흐마의 머리 하나를 떼어내기 위해 혹독한 고행에 들어가 결국 브라흐마의 용서를 받게 된다. 바라나시는 이렇게 힌두들의 가장 큰 죄 가운데 하나인 브라흐민을 해친 죄조차도 씻게 하는 성스러운 땅이 된 것이다.

세세한 묘사를 모두 떨어버리고 줄거리만 옮겨썼지만 사실 『마하바라타』 『라마야나』 『뿌라나』에 나오는 이런 이야기들은 그것 자체로 훌륭한 작품임에 틀림없다. 고따마 붓다 시대 이전에 이미 이런 이야기의 원형이 유통되었을 수도 있고, 세월이 흐르면서 타고난 이야기꾼들의 빼고 보태고 바꾸는 일이 벌어졌을 것이다. 그렇게 변형 혹은 발전된 시바와 강가(갠지스) 신앙은 지금도 건재하고 있다. 또 이천 년도 넘는 옛날 이야기를 현대인의 상식이나 논리로 따지는 것은 옳지 않다. 그러나 한 가지 잊지 말아야 될 것은 지금까지도 이 인도 땅에 신화 시대가 계속되고 있는가 하면, 이미 이천오백 년 전에 인도 사람 고따마 붓다께서는 신화와 인간 세계에 난무하는 온갖 모순을 지적하고, 그것으로부터 자재하는 길을 보여주었다는 점이다.

신의 세계에서 벌어지는 온갖 싸움과 시기, 질투, 오기는 결국 신의 인간적 해석이며 신 자체도 인간 이성의 산물이다. 불교식으로는 인드라나 범천(梵天)의 브라흐마도 아라한이 되지 못한다. 아라한 혹은 붓다가 될 수 있는 것은 오직 인간밖에 없다. 붓다가 되기 위해서는 바로 인간 세계의 고뇌, 불완전하다고 불평하는 이 육체와 이성이 필요한 것이다. 이것이 바로 이 세상을 사는 모든 인간이 서로 살피고 돕고 사랑하지 않으면 안 되는 이유다.

바라나시 힌두 대학 뒤편 아시 가트로부터 캘커타 쪽으로 가는

254

철교 바로 밑까지 스물이 넘는 가트가 있다. 북쪽 끝에 있는 라자 가트 부근에서 기원전 6세기, 고따마 붓다 시대 것으로 보이는 석조 건물 유적이 발견된 적이 있다. 아직까지 바라나시에서 발견된 것 가운데 가장 오래된 것이다. 학자들은 이 도시가 애당초 샛강 바르나를 따라 내려온 거룻배들이 갠지스 강을 오르내리는 큰 배에 짐을 옮겨싣거나 받아내리는 조그만 포구로 시작되었을 것으로 추정한다.

예로부터 바라나시는 면제품과 비단으로 유명한 곳이었다. 불교나 힌두 전적에 나오는 카시 산 비단이란 바로 이 바라나시 산 비단의 다른 이름이다. 그러나 예나 지금이나 바라나시 인근에서 생산되고 팔리는 물건들은 거개가 인도 각처에서 찾아오는 순례자들과 그들의 의식에 쓰이는 것들이다. 당연히 순례자들이 쓸 갖가지 동제품, 질그릇, 향, 초, 화장에 쓰일 나무 등을 공급하고 파는 사람들, 숙식, 교통 편의, 복 내리기 따위에 관계된 일로 살아가는 사람들이 숱하게 많다. 거기다 빼놓을 수 없는 중요한 직업으로 여행 가이드, 요가 선생, 얼치기 성자, 암 달러 찍새, 점쟁이들이 있다. 어수룩한 여행자들을 노리는 야바위꾼들이기 십상이지만 마치 십년지기라도 되는 양 친절하기 그지없는 자칭 "베스트 프렌드"들이다. 속이 빤히 보이는데도 종종 당하는 사람이 생기는 것은 남을 신뢰하는 천진한 성품이어서보다는 별것도 아닌 이득에 앞뒤를 가리지 못하는 덜떨어진 사행심리에서 비롯된 것이 태반이다.

해가 뜨려면 아직도 한 시간은 있어야 될 텐데 고다울리야 부근의 거리나 가트는 벌써부터 제법 술렁이고 있었다. 꽃줄, 양초 담은 작은 흙그릇, 염주 나부랭이를 들고 쫓아다니는 어린아이들로부터 오십 루피에서 삼십, 이십, 결국 십 루피까지 내려가는 사공들의 뱃삯 흥정, 싸게 판다고 불러대는 복(福) 장수(?) 등등 바쁘기 그지없다. 성스러운 갠지스를 내려다보려면 이토록 갖가지 성스럽지 못한 일들을 보고 들어야 된다. 배를 타고 물 속으로 들어간다고 끝나는 것은 아니다. 십 루피 뱃삯은 금세 꼬이기 시작한다. 십 루피라고만 했지 얼마 동안, 얼마만큼의 거리라고는 말한 적이 없기 때문이다. 학교 문턱도 밟아보지 못했을 열서너 살 꼬마들이 일상 언어와 통념의 취약점을 간파하고 이런 식으로 제 밥벌이에 응용하는 것은 참으로 놀라운 일이다. 진즉 몇 번씩 당해본 일이기 때문에 나이 지긋하고 허연 수염을 점잖게 붙인 영감님은 어떨까 싶어 올라가보면 역시 마찬가지다.

"아, 여보쇼, 내가 십 루피라는 것은 십 분에 십 루피라는 말이지. 다 물어보슈."

아마 우리네 가슴속에는 다소간 피학증 부스러기가 있는가보다. 그렇게 당하면서 비죽이 웃고 즐기는 것이다.

아침 내내 강변을 어정거리다 통통배를 타고 강을 따라 내려갔다. 군데군데 사람, 송아지, 물소 시체가 떠 있다. 거기에는 으레 까마귀와 독수리떼가 맴돌고 있다. 모래밭을 파고 묻어버리면 좋을 것을…… 허기야 갠지스는 유사 이래로 그렇게 흘렀으리라.

갠지스 선착장

문득 몇 년 전 미국인 친구가 불쑥 내던진 뚱딴지 같은 제안이 생각나 슬그머니 웃음이 나왔다. 여권이랑 돈이랑 여기 갠지스에 모두 버리고 그냥 거지로 살자고 했었다. 아마 그 친구도 갠지스는 무언가 버리는 곳이라고 생각했던가보다. 그러나 나나 그 친구나 지금껏 아무것도 버리지 못하고 낑낑거리고 있다. 아, 관세음보살 마하살!

이제 다시 만날 수 없게 된 도반 현음 스님은 인도에 처음 오던 나에게 꼭 〈람 떼리 강가 마일리〉라는 힌디 영화를 보라고 몇 번이나 당부했었다. 물론 보지 못했다. 게을러서라거나 그 당부를 잊어서가 아니라 가는 곳마다 혹시 어디 그 영화를 보여주는 데가 있을까 두리번거렸지만 끝내 찾을 수가 없었다. 현음 스님이 귀뜸해준 줄거리는 이렇다. "한 총각이 히말라야 깊은 골짜기에 가게 된다. 거기서 만난 산골 아가씨와 눈이 맞는다. 그러나 그는 돌아와야 했다. 기다리다 지친 아가씨가 험한 세상으로 나온다. 강을 따라 아래로 아래로 내려오면서 아가씨는 세파에 씻기고 닳아 타락한다." 현음 스님은 자꾸만 졸라도 가서 보면 안다며 그만큼만 이야기해주고 말았다. 그 영화가 어떻게 끝나는지는 알 수 없지만 아마 박테리아도 살 수 없게 맑은 히말라야의 물에서보다는 수천 골짜기를 돌아 수만 마을, 수천만 인간의 더러움을 씻어내린, 이제는 더이상 더러워질 수도 없는 물 속에서 성스러움을 찾는다는 실로 무서운 역설이 아닐까 짐작할 뿐이다. 이것이 곧 갠지스의 기묘한 성스러움일 수도 있다.

통통배를 타고 강을 따라 내려가면서 물 위에 떠 있는 여러 구의 시체를 보았다. 오후 세시쯤 다시 라자 가트에 돌아와 수장 준비를 하고 있는 사람들을 내려다보았다. 시체에 돌을 매달고 있었다. 아랍인 알베루니의 기록에 힌두들의 장례 풍습에 관한 것이 있다. "아주 옛적 힌두들은 시체뿐만 아니라 환자들도 노지에 버렸다. 어쩌다 병이 낫게 되면 집으로 돌아왔다. 세월이 흐르면서 통풍이 되도록 지은 벽과 지붕이 있는 건물 속에 버렸다. 마치 페르샤의 조로아스터 교도들의 '주검의 탑'과 같다. 오랜 세월 뒤 그들은 모든 것을 태워 쉽게 냄새도 사라지고 거의 흔적도 남지

258

갠지스 강변의 화장터

않도록 화장하기 시작했다. 그리스인들도 마찬가지다. 힌두들은 영혼이 햇빛과 불꽃에 달라붙어 신에게 올라간다고 생각한다. 그래서 햇살과 불꽃처럼 곧장 하늘에 이를 길을 만들어달라고 기도한다. 구할 수 있는 만큼의 전단향나무나 통나무로 화장하고, 타고 남은 뼈는 갠지스에 뿌리고 갠지스 물이 그 위로 흐르게 한다. 세 살 이하 어린아이의 시체는 태우지 않는다. 화장할 만큼 넉넉하지 않은 사람들은 시체를 노지나 흐르는 물에 버린다. 브라흐민과 크샤트리야는 불에 타 자살하는 것이 금지되어 있다. 따라서 자살하고자 하는 사람은 누군가를 시켜 죽을 때까지 갠지스 물 속에 누르고 있게 한다"고 했다.

끊임없이 들것에 실려오는 송장, 둔탁한 파열음과 함께 터지는 두개골, 온 허공에 가득 찬 시체 타는 냄새, 물가에 대충 밀어붙인 숯더미에 코를 들이밀고 타다 만 뼈를 찾는 비루먹은 개들, 아직도 타고 있는 시체 밑에서 버얼건 숯덩이를 후벼파내는 소녀, 부지깽이를 휘두르며 쫓아내는 화부, 그렇게 피운 숯 위에 짜빠띠를 굽는 여인, 어슬렁어슬렁 다가가 주검 위에 올려둔 누런 금잔화를 우적우적 씹어대는 소…… 중생은 그 속에서도 창자를 채워야 한다. 그 역겨운 냄새 속에서도 배고픔을 느낀다. 사는 것이 무어냐고, 이게 무어냐고 묻는 놈이 바보다.

일없이 거리를 헤맸다. 턱없이 좁은데다가 여기저기 파헤쳐지고 인력거, 트럭, 인간, 소달구지가 한데 뒤섞여 꿈틀거리는 바라나시의 도로는 도로가 아니다. 경찰 순찰차도 되는대로 머리 처박고 엉성한 중앙 분리대를 넘나들며 지그재그 곡예 운전을 하는 것은 다른 차들과 하나도 다를 것이 없다. 어쩌다 골목에 들어서면 앞을 막고 나서는 동네 쪼무라기들, 홀리 축제에 뿌려댈 물감 살 돈을 행인들한테서 추렴하는 것이다. 무법천지, 노상강도다. 그걸 피하겠다고 한적해 보이는 샛길로 피했다가는 대낮에도 앞뒤 분간하기 힘든 깜깜한 미로에 빠지기 십상이다. 으시시 한기가 들었다. 빨리 어디 아늑한 곳으로 달아나고 싶었다.

이럴 때는 서둘러 사라나트, 녹야원으로 가면 된다.

사라나트! 저만큼 맹고 나무 가로수가 보이면서 세상은 다시 달라진다.

혼자 가라

고따마 붓다 시대에는 아직 인도의 대서사시 『마하바라타』나 『라마야』나 『바가왓기타』 등의 고전도 아직 정형화되지 않은 유아기에 불과했으며, 바라나시를 성스러운 도시로 만든 시바도 그다지 중요하지 않은 베다 신들 가운데 하나였다. 지금도 마찬가지지만 종교 문제를 주관하는 조직적인 기구가 있었던 것도 아니고 당시 사람들의 주된 종교 활동은 아직 사원이나 신상도 없는 강변의 노천에서 브라흐민 사제들의 주제 아래 개인적으로 벌이는 베다 의식이 전부였다. 윤회 혹은 인과응보 등의 우파니샤드 사상이 논의된 곳이었다 하더라도 이 모두를 능가하며 가장 성황을 이룬 것은 직업적인 의식 전문가, 브라흐민 사제들이 주관하는 의식과 화장 사업(?)이었던 것이다. 이렇게 살아가는 많은 바라나시 사

갠지스 석양

람들에게 베다의 권위를 부정하거나 의식주의를 비판하는 출가 사문(沙門)들이 친구가 될 수는 없었다. 따라서 바라나시 교외에 진을 치고 베다 종교에 반하는 새로운 가르침을 퍼뜨리는 이들 사마나들에게 냉담하고 배타적인 것은 당연한 일이었다. 탁발을 하겠다고 그 속에 들어갔다가는 빈 바리때에 콧방귀만 가득 담고 돌아와야 될 판이었다. 그러니 서로 만나지 않는 것이 상책이었을 것이다.

　고따마 붓다의 45년간 설법 여행 가운데 바라나시 부근에서 여름 결제를 보낸 것은 성도 첫 해 단 한 번, 사라나트의 녹야원에서 지낸 것이 전부다. 이후 두어 번 녹야원에서 묵은 것도 코삼비에 오가는 길이었다. 사실상 고따마 붓다는 바라나시의 베딕 브라흐민들이 싫어할 요소들을 모두 갖추고 있었다. 붓다께서는 갠지스의 목욕 의식, 불 제사 등을 쓸데없는 것으로 생각했고, 동물 희생 의식에 반대했으며, 베다 의식주의가 수행을 방해한다고 가르치신 것이다.

물이 몸뚱이에 묻은 먼지와 땀을 씻을 뿐만 아니라 영혼의 정화와 신과의 합일을 이루게 한다는 믿음이 비단 인도에만 있었던 것은 아니다. 요단강의 세례 요한이나 고대 이집트의 나일강 유역 사람들도 거의 비슷한 생각을 했을 것이다. 인도에는 갠지스 이외에도 수많은 성수가 있다. 인도 사람들은 의무적으로 해야 되는 가내 의식을 빼먹거나 어긴 허물, 카스트 규율을 어긴 죄 등을 목욕으로 씻는다고 생각하며, 호수나 고여 있는 물이 아닌 흐르는 물에 훨씬 나은 죄 씻음 효과가 있다고 믿는다. 그러나 바닷물은 죄를 씻지 못할 뿐만 아니라 오히려 영기를 해치는 것으로 간주한다.

그렇다고 모든 힌두들이 강물의 신묘한 세척력을 믿는 것은 아니다. 많은 힌두들이 머리꼭지까지 강물 속에 담그는 행위로 죄가 씻기는 것이 아니라, 당장 행하고 있는 목욕의 의미를 확실히 의식하고 적절한 마음가짐으로 몸을 담글 때 그것이 가능하다고 생각하는 것이다. 단순히 먼지 씻는 목욕과 종교적인 목욕 의식을 구분하는 것은 바로 이러한 속마음이다. 그러나 이런 의지는 이내 사라지고 대개의 성수욕은 그저 의미 없는 신체 행위에 그치기 일쑤다. 또한 어떤 결의와 함께 행해진 의식이라 하더라도 실제적인

갠지스 성수욕

행위의 개선 없이는 결국 무의미한 것일 수밖에 없다. 붓다께서는 이런 식 물 바르기의 효험을 부정한다. 고따마 붓다는 "법(法)이 못이요, 청정한 계행(戒行)이 곧 목욕터니, 누구라도 여기 몸 담그는 자 피안에 이르리라"(『Samyutta Nikāya』 7:21)고 가르치신다.

고대 인도인들 특히 의식 전문 브라흐민들에게 불 의식(儀式)은 아주 중요한 것이었다. 제사에 바쳐진 공물이 불의 신 아그니(Agni)에 의해 연기로 신들에게 전해진다고 믿기 때문이다. 또는 모든 부정한 것들을 불로 태워 영혼을 정화한다고 믿는 수행자들이 행하는 불 의식이 있었다. 불경에 나오는 타래 머리 불 숭배자들이 그것이다. 물론 페르시아의 배화교, 조로아스터 교도들은 시체나 기타 더러운 것들로 신성한 불을 더럽혀서는 안 된다고 믿는다. 따라서 조로아스터 교도들과 힌두 불 숭배자들은 구분되어야 한다. 어떤 경우나 마찬가지로 붓다께서는 내용이 사라진 불 지르기를 비판한다. 불교도의 수행은 탐진치 삼독의 불을 끄고 지혜의 횃불을 밝히는 것이다. 실천과 분리된 의식을 통해서가 아니라 이해와 자비를 바탕으로 한 지혜의 실천으로 살 가치가 있는 세계를 창조하는 것이다.

> 브라흐민이여, 불 속에 나무토막을 넣는 일로
> 청정해진다고 생각지 말라 그건 겨우 거죽일 뿐
> 그렇게 겉보기 일로 청정을 구하는 자
> 거기 이를 수 없다고 현자들이 말했나니
>
> 브라흐민이여,
> 제단에 나무 놓는 일 버리고
> 내 마음속에 지펴진 지혜의 불 늘 맑고 밝게 타오르나니
> 내 아라한이요 성스럽게 살아가노라
> —『Samyutta Nikāya』7:1:9

　겨우 형식에 그친 불 의식이나 목욕에 종교적 가치가 없다 하더라도 최소한 다른 생명을 해치지 않는다는 점에서 피를 흘리는 희생 제사보다는 낫다. 고대 인도에서 벌어진 피의 제사는 해마다 상당수의 인간과 동물들의 생명을 앗았다. 깔리 신앙이 성행하는 벵갈 지방에서는 오늘날까지도 동물 희생 의식이 행해지고 있지

만 일반적인 인도의 제사 의식에서 살생이 사라지게 된 것은 불교가 이룬 큰 문화적 업적이라고 해야 될 것이다. 불교도들에게 모든 생명체는 동료 중생이며 그것대로 살 권리가 있는 것이다. 고따마 붓다가 모든 인간이 채식주의자가 되어야 한다고 생각할 만큼 비현실적인 이상주의자는 아니었지만 보다 나은 인간의 먹이를 위해 다른 동물들이 죽는 것을 달갑게 생각지 않은 것은 확실하다. 돼지를 통째로 구워먹는 일이야 얼마든지 있을 수 있는 일이고 코브라 피를 마시는 일도 있을 수 있다. 그러나 희생으로 바쳐지는 동물들이 천천히 죽을수록 제사의 효험이 더해진다고 믿는 인간들의 타락한 제사 의식은 완전히 비정상적인 광란일 수밖에 없다.

인간의 종교적인 목적을 위해 그것과 전혀 무관한 동물들이 죽어야 된다는 것은 비단 생명체에 대한 연민이나 감상에 그치는 것이 아니라 실은 정의의 문제인 것이다. 우리가 스스로 행한 일에 대한 과보를 받는다고 믿는 것은 힘없는 자들의 자기 위안이나 애절한 소망이 아니다. 오히려 스스로의 행위를 스스로 책임진다는 가장 강력한 인간 의지의 표명이다. 이것은 고원한 종교적 이상이기 이전에 이 세상에 당연히 있어야 할 정의인 것이다. 또한 목메어 신을 부르지도, 제 악업을 어디론가 떠넘기지 않겠다는 결의이기도 하다.

붓다께서는 기회 있을 때마다 그런 희생 의식의 부당함과 무의미함을 강조했다. 그러나 한 가지 중요한 사실은 고따마 붓다의 설득이나 가르침 속에 금방 다가올 신의 처벌 따위를 앞세운 말세의 예언자식 으름짱은 전혀 찾아볼 수 없다는 점이다. 일체의 감정으로부터 초연한, 그리하여 늘 맑고 차분한 고따마 붓다의 가르침 어디에도 강요의 기미가 없다. 위대한 스승 고따마 붓다가 시종일관 지켜가신 것은 합리성과 측량할 길 없는 고매한 기품이었다. 붓다께서는 가장 쉽고 가장 훌륭한 희생은 이웃에게 베풀고, 오계를 지키며 명상 수행을 닦는 것(『Dīgha Nikiāya(장부 아함)』 5:22~27)이라고 가르친다.

의식주의에 대한 붓다의 비판이 당시의 사회 속에 유지되는 질서와 풍습을 모두 거부한 것은 아니다. 붓다가 거부하는 것은 다만 제사 의식이 고뇌의 소멸과 해탈에 이르게 한다는 잘못된 믿음인 것이다. 불경의 곳곳에 의식주의가 바른 수행을 위해 타파되어야 할 장애라는 것이 강조된다. 따라서 그것이 생계 수단인 의식 전문 브라흐민들이 자기들의 삶을 비판하고 정반대 편에 서 있는 붓다의 가르침에 대해 품게 될 감정이 어떤 것일지는 쉽게 짐작할 수 있는 것이다.

이 새로운 가르침이 바라나시 사람들로부터 환영받지 못한 가운데서도 야사와 그의 가족 그리고 많은 친구들의 귀의는 이후 불교 전파와 승가 확장의 기초가 되었다. 어느 날 이른 아침 부자 상인의 아들 야사는 방종과 호사로 채울 수 없는 허전한 가슴으로 녹야원을 찾는다. 젊은이의 속마음을 읽은 붓다는 그를 대화로 끌어들인다. 야사는 누구라도 이해할 수 있는 베푸는 덕, 도덕적인 행실, 감각적 쾌락의 무의미함으로 시작하여 사성제로 이끌어가는 붓다의 단계적인 설법을 듣게 된다. 고따마 붓다의 뛰어난 설득력과 교수법은 금세 야사의 눈을 열었다. 법안이 열린 야사는 인연, 조건에 따라 생성된 것은 소멸하게 되어 있다는 연기법을 이해하게 된 것이다.

아들을 찾아온 야사의 아버지 또한 비슷한 설법을 듣고 재가 신도가 된다. 야사는 함께 돌아가자고 애원하는 아버지를 돌려보내고 붓다의 출가 제자로 곧 아라한이 된다.(『Māhavagga』 1:7:7～15) 이러한 야사의 입문은 바로 중대한 결과를 가져왔다. 야사 같은 젊은이가 모든 것을 버리고 출가 사문이 되었다는 것은 많은 사람들로 하여금 붓다의 가르침 속에 무언가 특별한 것이 있으리라고 생각하게 만든 것이다. 야사와 마찬가지로 상인 출신 젊은이들이 출가하고 곧 이어서 이들의 친지 50명이 뒤를 따랐다.

이제 60명으로 불어난 제자들과 함께 붓다께서는 녹야원에서 첫 여름을 지내게 된다. 몇몇 경전들이 이때 설해졌다고 한다. 이 첫 여름은 최초 제자들에 대한 집중 수행 코스였던가보다. 이제 아라한의 숫자가 예순하나로 늘어났다(『Māhavagga』 1:10)고 했다. 이 여름이 가면서 이후 교단의 규모에 엄청난 변화를 가져오게 할 중대한 선언이 있었다. 붓다께서는 새로운 가르침의 전파 임무를 당신에게만 한정하지 않고 모든 제자들도 함께 이 일에 나서게 한 것이다.

"비구들이여, 대중의 복락과 행복을 위하여, 세상을 향한 자비심으로 신과 인간의 이익과 복락, 행복을 위하여 길을 가라. 둘이 함께 가지 마라.

비구들이여, 처음도 중간도 마지막도 선한(kalyāṇa) 법, 뜻도 말도 참된 법을 가르치라. 온전히 청정한 범행을 보이라. 눈 밝은 사람들이 있을지니, 바른 법을 듣고 해탈을 이룰 수 있으리다."

— 『Māhavagga』 1:11:1

성도 후 첫 여름을 승가의 씨앗을 뿌리고 새싹을 키우는 일로 보낸 붓다께서는 이제 혼자 서고 자신들 또한 새 밭을 일굴 거목으로 자란 60명의 아라한들을 무명과 슬픔, 고뇌에 찬 세상에 참된 삶의 교사, 진리의 사자로 내보낸 것이다. 어디선가 간절히 기다리고 있을 하나라도 더 많은 동료 중생들에게 한순간이라도 빨리 바른 법을 알리고 청정한 행을 보여주기 위해서 둘이 함께 가지 말라는 당부다.

파트나에서

공산당 데모로 온 시가지가 수라장이다. 덕분에 싼 여관방들은
모두 동이 났다. 파크 호텔에 갔다가 그냥 나왔다. 사실 말이 호텔
이지 30루피 짜리 싸구려 여인숙이다. 주인 영감이 재미있는 사르
다르지(시크 교도)다. 몇 년 전, 처음 만났을 때 한국 사람이라고
했더니 반색을 하며 한참 동안이나 내 손을 잡아 흔들었다. 또
"나 한국 사람을 엄청 좋아해. 대단한 민족이지!"를 여러 번 되뇌
었다. 영문을 물었더니 "지구상에서 미국을 이겨먹은 나라는 오
직 한국인과 월남 사람"이라는 것이었다. 조선 인민군 이야긴가
보다. 목구멍에서 간질간질 "아이 참, 영감님도! 이기기는커녕 꼭
쥐여사는 조선서 온 사람이라니깐요, 나는", 소리가 맴돌았었다.
    돌고 돌아 어렵게 싼 방을 하나 찾아놓고 모래 바람이 누렇게

270

몰아치는 갠지스 물가에 나가 앉았다. 인도 역사상 최대의 제국 마우리야 왕조의 호화찬란한 수도였다는 파탈리뿌뜨라는 이제 인도에서 가장 가난한 비하르 주의 주도 파트나로 궁기가 잘잘 흐를 뿐이다. 인력거, 자전거 릭샤, 고물 버스, 트럭, 길을 빽빽이 메우고 바삐 오가는 수많은 인간들, 여기저기 터져서 길로 새어나오는 하수구 오물, 담장 밑에 수북수북 쌓인 쓰레기, 그 위에 떼로 몰려든 독수리 까마귀 돼지 쥐 고양이…… 이것저것 다 제치고 갠지스 강가로 나가 돛단배와 화장터 사진을 몇 장 찍었다. 마땅히 갈 데도 없다. 보드가야에서 쿠시나가라를 오가는 길목이어서 하룻밤 묵어가려는 것이니 뭐 그리 대단한 기대도 없다.

세계에서 제일 큰 나무 화석이 있다는 박물관에 갔다. 경찰 호위차가 요란하게 사이렌을 울리며 내 뒤를 따라 들어왔었다. 아마 시장이나 주지사쯤의 나들인가보다. 현관 입구에 웅성거리는 많은 사람들로 보아 진즉부터 전시관 입구를 막고 관람객을 들여보내지 않았던 것 같다. 그 속에 섞여 마치 장개석 총통을 기다리기라도 하는 것처럼 고개를 빼고 두리번거리는 한 패의 중국인들이 약간 우스꽝스러워 보인다. 공복이라거나 시민의 일꾼이라는 말은 아예 들어보지도 못한 소리인 것 같다. 이 동네의 관리나 정치인들은 오히려 그 위에 군림하고 짓누르는 특별한 종족인 듯한 인상이 짙다. 오랜 식민지 통치의 잔재물일까? 이런 일은 공산당이 집권하고 있는 캘커타에 가도 마찬가지다. 공산당 주지사의 행차를 위해서 그렇지 않아도 복잡하기만 한 대로를 앞뒤로 틀어막는 일은 다반사다. 자기네 시간은 다이아몬드고, 자기네 몸값은 엄청 비싸니까. 그래도 최소한 선거운동 기간에는 자제하셨겠지?

　사람들도 거개는 필요 이상으로 굽실거리는 것이 역력하다. 며칠 전 기원정사에서 근엄하게 목을 뒤로 젖혀대는 발굴작업 책임자에게 언성을 높여 따지고 대드는 내 행동을 도저히 이해할 수 없다는 듯이 쳐다보던 현장 관리인, 지방 관리들의 불안한 표정이 이해될 만하다. 사연인즉, 잔디밭에 앉아 있는 사미들 사진을 몇 장 찍었다. 기원정사의 스리랑카 절에 사는 사미들이었다. 그림이 그럴듯하여 나도 그 속에 한번 끼일 셈으로 삼각대를 펴는데 마침 곁을 지나던 발굴 책임자가 시비를 걸어왔다. 삼각대를 접으라는 것이었다. 까닭을 물었더니 그런 법도 모르냐면서 허가증을 내놓으란다. 허가증은 또 무슨? 어안이 벙벙해진 내가 도대체 무슨 소리냐고 되묻자 여기서 삼각대를 사용하기 위해서는 델리에 있는 고고학 협회에서 삼각대 사용 허가증을 받아와야 된다는 것이었다. 냅다 소리를 질러주었다.

　"헤이, 바바! 이게 무슨 도굴꾼 꼬챙인가? 내가 시방 거창한 촬영기로 영화를 찍는 것도 아니고, 탑 위에 삼각대를 세운 것도 아니잖아. 잔디밭에서 이 꼬마 스님들과 사진 한 장 찍는 것이 그렇게 배가 아파? 우리 유적지 아끼면 내가 더 아끼지 당신 같을 줄 알아? 당신이 천금을 주고 빈다고 내가 여기에 쇠말뚝을 박을 것 같아? 아, 그렇게 법 따지는 훌륭한 양반아 저기 가서 봐. 남의 절 도량 안 여기저기 파헤치고 버젓이 만들어놓은 무슬림들 무덤은

272

갠지스 돛배

뭐야? 당장 그것부터 가서 파내야 될 거 아냐. 헤이, 세상에 사진
한 장 찍으려고 지금 델리에 가서 허가증 받아와야 되겠어? 그냥
점잖게 지나가면 당신 높은 사람인 줄 몰라줄까봐서 서운하던가?
이렇게 졸개들 주욱 몰고 가면서 시위를 한번 하고 싶었지?"

　다시 그런 일이 생기지도 않겠지만 또 생긴다 해도 다시는 목울
대를 세우지 않을 작정이다. 거들먹거리는 것에 배알이 틀려서 해
본 짓이지만 스님이 그러면 쓰간디! 나는 현관 입구에 늘어선 인
파를 점잖게 주욱 한번 돌아보고 다시 강가로 돌아왔다.
　커다란 독수리 한 마리가 수면 위로 등허리를 드러낸 시체를 물
고 퍼덕거린다. 그래 하늘로 올라가라. 갈가리 찢어 하늘에 뿌려
라. 그리하여 누구 하나 거두어 불에 태워줄 사람도 없는 혼, 이

세상 하고많은 설움, 맺히고 맺힌 한, 헛된 희망조차 모두 녹아버리게 하라. 나는 강가 모래 언덕에 합장을 하고 앉아 소리 높여 외웠다.

生也一片 浮雲起
死也一片 浮雲滅
浮雲自體 本無實
生死去來 亦如是

한 조각 구름 일듯 생겨나
스러지는 구름처럼 가는 것
허망터라 뜬구름
우리네 오고 감도 그와 같아라

나무아미타불!

널따란 황포 돛에 저녁노을을 가득 담고 돛단배들이 흘러내려간다. 배는 난 길로 그렇게 오간다만 나는 어디로 갈거나?

공산당 시가행진은 찬 이슬 속에서 꼬박 밤을 새웠다.
"공산당 찐다밧, 막스 레닌주의 인도 해방 찐다밧!"
아직 목숨이 붙어 있다고 외쳐대는 안타까운 절규다. 문득 황무

274

공산당 시위

지 이글거리는 한낮의 태양 아래 빛바랜 가시를 달고 말라비틀어
지는 선인장 무더기가 눈앞에 떠올랐다. 굽은 허리, 남루한 옷가
지, 깊이 파인 노파의 주름살과 함께 파닥이는 붉은 기는 차라리
하나의 엄숙한 종교였다. 이 세상 다른 쪽에서는 이미 폭삭 주저
앉은 해방의 약속이 그들에게는 아직도 변함없는 신앙이었다.

  만세, 아무튼 만세! 저들이
  그토록 목메어 불러대는 공산주의가
  이 땅에 다시 살아나도
  양심을 찾은 자본주의가
  버터 기름 바른 짜빠띠로

허기진 창자를 채워준다 해도
거기 끝내 눌어붙어 있을 한없는 갈증
그리하여 어차피 영원할 고뇌, 만만세!

쿠시나가르 노장님

　온 동네가 많이 변해 있다. 엄청나게 큰 박물관이 생겼고 버마 절도 많이 깨끗해졌다. 인도 꼬마들에게 힌디어와 산수를 가르치던 앗추따난다 노장님은 팔십 노구에도 여전히 건강하시다. 우리 은사 스님을 뵙는 듯 정겹고 기쁘다. 엎드려 스님 발에 이마를 대고 큰절을 올렸다. 낡은 나무 의자에 걸터앉은 스님의 발을 붙잡고 땅바닥에 앉아 그 동안 지내시는 일을 여쭈었더니 되려 내 하는 일은 다 되어가느냐고 물으신다.

　십여 년 전 노장님을 처음 만났을 때의 기억은 지금도 생생하다. 절 마당 니임 나무 그늘이 교실이었다. 흙먼지가 풀풀 날리는 마당에 둘러앉은 스무남은 명의 꼬맹이들에게 산수를 가르치고 계셨다. 종이 공책이 있을 리 없는 꼬마들은 분필로 제각기 다른

크기와 모양의 까만 돌판 위에 스님이 불러주는 계산 문제를 받아
적고, 답을 내어 검사를 받았다. 불려나온 한 꼬마의 돌판을 꼼꼼
히 살피시던 노장님이 느닷없이 "홀리쉬 보이!" 하시며 사탕수수
줄기로 머리빡을 딱 소리가 나게 후려갈겼다. 아무리 사탕수수 매
라도 그렇지, 얻어맞은 것이 내 머리라도 되는 듯 뒤꼭지를 긁적
거렸다. 노장님이 나를 흘끔 돌아보시며 "이놈이 그저 늘 해찰만
하고 제대로 맞는 답을 써본 적이 없다"고 하셨다. 산수는 그렇다
쳐도 버마에서 온 노스님이 인도 아이들에게 제 나라 국어 힌디를
가르치신 것은 참으로 대단한 일이었다. 이제 젊은 선생님들이 생
겨 당신은 교실에 가지 않아도 된다고 하신다. 명예퇴직을 하신

셈이다.

그날 "멍청한 놈"이라며 노장님에게 호되게 머리통을 쥐어박히던 녀석은 지금쯤 어른 행세를 하겠지. 이젠 더이상 멍청한 놈이 아니었으면 좋을 텐데. 하기는 산수 계산에 어둡다고 세상 일 모두에 어두운 것은 아닐 테고, 그놈은 그놈대로 밝고 빠른 구석이 있을 것이다. 또 각박한 세상에 약삭빠른 계산보다는 약간 어눌하고 너그러운 사람이 제 자신에게나 남들을 위해서 좋은 일인지도 모른다. 좀 속아주면 또 어때? 힘들여 가꾼 감자 내다 팔 때는 듬뿍 덤을 얹어주면서 제가 사는 사탕 저울은 조금 모자라도 말없이 받아드는 그런 사람들 때문에 이 세상이 부서지지 않고 남아나는 것이다.

사탕수수 매 대신 이제 대나무 지팡이를 짚으신 노장님을 모시고 도량 여기저기를 둘러보았다. 걸음을 멈추고 벽돌탑 틈새에 피어난 민들레를 쥐어뜯는 나에게 노장님이 그러셨다.

"그 이쁜 걸, 아, 그냥 두어. 벽돌 탑이야 결국 부서지는 거지 뭐!"

"반떼, 그럼 이 콩그래스-그라스는 어떻게 할까요?"

"그것도 그냥 둬!"

쑥 비슷하게 생긴 잡초 콩그래스-그라스는 언젠가 구호 농산물 밀 속에 섞여 미국에서 들어온 외래종 풀이다. 콩그래스 당 내각

아침 쿠시나가르

이 미국에 요청해서 들여온 풀이라는 뜻으로 콩그래스-그라스라는 이름이 붙은 것이다. 그럴 리가 있을까마는 미국을 싫어하는 인도 사람들은 자기네 땅을 망쳐놓을 셈으로 미국 사람들이 일부러 보낸 풀이라고 말하기도 한다. 그것도 짐승이나 먹일 밀 속에 섞어서! 아닌게 아니라 인도 전역 어디에 가도 흐드러지게 자라나 먼지처럼 가는 씨앗을 바람에 날리고 있는 것이 이 풀이다. 그렇지 않아도 이미 아열대 몬순 빗물에 씻겨내려 황폐할 대로 황폐한 땅에서 거름기를 모조리 빨아내면서도 짐승도 먹지 못할 뿐만 아니라, 바람에 날리는 꽃가루는 호흡기 질환을 유발하기도 하고, 피부에 두드러기를 일으키기도 한다. 뽑아서 뭉개버리고 싶었지만 노장님의 명을 거역하지 않으려고 그대로 두었다. 노장님 눈치

채지 않게 얼른 눈만 한 번 흘겨주고.

"너 운 좋았어. 순전히 노장님 덕인 줄 알어."

그리고 노장님께 여쭈었다.

"반떼, 모든 악을 다 쓸어버리고 이 세상을 정토로 만드는 수는 없을까요?"

노장님이 나를 빤히 바라보시더니 말씀을 이으셨다.

"아니! 그런 식의 정토는 이 세상이 천만 번 없어졌다 다시 생겨도 있을 수 없어. 허지만 부처님이 보여주신 게 무언가? 지금 나나 자네가 찾는 것도 그것 아닌가? 무상을 아는 사람은 편안하다네. 또 무상을 아는 사람은 자비롭고. 행할 수 없는 것은 알았다고 할 수가 없지. 제대로 알았다면 실천할 수밖에 더 있겠어? 무상을 아는 사람이 정토는 왜 찾겠나?"

노장님은 허리를 굽혀 땅바닥에 떨어져 구르는 가랑잎 하나를 주워 내 손에 쥐여주셨다. 쿠시나가르 큰 법당 앞에 있는 사라수가 떨군 잎이다. 나는 노장님의 겨드랑에 끼었던 팔을 빼고 대보름날 액막이연을 잘라 날리는 소년처럼 사라수 잎을 바람에 날렸다.

아, 그 봄밤, 연등처럼 밝아오는 글들

안도현(시인)

　내가 재연 스님을 처음 만난 것은 1980년 대학 신입생 때였다. 대학생이라고는 하지만 고등학생 티를 채 벗지 못한 나는 웃자란 밤송이 같은 머리로 낯설고 궁금한 세상 풍경 속을 기웃거리고 다녔다. 길거리에서 담배를 꼬나물거나 술집이며 다방에 거리낌없이 드나들기 위해서는 어떻게든 머리를 기르는 게 급선무였다. 그러나 머리카락이란 것이 여름날 비 온 뒤에 쑥쑥 자라는 바랭이풀 따위가 아닌지라, 그해 봄이 다 가도록 나는 거울을 보며 앞머리를 위로 치켜올리는 데 열중하고 있었다. 내 머리카락이 어서 빨리 자라주기를 기다리고 있을 때, 머리를 삭발한 재연 스님이 홀연 나타났다.

　그이는 나보다 일 년 앞서 철학과에 입학해 다니고 있었고, 혼자서 소설을 공부하고 있다는 것이었다. 시인이 되기 위해 국문과를 다니노라고 떠벌리고 다니던 나는 엉뚱하게도 그 무렵 장안의 지가를 올린 바 있는 소설 『만다라』의 주인공 지산과 작가 김성동의 저간의 행적을 떠올리지 않을 수 없었다. 아닌게 아니라 재연 스님과 겁없이 팔팔한 문학청년이었던 우리들은 성(聖)과 속(俗)의 경계를 잊은 채, 아니 의도적으로 무시하고 낄낄거리면서 이리저리 몰려다녔다.

그 당시 떼를 지어 몰려다니던 이들은 지금 어디서 무엇을 하고 있나? 남원에 칩거하면서 소설을 쓰고 있는 최정주 형, 서울에서 문학동네를 끌고 가느라 고군분투하고 있는 강병선 형, 익산에서 전교조 일에 열심인 김영춘 형, 모교의 문예창작과에 자리를 잡은 정영길 형, 광주에서 신문사에 다니는 열혈남아 이진영 형, 성남쪽에서 교편을 잡고 있는 권오성, 시를 쓰면서 출판사에 나가는 미소년 원재훈……

그 악당들 속에서 재연 스님은 대학신문사에서 주최하는 문예현상에 소설이 당선되는 '류신영' 이었다가, 나이가 새까맣게 어린 우리들에게는 그저 '신영이 형' 이기도 했다. 헝겊 조각을 누벼 만든 승복을 즐겨 입고 다니던 재연 스님과 세상 무서운 줄 모르고 곧잘 문학적 오기를 부리던 우리들은 사흘이 멀다 하고 붙어지냈다. 그것도 강의실이나 점잖은 찻집보다는 자취방이나 술집이기 일쑤였으니, 남들이 우리를 보고 대체 뭐라 했을까? '땡추'에다 '망나니' 라고 했을까, 아니면 똥인지 된장인지 분간 못 하는

284

녀석들이라 했을까.

어느 해 사월 초파일에 우리는 스님이 머물던 변산의 내소사에
간 적이 있었다. 절집은 일 년 중 그날이 눈코 뜰 새 없이 바쁜 날
이라 스님의 일손을 좀 도와주기 위해서였다. 우리들이 해야 할
일은 신도 대중들의 기원을 담은 크고 작은 연등을 대웅보전 앞마
당에 내다 거는 일이었다.

날이 어두워지자 우리 손으로 걸어놓은 연등들이 자신의 존재
를 서서히 드러내며 밝아지기 시작하였다. 그것은 아주 어릴 적에
어머니를 따라 초파일에 동네 뒷산 절에 가본 뒤로는 처음 보는
장엄하고도 아름다운 풍경이었다. 재연 스님은 기회 있을 때마다
신비주의로 색칠한 종교의 허상을 깨뜨려야 한다고 말했지만, 그
런 지적과 상관없이 나에게 그 풍경은 신비한 이미지의 하나로 남
아 있다.

스님은 이 산문집에서 "수행이란 사실을 있는 그대로 보고자
하는 온갖 형태의 노력의 총칭"이라고 말하고 있다. 젊은 날 나이
어린 청춘들과 어울리면서 '수행자'의 모습보다 '인간'의 모습을
더 많이 보이게 된 것도 단순히 겉멋으로 객기를 부린 게 아니었
다. 스님은 참인간이 되려고 노력하는 게 결국은 수행이라고 믿고
있는 것이다. 그러한 까닭에 나는 스님을 만날 때면 집안의 형님
대하듯 편해진다.

지난해에 내가 머리에 털 나고 처음으로 비행기를 타고 스님을 따라 인도에 간 것도 오래된 불교 유적지를 답사하기 위해서가 아니라 스님하고 편하게 빈둥거리며 놀고 싶었기 때문이었다. 우리는 한 달 내내 먹고 싶으면 먹고, 떠나고 싶으면 떠나고, 눕고 싶으면 누운 채로 잘 놀았다. 인도 여행을 하기 전부터 나는 인도의 신비로움이나 명상 같은 것에는 별로 관심이 없었지만, 스님도 나에게 대단한 어떤 것을 보여주어야겠다는 생각을 하지 않고 있었다.

　　봄베이에서 뿌나까지 빗속을 윈도브러시도 없는 고물 소형차를 대절해 타고 자정을 훨씬 넘긴 시간에 도착한 우리는 말 그대로 파김치가 되었다. 이튿날 아침에 스님은 멋진 구경을 시켜주겠다면서 나를 깨웠다. 스님의 '애마'인 오토바이 뒤에 올라탔더니 뿌나 도심을 관통하여 한참 후에 흙탕물이 흐르는 강변에 멈추는 것이었다. 그렇다. 거기에는 모든 인도가 다 있었다. 강가에서 엉덩이를 다 내놓고 태연하게 볼일을 보는 남자들, 비닐과 나무 조각으로 얼기설기 지어놓은 줄지은 천막촌들, 어린것들의 머리를 헤적여 이를 잡아주는 여인네들, 그런 광경들을 종합, 정리한 듯한 특유의 냄새…… 나는 하루아침에 인도의 내부를 다 보아버린 듯한 착각에 빠졌다. 그 첫날 아침에 나는 내가 인도에 잘 왔구나, 하고 생각했다. 왜냐하면 스님은 인도의 우람한 고대 건물들 대신에 나에게 인도인의 삶을 생생하게 보여줄 것이기 때문이었다.

　　한 달 동안 스님하고 지내면서 나는 십 년이 넘게 그곳에서 살고 있는 스님이 존경스러워졌다. 대학을 졸업하고 내가 군대다,

직장이다, 결혼이다 하면서 정신없이 세상의 물결에 휩쓸려가고 있을 때 스님은 태국으로, 인도로 공부를 하러 떠났었다. 근본 불교를 공부하기 위해 산스크리트와 빨리어를 익히면서 틈틈이 불교의 초기 경전을 번역하여 국내에 소개하는 일에 그이는 몰두하고 있었다. 중국 대륙을 거쳐 한반도에 들어온 불교의 정체성을 다시 찾아 확인하고 싶은 꿈을 이루기 위해 스님은 천축국(天竺國)에 머무르고 있었다. 말하기가 쉬워 공부지 어디 낯설고 물 설은 땅에서 정 붙이고 배겨나는 데 드는 인내의 시간이 얼마나 혹독했을까 싶었다. 적어도 내가 알고 있던 재연 스님은 우리와 같은 '잡배'들과 어울려 흥청거리던 자칭 '땡추'가 아니었던가.

스님은 일 년에 한 번은 꼭 우리나라에 온다. 삼 년 전에 입적하신 은사 스님의 제사를 모셔야 하기 때문이다. 먼 이국에 나가 있으면서도 기일을 잊지 않고 챙기는 것을 보면서 속세의 어떤 아들이 저런 효성을 지니고 있을까 싶어 은근히 시샘이 일기도 한다.
　전주에 머무를 때는 늘 우리집에 와 계시는데, 이름하여 '도현사(寺)'. 한번은 홍콩 무술 영화를 좋아하는 우리집의 민석이에게 스님이 장풍을 날리는 도사라고 겁을 주었더니 학교에 가서 제 친구들에게 자랑을 늘어놓았던 모양이다. 도술을 부리는 스님과 가까이 지내는 민석이는 저절로 어깨가 으쓱해졌을 터이다. 게다가 스님은 민석이한테 소원을 비는 주문 하나를 가르쳐주기까지 하였다.

"옴 마니 빠드메 훔, 옴 마니 빠드메 훔……"

이걸 민석이는 제 할머니께 단번에 써먹는다.

"할머니, '옴 마니 빠드메 훔'이 무슨 말인지 알아요?"

할머니가 절에는 다니지만 그걸 알 턱이 없다.

"'오, 연꽃 속의 보배여!'라는 뜻이에요."

　재연 스님이 전주에 오시면 소설 쓰는 이병천 형하고 자리를 같이할 때가 많다. 병천이 형은 일찍이 재연 스님을 만난 적이 있다. 스님은 그 당시 고등학교를 졸업하고 갓 입산한 뒤였고, 병천이 형은 고등학교 일학년 때였다고 한다. 스님은 내소사에서 방학 내내 머물던 비슷한 또래의 학생들과 더불어 온갖 구잡스런 일을 다 벌였다는 것이다. 그것을 여기에 다 밝혀 적지는 못하겠고, 병천이 형이 재연 스님을 만날 때마다 손수건처럼 꺼내드는 일화 한 토막이 있다.

　그 무렵 내소사에는 우식이라는 열 살 남짓한 어린 행자가 하나 있었다. 어릴 적부터 절에서 키운 아이였는데 학교라고는 교문 근처에도 가본 적이 없는 터라 재연 스님이 아이를 가르쳐보겠다고 마음을 먹었다. 스님은 한글을 가르치려고 책 한 권을 어렵게 구해왔다. 초등학교 사학년 국어책이었다.

　할아버지 지고 가는

　나무 지게에

288

활짝 핀 진달래가
꽂혔습니다
어디서 나왔는지
하얀 나비가
진달래를 따라서
날아갑니다
너울너울 따라서
날아갑니다

스님은 이 동시를 아이에게 읽어주었다.

"우식아, 내가 읽은 이 글을 듣고 뭐 생각나는 게 없니?"

"잘 모르겠는데요."

아이는 두 눈만 멀뚱거렸다. 스님은 다시 운율에 맞춰 동시를 읽어주었다. 할아버지 지고 가는 나무 지게에 활짝 핀 진달래가……

"우식아, 봄이 되면 산에서 나뭇짐을 지고 내려오는 사람들이 많이 보이지?"

"예."

"그렇지. 진달래를 나뭇짐에 꽂고 내려오는데 무엇이 진달래를 따라 너울너울 날아오지?"

고개를 갸우뚱거리던 우식이가 한참 만에 입을 떼었다.

"참새요!"

이 말을 듣고 기가 막힌 젊은 재연 스님이 뭐라고 했을까?

참으로 입에 담기 거북하지만 널리 알려진 이야기이므로 용기를 내어 쓰자. 스님이 별안간 우식이의 머리를 쥐어박으며,

"에라이, 씨발놈아! 공부는 무슨 공부!"

했다는 이야기.

소설가의 상상력으로 각색된 부분도 있겠지만 사실 여부를 떠나 그 장면이 눈에 잡힐 듯 삼삼해진다.

스님과 함께 있을 때면 불교에 관한 일화는 물론 스님이 어린 시절에 겪은 이야기를 듣는 것도 큰 즐거움 중의 하나다. 이 책에 담겨 있는 이야기의 대다수는 내가 직접 한 번쯤 들은 적이 있는 것들이다. 더러는 눈물이 나올 만큼 애처로운 이야기가 있는가 하면 배꼽을 잡고 웃지 않으면 배기지 못할 재미난 이야기도 부지기수다. 그리고 인도의 불교 성지를 순례하면서 쓴 글들은 또다른 시각에서 불교에 접근하도록 안내하고 있다. 고백하자면 「옛날에 옛날에」는 내가 쓴 「끝없는 길을 가라」의 원판본이기도 하다. 나는 이 이야기를 스님한테서 얻어듣고 도저히 혼자만 품고 있을 수가 없어 짧은 글로 써버렸던 것이다. 물론 스님의 사전 허락을 얻은 뒤의 일이며, 지금 읽어보면 실제로 이 책에 실린 원본이 더 멋지다는 생각이 든다.

그런 이야기들이 하나같이 삶의 속내를 또렷하게 짚어내고 있는데도 정작 재연 스님 본인은 소년처럼 겸연쩍어한다.

"넘 부끄러운 이야기들이여."

스님의 이야기 보따리는 넓고도 깊다. 언젠가는 이런 형식의 글이 아니라 인간과 세계의 정수리를 감동적으로 강타하는 소설로 풀려나올 것이다.

인도로 건너가 공부에 정진하면서도 스님은 소설 쓰기를 손에서 놓아버리지 않은 것 같다. 이 산문집에서 보이는 서사에 충실한 구어체 문장은 앞으로 스님의 소설에 큰 기대를 갖게 한다. 내가 보기에 스님은 평소에도 나의 취약한 기억력과는 비교가 안 될 만큼 세세한 것을 기억해서 저장하는 창고를 가지고 있으며, 살아온 세월만큼 다양한 경험적 지식과 지혜의 소유자다. 그걸 나에게도 좀 나눠달라고, 나는 이 부근에서 재연 스님한테 괜히 어리광을 부려보고 싶어진다.

작가 후기

아직도 허공을 나는 꿈을 꾼다. 한참 더 헤매야 될 모양이다. 이
젠 철도 다소 들고, 역마살도 좀 떨어냈어야 될 법한데.

헉헉거리며 날아다니다가 연두색 새잎 위에 외발로 서거나, 혹
은 얼기설기 늘어진 전기줄에 걸려 추락하고 난 다음날이면 몸뚱
이는 으레 텅 빈 머리를 받쳐들지 못해 비틀댔다.

또 날아야 된다면, 요담에는 날개랑 머리랑 떼어놓고 가야지.
바람처럼 가볍게.

재연

문학동네 산문집

방랑시작

ⓒ 재연 스님 1998

| 1판   1쇄 | 1998년 6월 10일 |
| 개정판 1쇄 | 2006년 2월 28일 |

지 은 이	재연 스님
펴 낸 이	강병선
책 임 편 집	조연주 오경철
펴 낸 곳	(주)문학동네
출 판 등 록	1993년 10월 22일 제406-2003-000045호

주 소	413-756 경기도 파주시 교하읍 문발리 파주출판도시 513-8
전 자 우 편	editor@munhak.com
전 화 번 호	031) 955-8888
팩 스	031) 955-8855

ISBN 89-546-0102-2 03810

www.munhak.com